스쿼시

스퀴시

팀 보울러
장편소설

유영 옮김

Shadows

다산
책방

스쿼시에는 인생에 대한 교훈이 담겨 있습니다

『스쿼시』는 거칠면서도 강렬한 감정을 담은 이야기입니다. 『리버보이』와 『나에게만 들리는 별빛 칸타빌레』처럼 초자연적인 작품과는 다른 종류의 작품입니다. 두 작품이 주제와 어울리는 서정적인 문체를 지녔다면, 『스쿼시』는 현실적이고 거칠며 역동적인 스타일을 지닙니다. 그렇다고 서정적인 요소가 전혀 없는 것은 아닙니다. 특히 주인공 소년 제이미와 그의 삶에 뜻하지 않게 들어온 소녀와의 관계에서처럼, 애틋함을 느낄 수 있는 순간들이 많이 있습니다.

『스쿼시』는 제가 가진 '스쿼시에 대한 사랑'에서 영감을 받았습니다. 저는 평생 스포츠와 함께했습니다. 학생 때는 축구, 럭비, 농구를 했고, 스물한 살 때 스쿼시를 시작했습니다. 이후 그 매력에 빠져 수십 년 동안 스쿼시를 즐기다가 최근에 관절에 무리가 와서 그만두게 되었습니다.

저는 항상 한 선수가 다른 선수와 겨루는 개인 스포츠를 좋아했습니다. 스쿼시는 검투사와 같은 요소가 있어, 이런 요소를 이야기에 포함시키면 좋을 것 같다는 생각을 했습니다. 스쿼시와 같은 스포츠에는 인생에 대한 교훈이 담겨 있으며, 그 안에는 많은 에너지와 감정도 담겨 있습니다. 특히 경쟁 속에서 드러나는 약간의 긴장감이나 적대감이 느껴지는 승부를 지켜보는 것은 아주 흥미롭습니다. 이처럼 스포츠는 평소에 숨겨져 있던 인간의 본성을 드러내기도 합니다.

하지만 깊이 들여다보면,『스쿼시』는 단순히 스쿼시에 관한 이야기가 아닙니다.『스쿼시』는 곤경에 처한 소년과 소녀를 중심으로 한 이야기이며, 등장하는 인물들은 제가 실제로 만났던 사람들을 바탕으로 탄생했습니다. 스쿼시 경기의 현장에서, 또는 제가 30대 초반에 교사로 일하면서 자녀에 대한 격려와 위험한 집착의 경계선을 넘나드는 부모를 만났을 때 겪었던 경험이 녹아 있습니다.

처음에는 소년과 아들이 자신이 이루지 못한 챔피언이 되기를 간절히 바라는 독단적인 아버지를 다룬 단순한 이야기를 쓰기 시작했습니다. 하지만 이야기는 예상치 못한 방향으로 흘러갔습니다. 저도 모르게 끔찍한 위험에 처한 어린 소녀의 등장으로 갑자기 거칠고 빠르게 전개되는 스릴러를 쓰고 있었습니다.

그리고 놀랍게도 제가 사랑 이야기를 쓰고 있다는 사실도 깨달았습니다.

『스쿼시』는 바로 그러한 이야기입니다. 이 이야기를 통해 독자 여러분께 깊은 존경과 사랑의 마음을 전하고 싶습니다.

Tim Bowler

팀 보울러

스쿼시는 가로 6.4m, 세로 9.75m, 높이 4.75m의 코트에서 천장을 제외한 벽과 바닥을 이용해 상대편과 교대로 공을 주고받는 경기다. 서브를 하는 선수는, 서브박스 안에 서서 공을 바닥에 튀기지 않고 곧바로 앞 벽면의 최상단 라인과 중간 라인 사이의 공간을 맞춘다. 이때 그 공이 벽을 맞고 상대편 선수 코트 안쪽으로 들어가야 서브로 인정된다. 그 공을 받는 상대가 똑같이 바닥에 공을 튀기지 않고 곧장 앞 벽면을 맞추면 그로써 모든 제약이 없어지면서 두 선수 다 교대로 코트 안의 어떤 곳을 향해 공을 받아쳐도 된다. 단 서브권은 한 번뿐이며, 실패했을 때는 상대 선수에게로 넘어간다. 경기 운영 방식은 9점제와 15점제가 있다.

알아두면 좋을 스쿼시 용어

- **랠리** 계속해서 공을 쳐서 넘기는 것.
- **보스트** 공이 옆벽이나 뒷벽을 먼저 맞은 다음 앞 벽으로 떨어지게 하는 기술.
- **닉** 바닥과 옆벽이 만나는 모든 부분을 일컫는 말. 닉에 맞은 볼은 불규칙하게 바운드되므로 되받아치기 어렵다.
- **크로스코트 드롭** 앞 벽을 맞춘 뒤 코트 바닥 근처의 옆벽을 맞추는 샷.
- **발리** 공이 바닥에 닿기 전에 치는 샷.
- **로브** 수비 방법. 몸이 코트 중앙에서 너무 많이 벗어나 있을 때, 재빨리 코트 중앙으로 달려가기 위해 일부러 공을 코트 뒤쪽으로 쳐서 보내는 기술.
- **랭스** 코트 뒤로 깊게 떨어지는 볼.
- **레트** 스쿼시 경기에서 판정이 불가능한 스트로크. 심판에 의해 레트가 선언되면 경기를 중단하고 서버는 서비스를 넣었던 서비스박스에서 다시 플레이해야 한다. 공이 벽에 닿기 전에 상대방에게 맞았거나, 경기 도중 공이 찢어지거나, 상대방이 서브리시브 준비를 갖추기 전에 서브를 했을 때 선언된다.
- **드롭** 상대방의 타이밍을 뺏기 위해 사용하는 기술. 상대가 코트의 뒤쪽에 있을 때 공의 속도를 줄여서 일부러 앞 벽의 바로 아래에 뚝 떨어지게 하는 기술.
- **백월보스트샷** 뒷벽을 맞고 난 다음 앞 벽에 맞게 하는 기술. 방어적인 샷.
- **게임 앤 매치볼** 서버가 1점만 더 득점하면 그 시합에서 이기게 되는 상황.
- **서비스 에이스** 도저히 받아칠 수 없는 서브를 구사해 얻은 점수.
- **시드** 우수한 선수들이 처음부터 맞붙지 않도록 대진표를 짜는 것.
- **매치볼** 시합용 공.
- **마커** 기록원 겸 심판.
- **스핀** 먼저 서브할 사람을 정하기 위해 라켓을 돌리는 것.
- **킬** 랠리에서 이기기 위해, 강하고 낮게 치는 공격적인 스트로크.
- **핸드 아웃** 서버가 바뀌는 상황.
- **틴** 바닥으로부터 앞 벽 0.48m 높이에 있는 부분. 이곳에 공이 맞으면 아웃된다.

"끌려다니기만 해서는 안 돼."

"네가 원하는 삶을 위해서는
네가 바라는 쪽으로 나아가야 해."

"할 수 있어, 제이미. 마지막 순간을 놓치지 마!"

"제이미! 강한 서어브!"

관중석은 요란했다. 격려와 열광, 재촉의 외침이 한꺼번에 제이미의 머리 위로 쏟아졌다. 제이미는 입술을 앙다물었다.

'집중해. 공만 보는 거야.'

제이미는 관중석의 함성을 무시하려고 애썼다. 코트 건너 편에서 데니가 흘끔 노려보았다. 제이미의 눈에는 벌써부터 승리의 빛이 어려 있었다. 첫 두 게임 동안 제이미가 올린 점수는 데니의 오만함을 없애버리기에 충분했지만, 데니는 그 특유의 공격적인 플레이로 게임 내내 반격을 가했고, 결국 다시 한번 자신에게 기회가 왔음을 깨달은 듯했다.

제이미는 휘둘리지 말자고, 내면의 에너지와 열정에만 집중하자고 자신을 다독였다. 그러나 여러모로 불리한 상황이었다. 처음 두 점을 따낼 동안은 경기를 이끌고 있었지만, 그 후로는 어찌된 일인지 계속해서 실수 연발이었다.

그런 불운은 1년 전부터 시작됐다. 데니가 북부에서 이곳으로 이사 온 후부터 제이미는 연일 패배의 쓴잔을 마셔야 했다. 한 번도, 단 한 번도 데니를 이겨본 적이 없었다.

그 불운의 그림자가 또다시 제이미를 옥죄고 있었다. 비록 청소년 스쿼시 클럽 친선경기였지만 관중의 반응은 뜨거웠다. 모두들 앞으로 2주 후에 열릴 지역 대회를 염두에 두고 있었다. 이 경기가 그 대회의 예선전이나 다름없다는 것을 누구나 알고 있었다. 게다가 지금은 준결승전이었다.

제이미는 관중석을 힐끗 쳐다봤다. 눈에 익은 얼굴들이 보였다. 앤디, 조, 스쿼시 클럽 회원들. 그리고 밥 파웰.

밥 파웰…… 데니가 경기를 치를 때마다 어김없이 나타나 고함을 질러대는 데니의 아빠. 그는 데니가 랠리에서 이길 때마다 목이 터져라 함성을 질러댔다. 마치 자기 아들이 폼만 잡는 가짜가 아니라 누구나 인정하는 최고의 선수라는 듯. 그는 지금도 자리에서 거의 일어나다시피 하면서 고함을 질러대고 있었다.

그러나 제이미를 괴롭히는 것은 따로 있었다. 유일하게 두려워하는 얼굴. 지금 이 순간, 제이미는 감히 그 얼굴을 쳐다볼 생각조차 할 수 없었다.

"5세트, 파이널 게임!"

심판인 제오프가 외쳤다.

"0 대 0!"

관중석의 외침이 사라지자마자, 제이미는 다시 경기에 집중하려고 애썼다. 데니가 오른쪽 서비스박스로 걸어가 잠시 코스를 살펴본 다음 힘차게 서브를 넣었다.

공이 앞 벽을 맞고 포물선을 그리며 높게 떠올랐다. 제이미는 백핸드 드라이브로 공을 쳐낸 후 재빨리 코트 중앙의 T존으로 뛰어갔다. 그사이 데니가 공을 되받아쳤다. 공이 코트를 넘어왔다. 제이미는 뒤로 물러서면서 보스트를 구사했다.

'좋았어. 공이 닉 쪽으로 떨어지면……!'

하지만 데니가 그 공을 살려내 바로 크로스코트 드롭으로 연결시켰다. 그 순간 이번 세트에서 점수를 따내려던 제이미의 계획은 무참히 부서졌다.

제이미는 발 빠르게 앞쪽으로 뛰어나가다가 순간적으로 멈칫했다. 이전 세트였다면 무리하게 뛰어서라도 공을 받아냈을 것이다. 하지만 지금은 힘이 바닥난 상태였다. 제이미는 사정권 밖으로 벗어난 공을 쫓는 대신 다음 세트를 위해서 힘을 비축하기로 했다.

제이미가 걸음을 멈추자 관중석에서 데니를 향한 박수갈채가 쏟아졌다. 동시에 밥 파웰의 흥분한 목소리가 또다시 경기장을 울렸다.

"잘했어, 데니, 아주 잘했어! 이제 녀석은 끝났어!"

그러자 클럽 주인인 조가 불만스럽게 외쳤다.

"밥! 경기장에서 노골적으로 야유하는 건 금지야! 알겠어? 알아들었냐고!"

물론 그 소리에 기죽을 밥 파웰이 아니었다.

"1 대 0!"

제오프의 목소리가 울려 퍼지자마자 데니가 곧바로 다음 서브를 넣었다. 벽을 맞고 튕겨 나온 공은 이번에도 하늘 높이 떠올랐다. 뒷벽을 향해 빠른 속도로 날아오는 공. 제이미는 공이 코트 뒷벽 사각지대에 떨어지기 전 가까스로 발리를 해냈다. 그러나 맥없는 샷이었다. 게다가 공을 쳐내느라 몸이 코트 중앙에서 벗어나고 말았다. 그 틈을 노려 데니가 앞으로 치고 나왔다. 강한 드롭샷!

"2 대 0!"

제오프가 외쳤다. 데니가 다시 1점을 따내고 말았다.

연달아 랠리를 내주고 나자 제이미는 힘이 쑥 빠졌다. 스스로 생각해도 얼빠진 경기를 하고 있었다. 제이미는 뒤쪽 관중석을 쳐다보았다. 오른쪽 구석 위에 대리석처럼 싸늘한 얼굴이 비쳤다. 어떤 감정도 드러내지 않는 눈, 굳게 다문 입.

다음 서브. 다시 높이 뜬 공…… 하지만 이번에는 옆벽과 그리 가깝지 않았다. 제이미는 코트를 넘길 생각으로 공을 받아쳤다. 그러나 데니가 날아가는 공을 끊어 닉을 겨냥한 발리를 구사했다. 제이미는 헐레벌떡 앞으로 달려 나가 가까스로 공을 되받아쳤지만 기술을 구사하기에는 역부족이었다. 로브를 쓰고 싶었지만 공의 높이가 너무 낮았다.

데니는 그 틈을 놓치지 않았다. 펄쩍 뛰어올라 포핸드 드라이브로 코트 뒤쪽에 깊숙이 공을 찔러 넣었다.

"바로 그거야!"

또다시 데니의 아빠가 소리를 질렀다.

"이제 끝내버려!"

제이미는 밥 파웰을 노려보았다. 조가 다시 경고를 쳤지만 밥 파웰은 자신의 아들만 뚫어지게 쳐다볼 뿐이었다. 열기와 함성이 경기장을 뜨겁게 달궜다. 유일하게 오른쪽 관중석 구석 자리만 조용했다.

"3 대 0!"

제이미는 다시 전의를 가다듬고 코트로 돌아왔다. 그러나 마음과는 달리 몸은 완전히 지쳐버렸다.

'제길. 16년 동안 이 자리에 있었던 것 같아. 눈을 뜨면 항상 코트야.'

데니가 다음 서브를 준비하고 있었다. 그러나 제이미에게는 그 모든 게 거짓말처럼 느껴졌다. 벽으로 둘러싸인 코트가 감옥 같았다. 놀랄 일도 아니었다. 그곳이야말로 긴장으로 가득 찬 진짜 감옥이었으니까. 순간순간 터지는 환호성만이 잠깐씩 그 억압된 시간을 깨뜨릴 뿐이었다. 그러나 다음 순간 긴장과 부담감이 곧바로 제이미의 숨통을 죄어 왔다. 감옥…… 한 사람의 목표와 야망에 의해 지배되는 감옥! 제이미가 생각했을 때는 결코 이룰 수 없을 것 같은 그 목표.

드디어 공이 날아왔다. 또다시 높이 뜬 공이었다. 제이미는 기다리지 않고 미리 공을 쳐냈다. 공이 옆벽 쪽으로 떨어졌다. 좀 전에 시도했던 것보다는 괜찮은 랭스였다. 그러자 데니가 코트를 가로질러 달려가면서 똑같은 방식으로 공을 쳐냈다. 제이미도 데니의 움직임에 맞춰 앞으로 달려 나갔다. 곧 두 사람 사이에 불꽃 튀기는 경쟁이 시작됐다. 상대편의 닉에 공을 때려 넣기 위한 팽팽한 접전이 벌어졌다. 공이 빠르게 두 코트 사이를 가로질렀다. 두 사람 모두 옆벽에 붙어 서서 쉴 새 없이 공을 쳐냈다.

긴장 때문에 목구멍이 타들어 가는 듯했다. 제이미는 속으로 중얼거렸다.

'물러서지 마! 단단히 버텨! 거리를 유지하면서 놈의 옆벽에 공을 때려 넣는 거야. 저 자식에게 승리를 내줘선 안 돼.'

실제로 제이미는 그렇게 했다. 마지막 남은 집중력을 발휘해서 폭풍 같은 기세로 데니를 압박했다. 그러자 데니가 페이스를 잃고 당황하기 시작했다. 데니는 제이미 쪽 닉을 겨냥해 짧게 드라이브를 시도했지만 힘이 부족했다. 제이미는 그때를 놓치지 않고 공을 받아서 자신의 옆벽을 향해 드롭을 구사했다. 그것을 보고 데니가 쏜살같이 달려 나왔다. 그러다 제이미와 거세게 부딪치고 말았다. 공이 바닥을 또르르 굴러가더니 서서히 멈춰 섰다.

데니가 기대에 찬 눈빛으로 제오프를 바라보며 말했다.

"레트예요!"

제이미는 고개를 돌렸다.

'레트라니…… 말도 안 돼.'

누가 봐도 억지스러운 주장이었다. 하지만 제이미는 따지고 싶지 않았다. 제오프는 누가 뭐래도 자신의 판정을 번복할 사람이 아니었으니까. 설사 데니나 자신의 아버지가 따지고 들어도 꿈쩍도 안 할 사람이다.

"레트가 아냐!"

제오프가 말했다.

"아니요, 제이미가 거기 서 있었어요. 저 자식이 앞을 가로막았다고요!"

데니가 으르렁거렸다.

제이미는 데니의 빽빽거리는 목소리를 흘려들으며 벽 쪽으로 돌아섰다. 그동안 무수히 마주쳤던 상황이다. 데니는 자신이 조금이라도 불리해지면 어김없이 목소리를 높였다. 조금 있으면 틀림없이 데니의 아빠가 끼어들어 아들을 두둔하고 나설 것이다.

"아니, 넌 위치를 벗어났어."

제오프가 말했다.

"그 자리에서는 라켓을 휘둘러도 공을 칠 수 없었어. 안됐지만 레트가 아니야!"

"하지만 쟤가 시합 내내 내 앞을 가로막았다고요."

툭, 하고 제이미가 라켓으로 공을 가볍게 들어 올렸다. 그러고는 다시 시작될 경기를 위해 오른쪽 서비스박스로 자리를 옮겼다. 데니는 여전히 씩씩거리고 있었다. 하지만 아무리 따지고 들어도 억지는 억지일 뿐이다. 당연히 점수는 주어지지 않았다. 그래도 데니는 매서운 눈길을 거둬들이지 않았다.

"상대가 앞을 가로막는데 어떻게 공을 칠 수 있죠? 어디 한번 보여주시죠."

"판정은 이미 끝났어. 어서 네 자리로 돌아가!"

그러자 데니의 아빠가 끼어들었다.

"웃기는구먼! 이런 엉터리 판정은 난생처음이야. 저 애가 길을 가로막았어! 눈이 있다면 모두 봤을걸!"

제이미는 손에 공을 쥔 채 말없이 경기가 얼른 시작되길 기다렸다. 오히려 그런 소란이 고맙게 느껴지기도 했다. 그 틈을 타 잠시나마 숨을 돌릴 수 있었으니까. 그러나 휴식의 순간은 길지 않았다.

마침내 제오프가 데니를 노려보며 마지막 경고를 보냈다.

"데니, 당장 경기를 시작해. 안 그러면 벌점이야!"

그러자 데니가 제오프를 노려보면서 어슬렁어슬렁 제자리로 돌아왔다. 관중석은 여전히 소란스러웠다. 제이미는 데니의 경기 리듬이 흐트러졌기를 빌며 곧바로 서브를 넣었다.

하지만 데니는 그렇게 호락호락한 상대가 아니었다. 오히려 잔뜩 열이 올라, 있는 힘껏 공을 되받아쳤다. 공이 총알처럼 되돌아왔다. 제이미 역시 머뭇거리지 않았다. 섬광처럼 달려드는 공을 낚아채서 데니가 서 있는 쪽의 옆벽을 향해 날렸다. 데니가 그 공을 짧게 끊어 다시 서브를 보냈고, 제이미가 그것을 받아서 다시 한번 옆벽을 향해 꽂아 넣었다.

숨 쉴 틈 없는 경기가 이어졌다. 한순간도 정신을 놓을 수 없었다. 벽을 막고 튀어 오르는 공은 번개처럼 빨랐다. 공을 향해 달려가는 발은 그보다 더 빨라야 했고, 상대방의 계획과 허점을 꿰뚫어 보는 눈은 그 모든 것보다 더욱 빨라야 했다.

탁, 타닥, 타다다다닥!

공을 받아치는 소리와 코트를 뛰어다니는 발소리가 어지럽게 경기장 안을 울렸다.

데니가 코트를 가로지르는 샷인 드라이브를 날렸다. 제이미는 숨차게 공을 따라 달렸다. 그리고 아웃되기 직전에 백월 보스트샷을 성공시켰다. 공은 이제 앞 벽을 향해 빠르게 날아가기 시작했다. 데니가 폭풍처럼 앞으로 달려 나왔다. 그러고는 공이 바닥에 떨어지기 직전 날렵하게 라켓을 휘둘렀다. 공이 곧장 앞쪽 닉에 박혔다.

"아주 잘했어!"

또다시 열광하는 데니의 아빠.

제이미는 초조한 마음으로 관중석을 힐끗 쳐다보았다. 데니의 아빠가 얼굴이 벌겋게 달아오른 채 뛸 듯이 기뻐하고 있었다.

"저것 봐, 저것 보라고. 부당한 판정을 받고도 우리 아들이 저렇게 잘 해내고 있다고!"

그러나 제이미는 그 모든 것에 신경 쓸 틈이 없었다. 벌써 데니가 서비스박스 안에서 다음 서브를 준비하고 있었기 때문이다. 그 기세를 몰아 빨리 시합을 끝내려고 작정한 듯했다. 서서히 다가오고 있는 패배의 망령, 제이미는 그 불운의 기운을 느낄 수 있었다.

또다시 강한 서브. 이번에 공은 몸을 향해 곧장 날아왔다. 몹시 빠르고 강한 공이었다. 제이미는 자기도 모르게 공을 피해 옆으로 달아나고 말았다. 공이 바지 끝을 스치고 지나갔다.

잠시 동안 숨죽인 정적이 경기장 안을 채웠지만 곧이어 데니 아빠의 열광적인 환호성이 터져 나왔다.

제이미는 너무 수치스러워서 고개조차 들 수 없었다.

'완전히 미쳤어, 내가 공을 피하다니.'

제이미는 자신이 한 짓을 도무지 믿을 수가 없었다.

"4 대 0!"

다시 제오프가 외쳤다.

데니는 이번에 왼쪽 서비스박스에서 서브를 준비하고 있었다. 다시 한번 강한 스트레이트샷이 날아왔다.

'다시는 실수하지 말자.'

제이미는 마음을 단단히 먹었다. 공이 허공에 뜬 순간 제이미 역시 옆으로 몸을 날려서 뒤쪽을 향해 강한 드라이브를 날렸다. 자신감을 되찾으려면 반드시 1점을 따내야 했고, 그러기 위해서는 먼저 서브권부터 찾아와야 했다.

그러나 데니는 단 1점도 내주지 않기로 작정한 것 같았다. 전보다 몇 배는 강한 샷들이 빗발쳤고, 이제 데니는 자신의 힘과 페이스를 완전히 회복한 듯했다.

제이미는 그다음 4점을 정신없이 날려버렸다. 쉴 틈 없이 밀려드는 드라이브와 발리, 스매시들이 그의 정신을 쏙 빼놓았다. 그 순간 제이미는 절감했다. 데니를 이길 수 없다는 사실을.

오늘은 결코 이길 수 없었다. 그리고 어쩌면 앞으로도 계속.

데니는 너무 강했다.

"8 대 0!"

제오프가 외쳤다.

"게임 앤 매치볼!"

'벌써 매치볼이라니! 0 대 0을 들었던 게 바로 몇 분 전 같은데……'

관중석에도 묘한 긴장감이 흐르고 있었다.

오른쪽 서비스박스에서 서브가 날아왔다. 데니가 처음으로 로브 서브를 넣었다. 그 후로 몇 번의 랠리가 오갔다. 제이미는 더 이상 갈대 같은 공의 운명에 신경 쓰지 않기로 했다. 결과는 뻔했다. 오직 코트에서 빨리 벗어나고 싶은 마음뿐이었다. 그럼에도 불구하고 제이미는 팔을 쭉 뻗어 약하게 발리를 시도했다. 그 순간 그의 바람이 이루어지고 말았다. 공은 라켓에 맞는 대신 그 너머로 날아가 보기 좋게 뒤쪽 코너에 박혔고 결과는 완벽한 패배였다!

서비스 에이스!

제이미는 관중석 오른쪽 구석을 마지막으로 쳐다보았다. 이미 그 자리는 텅 비어 있었다.

조와 앤디가 기다리고 있었다. 둘은 제이미의 어깨를 두드리며 마지막까지 잘 싸웠다고 격려했다.

"제이미, 아주 멋진 승부였어! 정말이야."

하지만 제이미의 귀에는 아무 소리도 들리지 않았다. 오로지 그곳으로 가야 한다는 생각뿐이었다. 이왕 맞을 매라면 꾸물대지 않고 맞는 게 상책이니까. 제이미는 서둘러 걸음을 재촉하면서 줄곧 '탈의실에 아무도 없기를' 간절히 바랐다. 만약 누군가가 있다면 주차장 뒤로 가야 했고, 그곳으로 가면 상황은 분명 더 나빠질 것이다.

다행히 탈의실은 비어 있었다. 제이미는 탈의실 한가운데서 앞으로 벌어질 일을 잠자코 기다렸다. 곧이어 등 뒤에서 문이 열렸다.

저벅, 저벅, 저벅.

제이미는 긴장으로 온몸이 꼿꼿이 서는 것 같았다. 하지만 내색하지 않으려 애쓰면서 천천히 몸을 돌렸다. 그러자 예고 없이 따귀가 날아와 오른쪽 뺨을 호되게 후려쳤다. 제이미는 비틀거리지 않으려고 이를 앙다물었지만 자기도 모르게 머리가 뒤로 홱 젖혀졌다.

'젠장!'

제이미가 속으로 욕설을 퍼부었다.

'겁먹지 마. 피하지도 마.'

그리고 스스로를 다그치며 힘을 주어 고개를 꼿꼿이 세웠다. 제이미는 다음에 날아올 두 번째 주먹을 기다렸다. 곧이어 같은 쪽 뺨에, 더 강한 아픔이 느껴졌다.

픽.

누구도 입을 열지 않았다. 제이미는 뺨을 맞으면서 그 뒤에 이어질 말들도 함께 기다렸다. 끊임없이 반복되는 잔소리를. 그러나 아직은 시작될 타이밍이 아니었다.

제이미는 얼굴 근육에 잔뜩 힘을 주었다. 한 번 더 따귀가 날아올 것이다. 상대방에게 내준 점수대로 맞아야 하니까. 항상 그런 식이었다. 그리고 마지막 따귀가 가장 강하고 아팠다.

커다란 손이 다시 한번 거칠게 제이미의 뺨을 후려쳤다. 제이미의 앙다문 입술 사이로 약하게 신음 소리가 흘러나왔다. 제이미는 입을 틀어막으며 고개를 숙였다. 그리고 마침내 끝났다는 안도감에 처음으로 거친 숨을 내뱉었다. 그런 다음 똑바로 상체를 펴고 뒤이어서 쏟아질 말들을 기다렸다.

그러나 아무 말도 들리지 않았다. 아버지는 이미 탈의실을 나가고 없었다.

토요일 저녁이었지만 애쉬포드의 거리는 고즈넉했다. 한기가 감도는 12월의 날씨가 도시를 한층 더 쓸쓸하게 만드는 것 같았다. 제이미는 무거운 스쿼시 가방을 이 손 저 손으로 옮겨 들며 도심을 지나 터벅터벅 집을 향해 걸어갔다. 외투를 가져오지 않은 게 못내 아쉬웠다.

'미리 예상했어야 했는데……. 제발, 정신 좀 차리자.'

시합에서 진 날은 항상 그랬다. 아버지는 스쿼시 장비를 몽땅 던져주며 그걸 메고 집까지 혼자 걸어오라고 명령했다. 이것도 벌이었다. 아버지는 항상 모든 걸 성공 아니면 실패로만 봤다. 게다가 실패하는 이유는 언제나 노력이 부족한 탓이라고 단정했다. 반면에 성공하면 돈이 따라왔다. 물론 오늘밤 밥 파웰이 데니에게 줄 돈에 비하면 별것 아니겠지만.

그러나 제이미에게는 성공이나 실패나 똑같은 의미였다. 돈과 간간이 얻어듣는 칭찬 몇 마디. 그런 것들은 아버지의 엄격한 기준에 맞춰지도록 제이미를 더욱더 고된 훈련 속으로 몰아넣는 도구에 불과했다.

'더 많은 땀을 흘릴수록 더 높은 목표에 이를 수 있다.'

언제나 반복되는 훈계와 함께.

그리고 질 경우에는 특별 훈련이 추가됐다.

제이미는 얼얼한 뺨을 문지르면서 걸었다. 머릿속에서 수많은 생각들이 떠다녔지만 애써 지우려고 노력했다. 도시의 길은 문어 다리처럼 사방으로 뻗어 있었다. 그곳을 통과하면 길 한쪽으로 널따란 땅이 펼쳐진다. 제이미는 시계탑을 등지고 등굣길과 역 앞을 지나 기찻길을 가로질렀다. 그 길로 곧장 내려가면 제이미네 텃밭이 나온다. 제이미는 큰길에서 멀찍이 떨어져 있는 그 길을 좋아했다. 지나다니는 사람이 거의 없어서 혼자 걸으며 조용히 생각에 잠길 수 있기 때문이었다. 그래서 종종 밭들을 지나 집으로 돌아가곤 했다.

그런데 한참 그 길을 걷고 있을 무렵, 몇 미터 앞에서 골목길을 가로막고 서 있는 두 남자의 모습이 어렴풋하게 보였다. 한명은 키가 꽤 크고 다른 한 명은 땅딸막했다. 어둠 속이라 얼굴을 미처 볼 새도 없었지만, 그들이 재빨리 몸을 돌려 길가로 비켜서는 바람에 얼굴을 자세히 살필 겨를도 없었다. 제이미는 등 뒤로 꽂히는 그들의 시선을 의식하면서 가능한 한 잰걸음으로 그들을 지나쳤다.

왜 그렇게 불안한 마음이 드는지 이유는 알 수 없었다. 순순히 길을 비켜줬지만 제이미는 그들이 영 마음에 들지 않았다. 몹시 위험한 사람들처럼 느껴졌다.

어머니는 그 길을 좋아하지 않았다. 제이미가 종종 그곳으로 다니는 것도 못마땅하게 생각했다. 항상 제이미를 걱정하는 어머니는 냉정하고 난폭한 도시의 위험으로부터 아들을 보호하려고 애썼다. 그러나 제이미는 어머니의 말을 귀담아듣지 않았다. 한 번도 그 길이 위험하다고 생각해 본 적이 없었으니까.

하지만 오늘은 달랐다. 이제부터 많은 게 달라질 것 같다는 불안감이 제이미의 마음속에 가득 차올랐다.

제이미는 성큼성큼 몇 걸음 더 나아간 뒤 흘깃 뒤를 돌아다봤다.

제이미의 직감이 옳았다. 낯선 자들은 어둠 끝에서 줄곧 제이미를 지켜보고 있었다. 뒤따라오지는 않았지만 여전히 눈을 빛내며 제이미의 뒷모습을 쫓고 있었다. 제이미는 더욱 걸음을 재촉했다. 왼쪽으로 넓게 펼쳐진 밭 사이로 드문드문 창고들이 보이고, 오른쪽으로 낯익은 집들의 뒤뜰이 보일 때까지, 눈에 익숙한 장소로 들어설 때까지 속도를 늦추지 않았다.

골목길 담장 끝에 이르자 제이미는 잠시 긴장의 끈을 늦췄다. 그곳 역시 인적이 드물고 좌우로 텃밭과 뜰이 이어져 있었다. 그곳에 서 있으면 꼭 시골에 홀로 떨어져 있는 듯한 느낌을 받게 되지만 최소한 집과는 훨씬 가까운 곳이었다.

제이미는 천천히 발걸음을 늦추면서 평소의 속도를 되찾았다. 그리고 자신의 집 텃밭에 이르자 잠깐 걸음을 멈췄다. 밭 아래쪽에는 작은 창고가 있었다. 그곳은 제이미의 피신처나 다름없었다. 아버지는 밭 가꾸기에 별로 흥미가 없었고, 어머니만 밭에 각별한 애정을 쏟아부었는데 무슨 이유에서인지 작년부터는 어머니조차 흥미를 잃으셨다. 그 후 창고는 나무 토막과 화분들과 다른 원예 폐기물을 넣어두는 곳으로 전락하고 말았다. 버려진 그곳을 제이미는 애정 어린 눈길로 지그시 바라봤다.

그 뒤로 혼자만의 시간이 필요할 때마다 창고를 찾았다. 부모님은 제이미가 창고를 들락거린다는 사실조차 몰랐다. 제이미는 이미 창고 열쇠를 복사해 두었고, 그곳에 낡은 담요와 닳아빠진 쿠션까지 갖다 놨다. 뚜껑 달린 저장용 상자가 바로 제이미만의 비밀 상자였다. 그 안에 담요와 쿠션을 넣고 그 위에 몇 개의 화분을 놓아 부모님의 눈을 감쪽같이 속였다.

날씨가 매서웠다. 그러나 그 순간 제이미는 따뜻한 집보다는 낡은 창고로 숨어들고 싶은 마음이 간절했다.

'됐어. 피한다고 뭐가 달라져?'

결국 제이미는 집으로 걸어갔다. 뒷문 쪽으로 다가가자 2층 아버지 서재에 불이 켜져 있는 모습과 1층 부엌에서 분주히 움직이고 있는 어머니의 모습이 보였다. 제이미는 숨을 깊게 들이마신 다음 터덜터덜 걸어가 뒷문을 열었다.

주방에 들어서자 어머니가 반색을 했다.

"어디 있다 이제 오는 거야. 기다리고 있었는데."

그러자 제이미의 입에서 자신도 모르게 퉁명스러운 목소리가 흘러나왔다.

"집까지 걸어오느라 그랬어요."

그러자 어머니가 웬일이냐는 듯 물끄러미 제이미의 얼굴을 응시했다. 어머니의 눈이 '도대체 왜?'라고 묻는 듯했다. 그러나 어머니는 이내 허리를 숙여 제이미에게 가볍게 입맞춤을 하고는 이렇게 덧붙였다.

"그래, 알았다. 이제라도 왔으니 됐어. 그리고…….."

어머니는 장갑을 끼고 오븐을 열었다.

"아마 음식이……."

최근에 다시 시작된 어머니의 말버릇이었다. 요 몇 개월 동안 어머니는 말을 시작했다가도 갑자기 말꼬리를 얼버무리며 끝을 내곤 했다. 그래서 제이미는 아버지가 어머니에게도 손을 대고 있는 게 아닐까 의심스러웠다. 제이미가 빤히 얼굴을 들여다보자 어머니가 부드럽게 미소 지으며 말했다.

"앉아야지."

그러나 어딘지 모르게 멍한 태도였다. 어머니의 얼굴이 굉장히 희미하게 보였다. 제이미는 추위로 마비된 손발을 움직여 식탁에 앉았다. 마음이 뒤죽박죽 엉켜 있는 기분이었다. 너무 오래 익혀 뭉개진 당근 토마토 라자냐가 식탁에 놓여 있었다. 제이미는 말없이 숟가락을 쥐었다. 어머니 역시 아무 말이 없었다. 시합에 관해서는 묻지도 않았다.

아버지는 여전히 위층에 있었다.

저녁을 먹고 난 후 제이미는 농구공을 가지고 뜰로 나왔다. 농구 골대를 향해 몇 번이고 슛을 날렸다. 그러다 보면 터질 것 같은 마음이 조금씩 풀어지곤 했으니까. 공 튀기는 소리를 듣고 옆집 스파이더가 나올 때도 있었다. 스파이더가 나오면 제이미는 공을 뜰에 던져놓고 그와 함께 이것저것 얘기를 나누곤 했다.

그러나 오늘 밤 스파이더의 방은 깜깜했다. 그때 갑자기 뜰 아래쪽에서 누군가의 발자국 소리가 났다. 제이미는 스파이더일 거라고 생각하며 주위를 둘러보았다.

그러나 스파이더가 아니었다.

어떤 형체가 대문을 스쳐 지나가더니 아주 잠깐 동안 뒤를 돌아봤다. 제이미는 숨이 턱 막혔다. 바로 좀 전에 봤던 그 남자였다. 어두웠지만 확신할 수 있었다. 남자와 제이미의 시선이 아주 짧은 시간 동안 마주쳤다. 몇 초나 흘렀을까…… 그 남자가 곧 몸을 돌려 어둠 속으로 사라졌다.

제이미는 농구공을 쥔 채 멍하니 그 자리에 서 있었다. 또다시 심장이 쿵쿵 뛰었다. 물론 그 남자가 자신의 집 대문 앞을 지나가면 안 된다는 법은 없었다. 밤 9시일지라도 누구든 그곳을 지나갈 수 있었다. 그러나 제이미는 마음을 놓을 수가 없었다. 다른 한 남자도 그 주변 어딘가에 숨어 있을 것 같다는 생각이 들었다. 기분 나쁘고 끈적끈적한 시선이 뒤꽁무니를 따라다니는 것 같았다.

불길하게도 제이미의 예감은 또다시 적중했다. 시간이 흐르자 나머지 한 남자도 모습을 드러냈다. 텃밭 사이사이 세워져 있는 창고들 사이로 땅딸막한 그림자가 불쑥 비쳤다. 잠시 후 키 큰 남자가 작은 그림자 곁으로 다가갔다. 멀찍이 떨어져 있어서 뭐라고 이야기하는지 들리진 않았지만 언뜻 봐도 심각한 이야기를 주고받는 것 같았다.

그들은 잠시 동안 그곳에 서 있다가 마지막으로 제이미가 있는 쪽을 한 번 더 쳐다보고는 다시 어둠 속으로 사라졌다.

아침 식사 시간, 아버지가 입을 열었다.

"오늘부터, 용돈은 없다."

놀란 제이미가 눈썹을 추켜올리며 아버지를 쳐다본 뒤 다시 애원하는 눈빛으로 어머니를 쳐다봤다. 그러나 어머니는 누구하고도 눈을 마주치려 하지 않았다. 불편한 기운이 식탁 위를 지나갔다. 어제 경기가 그렇게 끝나고, 아버지와 어머니가 말다툼을 했을 게 분명했다. 그리고 결과는 뻔했다. 아버지의 압승.

'정말 단란한 가족이야, 그래.'

제이미는 비아냥거리는 마음을 감추며 고개를 들었다.

"우승할 때까지다."

아버지가 말을 이었다.

"이길 수 있었어. 당연히 이겨야 했어. 그런데 넌 하지 못했어. 왜 매번 그러는지 정말 이해할 수가 없다. 네가 마지막으로 상대한 여섯 명 중 너보다 뛰어난 선수는 단 한 명도 없었어. 데니만 빼고 모두 가볍게 이길 수 있는 상대들이었지. 데니도 마찬가지야. 처음에는 분명 네가 유리한 상황이었다. 그런데 그렇게 맥없이 나자빠지다니. 처음 두 게임에서처럼 세 번째 게임에서도 그 애를 꺾었어야지. 도대체 무슨 생각을 하고 있는 거냐?"

제이미는 시선을 돌렸다. 제이미는 스쿼시를 돈과 연결시키기 싫었다. 아버지가 '우승 보너스'라며 제이미에게 건네주시던 상금을 받을 때도 늘 마음이 찝찝했다. 하지만 지금 아버지는 전혀 다른 이야기를 하고 있었다. 상금이 아니라 용돈 자체를 끊어버리겠다는 게 아닌가. 상황은 생각보다 훨씬 심각했다.

"알아들었지? 난 지금 네 용돈을 말하고 있는 거다. 네가 다시 시합에서 우승하면 우승 보너스가 나갈 거다. 하지만 더 이상 용돈은 없어. 이제 네겐 우승 보너스만 있을 뿐이야."

"말도 안 돼요. 부당해요. 아버지도 잘 아시잖아요."

"아니, 이게 정답이야. 옳은 거다. 이게 바로 세상이 돌아가는 이치지. 네가 마땅히 거둬야 할 성적을 내기 시작하면 그때

가서 네 용돈을 다시 주마."

"그럼 전 아무것도 못하겠군요. 밖에 나가 일자리를 구하지 않는 한."

"넌 이미 일자리가 있잖니! 실력을 갈고닦아서 시합에서 네 능력을 발휘하면 되는 거다."

"하지만 제게는 스쿼시 말고도 중요한 일들이 있어요. 스파이더랑 영화라도 보려면 돈이 필요하다고요. 아닌가요?"

"지금 무슨 소리를 하는 거냐. 그런 애하고 있는 건 시간 낭비야. 그 앤 낙오자야. 절대 성공하지 못할 거란 말이다."

"그럼 도대체 누가 성공할 애라는 거죠?"

아버지는 어깨를 으쓱하며 말했다.

"네가 더 잘 알겠지. 지금 네가 집중할 목표는 우승뿐이다."

제이미는 화가 치밀어 올랐다. 제이미는 돈이 필요했다. 우승 보너스는 사실 아주 유용했다. 그러나 연이은 패배로 그 돈을 받지 못할 때도 지금까진 용돈이 있었기 때문에 큰 문제가 없었다.

아버지가 벌떡 일어나 제이미를 내려다보며 말했다.

"물론 힘들 거다. 하지만 목표를 이루기 위해서는 늘 희생이 뒤따르는 법이야. 희생 없이는 결코 원하는 걸 얻을 수 없다는 걸 잘 알아둬라, 제이미. 너는 언젠가 이런 나를 고마워하게 될 거다."

아버지가 시계를 흘끗거리며 다시 입을 열었다.

"서두르는 게 좋겠군. 오늘 아침도 남들보다 한발 늦었어."

삼십 분 뒤, 제이미와 아버지는 학교 정문을 막 들어섰다.

제이미는 몇 년 전까지만 해도 스쿼시를 무척 즐겼다. 그래서 학교 체육관에 스쿼시 코트가 있다는 걸 다행으로 여겼다. 물론 작고 초라한 코트긴 했지만 원할 때면 언제든 사용할 수 있었다. 물론 모두 아버지 덕분이었다. 제이미의 아버지는 한때 유명했던 스쿼시 선수였고, 지금은 스쿼시 협회 회장이며 그럴듯한 자기계발서를 여러 권 써서 큰 성공을 거둔 작가이기도 했다. 게다가 학교 교장 선생님인 탈보트 씨와도 절친한 친구 사이다. 그도 제이미의 아버지처럼 스쿼시 광이었다.

아버지는 기회가 있을 때마다 "우리 아들이 앞으로 세계 챔피언이 될 거요!" 하며 사람들 앞에서 큰소리를 치곤 했다. 그때마다 제이미는 어깨를 움츠렸다. 하지만 아버지는 그렇게 떠들어대는 게 목표를 앞당기는 방법이라고 굳게 믿고 있었다. 무슨 일이든 먼저 목표를 정하고 그것이 이루어질 거라고 단언하는 것. 그런 다음 뒤도 돌아보지 않고 그것을 향해 달려가는 것, 그게 바로 꿈을 이루는 아버지만의 방식이었다.

세계 챔피언이라니! 제이미에게는 와닿지도 않는, 동의할 수도 없는 목표였지만 아버지는 끊임없이 아들을 부추겼다.

"해낼 수 있다. 넌 해낼 수 있어."

물론 경기가 잘 풀릴 때마다 '정말 세계 챔피언이 될 수 있는 걸까?' 하며 희망을 품어보기도 했다. 제이미도 스스로 재능이 있다는 것을 잘 알고 있었다. 그러나 이제는 그 모든 게 두렵게만 느껴졌다. 쉴 틈 없이 자신을 몰아치는 아버지의 매서운 손길, 두 어깨를 짓누르는 부담감, 어김없이 따라오는 고된 훈련과 희생……. 그런 것들이 그동안 간직하고 있던 스쿼시에 대한 희망과 재미를 몽땅 없애버렸다. 이제 스쿼시는 고통 그 자체였다.

오늘도 어김없이 아버지는 제이미를 학교로 데려가 체육관 앞에 차를 세웠다. 아버지가 시동을 끄고 제이미를 바라보았다. 제이미는 아버지의 얼굴을 보지 않아도 그 표정을 그려볼 수 있었다. 평소처럼 따뜻하고 부드러운 미소. 훈련을 시작하기 전에 잠깐 내비치는 아버지다운 그 미소.

"넌 내가 심하게 군다고 생각할 거야, 그렇지?"

제이미는 아무 말도 하지 않았다. 그러자 아버지가 한 팔로 제이미를 감싸안으며 말했다.

"하지만 넌 나를 이해해야 한다. 나도 이렇게 심하게 하고 싶진 않아. 절대 좋아서 그러는 게 아니란다. 하지만 나는 믿고 있단다. 이게 다 널 위해서 하는 일이라고. 언젠가 너도 아버지가 될 테니, 그때가 되면 내 말이 무슨 뜻인지 알게 될 거야. 아들이 잘못된 길을 가려고 할 때 아버지는 바로잡아 줄 의무가 있어. 때로는 매를 들 수밖에 없지."

제이미는 이번에도 입을 열지 않았다. 그러나 속으로 이렇게 반문했다.

'그럼 엄마는요? 엄마에게도 그러시나요? 엄마에게도 가끔 따끔한 매질이 필요하던가요?'

그때 아버지가 제이미를 꼭 끌어안았다.

"지금은 내가 세운 목표를 이해하기 힘들겠지. 하지만 넌 내 판단을 믿어야 해. 내가 너만 했을 때 난 어디서도 도움을 받지 못했어. 모든 걸 스스로 헤쳐 나가야 했고 아주 많은 시간이 걸렸지. 목표를 이루기까지 얼마나……. 제이미, 지금 내 말 듣고 있니?"

잠깐 딴생각에 빠져 있던 제이미가 화들짝 놀라며 고개를 들었다. 제이미의 머릿속에는 온통 용돈 걱정과 어제 잠깐 마주쳤던 수상한 남자들로 가득 차 있었다. 제이미는 아버지의 눈치를 살피며 재빨리 어정쩡한 미소를 지어 보였다.

"죄송해요……."

아버지가 잠시 제이미를 빤히 쳐다보았다. 제이미 역시 아버지를 바라봤지만 아버지가 무슨 생각을 하는지는 도무지 읽어낼 수 없었다. 제이미는 화목한 스파이더네 가족들처럼 자신도 아버지와 친구처럼 가깝게 지낼 수 있을지 궁금했다. 그렇게 되길 바랐지만 확신은 없었다.

아버지가 다시 한번 제이미의 어깨를 꼭 끌어당겼다.

"자, 이제 시작하자."

쌀쌀한 12월의 아침, 차 문을 열자 매서운 바람이 쏟아져 들어왔다. 아버지가 열쇠를 들고 체육관 쪽으로 걸어가는 동안 제이미는 차 트렁크에서 장비를 꺼내기 시작했다. 마음이 무거운 탓인지 오늘따라 하늘도 탁하게 가라앉은 것 같았고, 조그만 체육관 건물이 한층 더 우중충해 보였다.

그러나 체육관 안에 들어서자 공기가 따뜻했다. 난방이 가동되고 있었다. 난방설비가 너무 낡은 탓에 온도 조절이 어렵고, 한 번 켜면 불편할 정도로 후끈했지만 이곳에서 시합을 하지 않기 때문에 문제될 건 없었다. 게다가 오늘처럼 날이 추울 때는 오히려 그 열기가 고맙게 느껴지곤 했다.

제이미는 일단 라켓을 집어 들었다. 하지만 마음이 내키지 않아 줄만 만지작거렸다.

"라켓은 두고 스트레칭부터 해라. 공은 내가 녹이마."

아버지가 말했다. 스쿼시 공은 시합이나 훈련을 하기 전 몇 번 튀기면서 따뜻하게 달궈야 탄성이 좋아진다. 아버지가 리듬에 맞춰 공을 튀기는 동안 제이미는 스트레칭을 했다. 옆에서 바라보는 아버지의 모습은 여전히 완벽했다. 화려한 선수 생활을 일찍 접게 만든 무릎 부상도, 젊은 시절 무리하게 감행했던 과도한 훈련도 아버지를 망가뜨리진 못했다. 전성기가 지난 지 오래됐지만 아버지는 여전히 다부져 보였다. 게다가 아버지가 던지는 모든 샷은 정말 완벽했다. 의도한 위치에 정확하게 꽂혔다. 불필요한 기교 같은 건 전혀 없었다. 물론 전에 비해 동작은 좀 둔해졌지만 자세만은 변함없이 완벽했다.

어머니는 늘 아버지가 번개처럼 날렵했다고 말했다. 그때마다 제이미는 열여섯 살 아버지의 모습을 머릿속에 그려보곤 했다. 아버지와 아들의 관계가 아니라 동등한 선수의 입장으로 만났다면 과연 어떤 시합을 펼쳤을까. 제이미는 항상 궁금했다.

준비운동을 마친 제이미는 아버지 곁으로 다가갔다. 꾸물거리다가는 대번에 불호령이 떨어질 테니 서둘러야 했다. 아버지는 말없이 제이미에게 서브를 보냈다. 그렇게 둘은 서로 공을 주고받으면서 잠깐 동안 몸풀기에 몰두했다. 대화는 필요 없었다.

"체인지!"

잠시 후 아버지가 말했다. 제이미는 아버지와 코트를 바꿨고 똑같은 동작을 되풀이했다. 언제나처럼 무거운 침묵이 흘렀다. 그렇게 간단한 몸풀기가 끝나면 본격적으로 보스트와 드라이브 등 각종 기술을 연습하고 마지막으로 아버지와 모의 동작을 훈련할 것이다. 제이미는 그 훈련이 제일 싫었다. 공 없이 스쿼시 동작을 연습하는 건 재미도 없지만 어쩐지 바보

같은 짓처럼 느껴졌다.

그때 아버지가 헛기침을 하며 신호를 보냈다. 부스트와 드라이브를 시작하라는 의미였다. 제이미는 앞으로 나갔다. 이런 훈련을 수백 번도 더 했기 때문에 굳이 아버지가 알려주지 않아도 다음 차례를 훤히 꿰고 있었다.

훈련 패턴은 항상 비슷했다. 옆벽을 향해 포핸드 드라이브를 친 다음 T존으로 물러난다. 그러면 아버지가 뒷벽으로 뛰어가 강한 드라이브를 날린다. 제이미는 지겹도록 같은 훈련을 반복해 왔다. 하지만 집중하기만 하면 그렇게 지루한 훈련은 아니었다. 제일 괴로운 것은 그 후에 이어질 고통스러운 일과였다.

그러나 오늘은 달려가며 공을 칠 때도, 땀을 흘리며 앞으로 돌진할 때도 도무지 집중할 수 없었다. 여러 가지 걱정에 머리가 지끈지끈 아파왔다.

앞으로의 생활, 용돈…….

그리고 수상한 남자들 생각까지.

스파이더는 현관문을 열고 난처하다는 듯 제이미를 훑어보았다.

"호오, 무슨 일이야? 토요일 오후에 날 찾아오다니."

스파이더의 목소리에 제이미는 힘없이 웃어 보였다.

"그냥…… 시내라도 나가볼래?"

"그래? 뭐 재미있는 거라도 보러 갈까?"

"어떤 거?"

"일단 두 시간만 기다려봐. 그동안 좋은 생각이 떠오를 테니. 그나저나 너 괜찮냐? 너네 아빠한테 허락은 받았어?"

제이미의 얼굴이 붉게 달아올랐다. 스파이더가 아버지의 허락을 들먹거릴 때마다 왠지 속상하고 거북했다. 사실 스파이더는 제이미가 허락을 받든 안 받든 별로 신경 쓰지 않았고, 그게 스파이더의 장점 중 하나였지만 말이다.

제이미가 아무 말이 없자 스파이더가 어깨를 으쓱거리며 말했다.

"어쨌든 뭐. 두 시간 정도는 같이 놀 수 있을 거야. 네가 너무 우울해하지만 않으면. 근데 너, 돈은 좀 있어?"

제이미는 갑자기 비참한 기분이 들었다.

"아니."

"어쭈, 배짱이 대단한데? 일단 안으로 들어와. 그러다 얼어 죽겠다."

제이미가 들어오자 스파이더는 현관문을 닫았다.

"그런데 너, 시합은 이겼냐?"

제이미가 고개를 가로저었다.

"이런! 그럼, 점수는?"

"궁금해? 너 스쿼시 싫어하잖아."

"싫어하지는 않아. 그냥 지루할 뿐이야. 이 두 가지는 아주 달라. 지루한 감정은 어쩔 수 없잖아. 아주 자연스러운 감정이지. 하지만 싫어하는 감정에는 의지가 들어 있다고. 싫어한다고 말하면 꼭 이렇게 대꾸하는 어른들이 있잖아. '저런, 좋아하도록 노력해 보렴.' 맙소사, 난 노력하기 싫다고."

"알고 있어."

"아, 그러셔? 그래도 네겐 희망이 있잖아. 점수는 어땠어?"

"3 대 2."

"상대는 누군데?"

"데니. 넌 아마 모를 거야. 우리 학교 애가 아니니까."

"나도 알아. 소문이 아주 자자하던데? 자기가 코트의 황태자라도 되는 것처럼 뻐기고 다닌다고."

"그런 애들이야 많지."

"그래? 어쨌든 예전에 널 쓰리 투 닐로 이긴 자식 아니야?"

"쓰리 투 닐? 스쿼시 용어를 잘 모르면 그냥 3 대 0 이라고 말해. 그리고 그럴 땐 쓰리 투 러브라고 하는 거야."

"어쨌든. 거친 녀석이라고 했잖아. 게다가 너보고 속임수를 쓴다고 비난까지 했다면서."

제이미는 고개를 끄덕였다.

"그래, 바로 그 애야."

"이긴 적 있어?"

"안타깝게도 없어. 이길 뻔한 적은 아주 많았지만. 애들 말로는 내가 좀 더 공격적으로 나가야 했대. 그럼 충분히 이길 수 있는 게임이었다고 하더라."

"네 생각은 어떤데?"

"뭐, 그럴 수도."

제이미가 잠깐 동안 침묵하다가 다시 입을 열었다.

"난 초반에 힘쓰는 타입이 아니잖아. 서서히 불이 붙는 타입이랄까. 처음부터 공격적으로 나가다 보면 샷도 흐트러지고 기술도 잘 먹히지가 않거든. 초반 두 게임 정도는 신중하게 공격하는 게 편해. 그러다가 열이 오르면 그때부터 경기가 쉽게 풀리곤 하지. 그런데 요즘엔 그 느낌을 이어갈 수가 없어. 게다가 정말 중요한 순간에 맥이 탁 빠져버릴 때가 많아."

"왜? 뭐, 기회는 많잖아. 걔랑 언제 다시 맞붙어?"

"2주 뒤. 그때 지역 예선이 있거든. 그런데 말이야……."

"응?"

"그 애나 나나 2주 뒤에는 생일이 지나서 더 이상 16세 이하 자격으로 출전할 수가 없어. 그래서 지역 예선에서는 19세 이하 선수들과 겨뤄야 해."

"에, 그게 무슨 문제라도 돼?"

"그런 건 아닌데, 좀 더 부담이 되지. 16세 이하로 출전했을 땐 데니가 1번 시드를 받았고 내가 2번을 받았거든."

"난 네가 1번인 줄 알았는데."

"데니가 이사 오기 전까진 그랬지."

그 순간 제이미의 머릿속에 아버지가 했던 말이 떠올랐다.

1번 시드를 빼앗기던 날, 아버지는 제이미에게 또 거친 말을 퍼부었다. 또다시 아버지와 스쿼시 생각으로 머릿속이 복잡해진 제이미는 잠깐 한숨을 쉰 후 다시 말을 이었다.

"아무튼 그때는 시드 때문에 주로 결승전에서 겨뤘는데 이번에는 데니와 1라운드에서 마주칠 가능성이 높아졌어. 우리보다 뛰어난 선수들이 훨씬 많거든. 그래서 난 데니뿐 아니라 앤디 베일리 같은 선수들을 염두에 두면서 훈련을 해야 해."

"그건 또 누구야?"

"우리 클럽 회원이야. 열여덟 살이고 실력이 장난 아니야."

"잘난 척하는 타입?"

"아니, 전혀. 그래서 내가 더 좋아하는 형이야. 어쨌든 그런 선수들이 많아서 데니와 난 예전보다 훨씬 낮은 시드를 배정받았어. 그러니 우리가 지역 예선전 1라운드에서 마주칠 가능성이 훨씬 높아진 셈이지. 뭐 결과는 하느님만이 아시겠지. 넌 어떨 것 같냐?"

스파이더가 겉옷을 입으며 고개를 갸웃거렸다.

"그게 뭐 중요해? 어쨌거나 이기기만 하면 되잖아, 안 그래?

그런데 이번 지역 대회가 그렇게 중요한 거야?"

"응, 엄청. 1월 대회를 위한 일종의 평가전이거든."

"1월 대회?"

"주니어 오픈 말이야. 세계선수권대회."

스파이더가 동작을 멈추고 멍하니 그를 쳐다보았다.

"대회가 끝도 없군. 그러니까 네가 쉴 틈이 없지."

제이미가 눈살을 찌푸렸다. 스파이더의 말이 맞았기 때문이다.

이 지역엔 스쿼시 대회가 너무 많았고 제이미는 거의 모든 대회에 출전했다. 아버지의 뜻이었다. 감을 잃어버리지 않기 위해서, 시합 적응력과 체력을 키우기 위해서, 순위를 올리기 위해서……. 그러나 그중 어느 것도 제대로 되고 있지 않았다. 적어도 제이미의 생각엔 그랬다. 그에게 남은 거라곤 패배밖에 없었다.

그때 집 안에서 인기척이 들렸다. 제이미와 스파이더는 웃음소리가 흘러나오는 거실로 향했다.

"사실 어제 내 쌍둥이 동생들 열 번째 생일이었어. 지금은 파티에서 남은 음식을 먹고 있었고."

음식과 음료수 병, 플라스틱 컵이 거실 주변에 널려 있었다. 스파이더의 부모님과 쌍둥이 자매 에이미와 베키가 그들을 반갑게 맞았다. 제이미는 이곳이 좋았다. 모든 게 지나칠 정도로 깔끔하고 모든 스케줄이 스쿼시를 중심으로 돌아가는 자기 집과는 달랐기 때문이다. 스파이더의 집에는 기분 좋은 무질서가 존재했다. 스파이더네 식구들은 사람이든 일이든 겉모습으로 판단하지 않고 일단 받아들일 줄 알았다.

"제이미가 왔구나! 잘 지냈니?"

"별로 안 좋은가 봐요."

스파이더가 제이미 대신 대답했다.

"아니, 왜?"

"졌대요."

"지다니, 뭘?"

스파이더가 제이미를 돌아보며 히죽 웃었다.

"유감스럽게도 우리 집에선 스쿼시가 최고의 관심사가 아니라서 말이야."

"아아…… 스쿼시 시합에서 진 게로구나."

딘 아저씨가 제이미를 쳐다보며 말했다.

"네, 맞아요."

딘 아주머니는 자리에서 일어나 따뜻하게 웃으며 말했다.

"괜찮아, 기회는 많잖니. 일단 케이크 좀 줄까?"

"엄마, 괜찮아. 우린 지금 시내에 나갈 거거든."

그러자 딘 아주머니가 스파이더를 장난스럽게 밀치더니 제이미를 보며 말했다.

"아들, 난 지금 제이미한테 말했어. 자, 우린 지금부터 어제 생일을 추억하는 파티를 다시 시작하려고 하는데 생각 있니?"

"고맙지만 사양하겠어요."

"그래. 그래도 붙어 다니면서 스파이더를 본받지는 말아라. 애는 도대체 자기 한계를 모른다니까. 글쎄, 또 다른 일자리를 구했지 뭐니."

딘 아주머니가 눈살을 찌푸렸다.

"매일 아르바이트를 하면서 학교 숙제는 언제 하려고 저러 는지 모르겠다니까."

제이미가 스파이더를 쳐다보았다.

"너 또 일 구했어?"

"그냥 파트타임이야. 토요일하고 방과 후, 며칠만 하려고."

"무슨 일인데?"

"물품 보급 책임자야."

"응?"

"물품 보급을 담당하는 자리라고."

제이미가 그를 빤히 쳐다보았다.

"그러니까 그게 뭐하는 자리냐고. 네 말대로라면 꽤 거창한 자리 같은데?"

딘 아주머니가 스파이더 대신 대답했다.

"거창하기는…… 그냥 마트 선반에다 물건 쌓는 일이란다.

그놈의 차를 산다고 저 난리야. 그 많은 돈을 모아놓고도 아직 부족한 모양이지."

"빙고! 아직 충분한 돈을 모으지 못했다고요. 열일곱 살에 운전면허를 따려면 좀 더 많은 돈을 모아야 한다니까요? 게다가 차를 수리하고 필요한 물품들을 사는 데 들어갈 돈도 미리 마련해 둬야 하고요."

이야기를 듣고 있던 스파이더의 아버지가 코웃음을 쳤다.

"그게 스포츠카를 사려는 이유냐? 낡은 중고차면 어때서? 그것도 좋기만 하더라."

"그건 아버지 생각이죠."

제이미는 애정 어린 눈길로 그 광경을 지켜봤다.

스파이더는 열두 살 때부터 저축을 했다. 열일곱 살이 되는 해, 자신만의 스포츠카를 사기 위해서였다. 아르바이트가 가능해지고 나서는 한 번도 쉬지 않고 일했다. 동시에 두세 군데를 뛸 때도 있었다. 스파이더는 자신이 얼마나 돈을 모았는지, 앞으로 얼마를 더 모아야 하는지 제이미에게 일일이 알려주곤 했다. 그래서 제이미도 이제는 스파이더가 상당한 돈을 지녔다는 걸 알고 있었다.

하지만 스파이더는 천성적으로 느긋하고 욕심이 없었다. 그렇다 보니 겉모습만 보고 스파이더를 오해하는 사람도 많았다. 특히 제이미의 아버지는 '성취 욕구가 없고 게으르기만

한 아이'라고 스파이더를 비난했다.

그러나 스파이더는 그런 것에 전혀 신경 쓰지 않았다.

"아무래도 우리 아들한테 돈 귀신이 붙은 것 같아. 저러다 백만장자가 되겠어."

"백만장자가 뭐예요?"

에이미가 한입 가득 케이크를 문 채 물었다.

"바보. 위장이 백만 개 있다는 뜻이잖아."

베키의 말에 딘 아주머니가 웃음을 터트렸다.

"베키, 그건 큰 부자라는 뜻이야. 어쨌든 지금 저 아이 눈에는 차밖에 안 보일 거야. 이제 슬슬 관심 있는 차들을 보러 다니고 있거든. 그때마다 우리 부부 중 한 명이 꼭 따라가야 해. 시운전을 해야 하거든. 뭐, 스파이더는 썩 맘에 들어 하지 않지만 말이야. 원하는 만큼 액셀을 밟지 않는다고 매번 툴툴거리거든."

"밟고 싶은 대로 밟았다간 다 천국 가는 거야. 아침에 옷 하나 입는데도 세 시간씩이나 걸리는 애가 왜 그렇게 속력에 집착하는지 정말 이해가 안 된다니까. 아직 마음에 쏙 드는 차를 못 찾은 게 천만다행이지. 그건 그렇고 제이미, 케이크가 싫다면 홍차도 있단다."

제이미는 스파이더를 흘깃 쳐다보았다.

"아뇨, 괜찮아요. 지금 나가야 할 것 같아요."

"오늘은 문 여는 데가 많지 않을 텐데."

"일단 패스트푸드점에 갈 거예요. 밀크셰이크 같은 건 마실 수 있으니까."

스파이더가 말했다. 딘 아저씨가 손가락 모양의 초콜릿 비스킷으로 제이미를 가리키며 말했다.

"아마 돈 걱정은 안 해도 될 거야. 네 친구가 백만장자니까. 베키, 셸리 가지고 상난치면 안 돼."

스파이더가 제이미의 팔을 잡아끌었다.

"자, 얼른 이 정신없는 곳에서 나가자."

두 소년은 목도리에 턱을 깊숙이 파묻고 도로를 따라 종종거리며 걸었다. 12월 초에 닥쳐온 추위는 갈수록 심해지는 것 같았다.

"있잖아, 난 밀크셰이크 대신 핫초코를 마시고 싶어. 우리가 가게를 지나치지 않는다면 말이야."

스파이더가 말했다.

"근데 그 데니란 자식, 어디 학교 다녀?"

"페어웨이즈."

"아, 페어웨이즈!"

스파이더가 코를 씰룩거렸다.

"그래서 학교에서 못 봤던 거로군. 아주 잘사는 집인가 봐?"

"비교적."

"그렇겠지. 대체 걔는 어떤 애야? 코트의 골칫덩어리라는 것 빼고."

"잘은 몰라. 항상 스쿼시 클럽이나 시합에서만 봤으니까. 집이 어딘지, 형제가 있는지 전혀 아는 게 없어. 1년 전 북부에서 이사 왔다는 것밖에는. 그래도 그 애 아빠는 잘 알아. 시합 때마다 요란하거든."

"어떤데?"

"말하려면 입 아파. 우리 아빠랑도 앙숙이야."

"으, 어떤 사람인지 알겠다. 직접 보지 않았지만 다른 가족들도 다 재수 없을 것 같아."

스파이더가 얼굴을 찌푸리며 말했다.

"다른 가족이 있다면야. 뭐, 별로 알고 싶지도 않아."

시계탑을 지나 중심가로 내려가자 앞에서 불어오는 바람이 점점 거세졌다. 그만큼 두 사람의 발걸음도 빨라졌다. 토요일이라 도로에 차가 많았다. 골목길도 주차장을 방불케 했다. 스파이더가 앞서가며 말했다.

"달리자, 더 이상 못 참겠어!"

둘은 마지막 남은 몇 미터를 힘차게 질주했다.

자주 가던 햄버거집 '로시스 버거 보난자'의 분위기는 평범하다 못해 밋밋할 정도였지만 이렇게 추운 날 문을 연 것만 해도 고마운 일이었다. 스파이더가 서둘러 카운터로 다가가면서 제이미에게 물었다.

"한 푼도 없어?"

"아……."

"됐어, 뭐 마실 거야?"

"핫초코면 돼, 고마워."

"감자칩은 필요 없고?"

"응."

"난 좀 먹을 건데."

"집에서 그렇게 집어먹고 또 먹게?"

"달려올 때 싹 소화됐지. 저, 여기 핫초코 두 잔하고 감자칩 큰 걸로 두 개 주세요. 먹고 갈 거예요."

제이미가 당황한 목소리로 말했다.

"야, 난 핫초코만……."

"웃기지 마. 그러고서 내 거 집어먹으려고 그러지? 가서 빈자리나 찾아봐."

제이미는 위층으로 올라가 거리가 내려다보이는 곳에 자리를 잡았다. 창문에 자신의 얼굴이 비쳤다. 제이미는 스파이더에게 금전적인 도움을 받는 게 싫었다. 미안하기도 하고 불편하기도 했다. 스파이더는 친구를 위해 돈 쓰는 걸 대수롭지 않게 생각했지만 이제 자신에게는 용돈이 한 푼도 없었다. 아버지 몰래 아르바이트를 할 수도 없는 노릇이었다. 그렇다고 계속 스파이더에게 의지할 수도 없는 일이었다.

그 순간 제이미의 눈앞에 낯익은 얼굴들이 스쳐 지나갔다. 제이미는 자신도 모르게 얼굴을 창문에 바짝 갖다 댔다.

며칠 전 집 근처에서 마주쳤던 두 남자. 그들이 거리를 서성이고 있었다. 비록 똑바로 마주 본 적은 없지만 제이미는 느낌으로 그들이라는 것을 알 수 있었다.

'들키면 안 돼.'

갑자기 조바심이 든 제이미는 창문에 갖다 댔던 얼굴을 황급히 뒤로 뺐다. 그러나 제이미의 시선은 여전히 그들의 뒤를 쫓고 있었다.

곧이어 스파이더가 쟁반을 들고 올라왔다.

"자, 이거 받아."

감자칩이 든 봉지였다.

"고마워."

제이미는 창밖을 내다보면서 무성의하게 봉지를 받았다.

"뭘 보는 거야?"

"아, 아무것도 아냐. 그냥…… 거리를 보고 있었어. 그나저나 넌 일하는 거 재미있어?"

"아주 따분해. 목표가 있으니 마지못해 하는 거지. 그래도 가끔은 좋아. 예쁜 여자애들이 꽤 있거든. 스쿼시랑 결혼한 너야 관심도 없겠지만."

"그만해, 하나도 안 웃겨."

제이미는 어색함을 느끼며 다시 시선을 돌렸다. 그 순간만
큼은 스파이더가 한없이 부러웠다. 스파이더는 언제나 자연
스럽고 편안해 보였다. 어떤 이유로든 혼란스러워하지 않았
다. 부담을 느낄 만한 상황 속에서도 항상 자연스럽게 행동했
다. 아무 생각 없이 살아가는 듯했지만 결코 흔들리지 않았다.
당연히 스파이더 주위엔 친구들이 들끓었다. 그러나 제이미
에게는 단 한 명밖에 없었다. 그 친구가 바로 스파이더였다.

그때 수상한 남자들이 가게로 들어왔다. 제이미는 회전식
계단 틈 사이로 그들을 지켜보았다. 두 남자는 종업원과 대화
를 나누고 있었다. 주문을 하는 것 같기도 하고 뭔가를 물어보
는 것 같기도 했다.

"무슨 일이야?"

스파이더가 물었다. 제이미는 대답하지 않았다. 계속 두 남
자의 행동을 주시하고만 있었다. 그러다가 마침내 결심한 듯
천천히 일어섰다.

"스파이더, 나 화장실 좀 갔다 올게."

제이미는 아래층으로 내려갔다.

'내가 미쳤지…….'

하지만 제이미는 호기심을 억누를 수 없었다. 그들의 눈에

띄지 않게 조심조심 내려가기만 하면 그들의 대화를 엿들을 수도 있을 것 같았다. 설사 그들과 마주친다 해도 그들이 자신을 기억하지 못하길 바랐다.

제이미는 마침내 1층으로 내려와 카운터와 가까운 자리에 슬그머니 앉았다. 두 남자 모두 유행하는 스타일의 옷을 입고 있었다. 옷뿐만 아니라 반지와 시계도 꽤 값비싸 보였다. 돈이 많은 게 분명했다. 그중 키 큰 남자는 스물다섯 살쯤 돼 보였는데, 키도 크고 태도도 다부졌다. 가무잡잡하고 잘생긴 외모 덕분에 더욱 눈에 띄었다. 그 바람에 땅딸막한 남자는 더 나이 들어 보였다. 머리가 벗어지는 중이라서 그럴 수도 있었다. 제이미는 왠지 그 남자가 더 비열하게 느껴졌다.

제이미는 여차하면 도망칠 속셈으로 몸에 잔뜩 힘을 준 채 앉아 있었다. 물론 두 귀는 활짝 열어놓은 채. 그러나 제이미가 들을 수 있었던 것은 대화의 끝부분뿐이었다.

"좋아요. 연락을 기다리죠. 전화번호는 그 명함에 있어요."

그 말을 끝으로 둘은 가게 문을 나섰다. 제이미는 그들의 모습이 사라질 때까지 지켜보다가 황급히 위층으로 올라갔다. 스파이더가 눈을 커다랗게 뜨더니 어이없다는 듯 말했다.

"너 지금 제정신이야?"

"왜?"

"화장실은 저기잖아. 대체 어디 갔다 온 거야?"

"아, 맞다. 잠시 헷갈렸어."

"뭐냐, 다시 갔다 와."

"아냐, 이젠 마렵지도 않은데 뭐. 어서 먹기나 하자."

스파이더가 눈썹을 추켜올렸다. 하지만 더 이상 아무 말도 하지 않았다.

제이미가 집에 도착했을 때 시계는 6시를 가리키고 있었다. 아버지가 현관에서 제이미를 기다리고 있었다. 표정이 좋지 않았다. 제이미는 즉시 뭔가 잘못되었음을 알았다.

"왜 돈을 훔쳤지?"

제이미가 아버지를 빤히 올려다보았다. 위층에서 어머니의 울음소리가 들렸다.

"훔치지 않았어요."

"그럼 왜 돈이 없어진 거냐?"

"저도 몰라요."

아버지가 제이미 쪽으로 성큼 다가오며 다시 물었다.

"네 엄마 지갑에 들어 있던 지폐가 모두 없어졌어."

제이미는 자기도 모르게 문 쪽으로 뒷걸음쳤다. 자신을 왜 의심하는지 이유야 짐작할 수 있었지만 증거도 없이 무작정 범인으로 몰아세우는 아버지의 태도에 화가 났다. 그때 아버지의 손이 거칠게 날아왔다. 제이미는 순간적으로 고개를 피했다. 그러고는 아버지가 자신을 움켜쥐기 전에 잽싸게 문밖으로 내달렸다.

달아나 봐야 소용없었다. 하지만 한 번 달리기 시작하자 도저히 멈출 수 없었다. 용돈이 끊긴 것도 억울한데 도둑 누명까지 쓰다니……. 도저히 참을 수가 없었다. 제이미는 길 끝까지 내달린 다음 재빨리 주택가 뒤쪽 좁은 골목길로 향했다. 그곳에 제이미가 아는 유일한 피난처가 있었다.

마침내 텃밭에 이르렀다. 그때부터 서서히 속력을 줄였다. 한겨울 저녁 시간에 냉랭한 창고에 들어간다는 건 썩 좋은 생각이 아니었지만 달리 방법이 없었다. 제이미가 아는 피난처는 그곳뿐이었으니까. 제이미는 문 앞의 돌을 뒤집어서 그 밑에 숨겨놓았던 열쇠를 찾았다. 하지만 그건 쓸데없는 짓이었다. 이미 창고 문이 열려 있었다. 땅바닥에는 창고 자물쇠가 떨어져 있고, 그 옆에 작은 쇠막대가 덩그러니 놓여 있었다. 놀란 제이미는 일어나 걸쇠를 살펴보았다. 누군가가 강제로 문을 딴 게 분명했다. 살며시 창고 문을 밀고 안을 들여다보았다.

아무도 없었다. 하지만 제이미가 숨겨놓았던 낡은 담요와 쿠션이 밖으로 나와 있었다. 마지막으로 그곳을 찾았을 때 안 보이게 상자 속에 숨겨두었던 것들이다.

그러나 제이미는 곧 창고 안으로 들어가 문을 닫았다. 지금은 그런 것들을 따지고 있을 때가 아니었다. 제이미는 잠시 어둠 속에 서서 사방으로 치닫는 생각들을 잠재우려 애썼다. 그런 다음 바닥에 담요를 폈다. 그리고 쿠션을 베고 어둠 속에 힘없이 드러누웠다.

이상한 일이었다. 사람 목소리가 들리는 것 같았다. 창고 안이 너무 추워서 온몸이 덜덜 떨렸지만 집으로 돌아가는 것도 암담해서 제이미는 가능한 한 조용히 누워 있으려고 했다. 그럴수록 차가운 냉기가 서서히 뼈 속으로 파고들었다. 그때 다시 목소리가 들렸다. 그 목소리가 점점 가까워졌다가 이내 다시 사라졌다.

'다행이야.'

제이미는 어머니의 울음소리를 떠올렸다. 무슨 일이 있었는지 확실히 알 수 없어도 추측은 가능했다. 아버지는 돈을 잃어버렸다고 어머니에게 비난을 퍼부었을 것이다. 언제나 그렇듯 어머니가 자초지종을 설명하기 전에 혼자서 성급하게 결론을 내렸을 것이다. 그리고 자신의 격앙된 감정을 참지 못해 다짜고짜 폭력을 휘둘렀을 것이다. 그리고 내일이 되면 사과의 메시지가 담긴 꽃다발을 어머니에게 내밀 것이다.

그러나 제이미에게는 아무것도 없었다.

제이미는 입술을 지그시 깨물었다. 한기가 들어오지 못하도록 외투를 당겨 온몸을 단단히 감쌌다. 제이미는 아무것도 생각할 수 없었다. 도둑 누명을 쓰고 냉동고처럼 차가운 창고에 숨어 들어온 자신의 모습이 너무도 한심해서 용돈 문제나 스쿼시 등 앞으로의 문제들은 도저히 떠올릴 수 없었다. 그때 다시 발자국 소리가 들렸다.

소리만으로는 누구인지 알 수 없었다. 제이미는 몸에 바짝 힘을 준 채 귀를 쫑긋 세웠다. 누군가가 걸쇠를 만지고 있었다.

잘그락, 잘그락.

제이미는 최대한 조용하게 몸을 일으켜 세웠다. 그때 문이 살짝 열리더니 그 틈으로 어떤 형체가 어른거렸다.

'누구지? 노숙자인가?'

만약 그렇다면 문제가 커질 수도 있었다. 그들은 자신들이 찾아낸 거처를 쉽게 포기하려 하지 않을 것이다. 더군다나 지금 바깥바람은 뼛속까지 얼려버릴 정도로 매섭지 않은가.

끼이이익.

문이 좀 더 활짝 열렸다. 달빛이 정체 모를 형체 위로 쏟아졌다. 제이미는 숨을 죽였다.

소녀였다. 어둠을 틈타 창고로 숨어든 사람은 몸집이 작은 소녀였다.

그러나 소녀는 제이미를 발견하고는 곧바로 몸을 돌려 달아나기 시작했다. 제이미는 깜짝 놀라 자신도 모르게 소녀의 뒤를 따라 뛰쳐나갔다. 내쉬는 공기에 추위가 가득했다. 이제 그 소녀는 텃밭을 가로질러 달아나고 있었다. 뒤에서 보니 소녀의 발걸음이 고통스럽게 비틀거렸다.

"기다려!"

제이미가 낮은 목소리로 외쳤다. 집에서 도망 나온 처지에 있는 힘껏 소리칠 수도 없는 노릇이었다. 그러나 소녀는 멈추지 않았다. 제이미는 재빨리 뒤따라가 소녀의 팔을 낚아챘다.

"기다려! 널 해치려는 게 아냐."

소녀가 불현듯 발길을 멈췄다. 그러고는 몸을 돌려서 몹시 도전적인 눈길로 제이미를 쳐다봤다.

"내가 널 두려워한다고 생각하니?"

제이미는 말문이 막혔다.

"먼저 달아난 건 너야."

그러자 그 소녀가 비웃듯 제이미를 훑어보면서 가시 돋친 목소리로 말했다.

"뭐야, 지금. 그렇게 생각하면서 혼자 우쭐해하고 있니?"

그런 대화가 계속되자 제이미는 소녀를 내버려두고 창고로 돌아가야 하는 게 아닌지 고민하기 시작했다. 만약 그 아이가 도움을 청했다면 제이미는 어떤 식으로든 도와주었을 것이다. 하지만 그 소녀는 오히려 제이미를 경계하고 비난했다. 원하는 것도 없어 보였다. 게다가 제이미 역시 누군가를 도와줄 만큼 여유로운 상황도 아니었다. 자신의 문제만으로도 충분히 복잡했다. 제이미는 어떻게 할지 고심하면서 다시 한번 조심스러운 눈길로 소녀를 살펴봤다.

가만히 보니 제이미와 비슷한 또래인 것 같았다. 왜 이런 곳을 헤매고 있는 걸까. 이렇게 추운 밤에. 소녀는 두꺼운 스웨터에 긴 치마를 입고 기다란 부츠를 신은 차림이었다. 어깨에는 짧은 재킷을 걸치고 있었지만 추위를 막는 데는 그다지 쓸모 있을 것 같지 않았다. 어깨까지 내려오는 긴 생머리, 털모자를 귀까지 푹 눌러쓴 모습이 꼭 개구쟁이 같았다. 입도 코도 자그마했다. 장난기 섞인 눈동자는 초롱초롱했지만, 그동안 고생을 많이 했는지 표정이 거칠었다. 그러나 문제를 일으킬 만한 아이로는 보이지 않았다. 낡아빠진 천 가방을 들고 있는 손은 새빨갛게 얼어 있었다.

잠시 정적이 흐르고 소녀가 다시 몸을 돌렸다. 그 틈에 소녀의 옆모습이 잠깐 비쳤다. 그 순간, 제이미의 숨이 턱 하고 막혔다.

맙소사! 소녀의 배가 둥그렇게 부풀어 있는 게 아닌가.

어기적어기적 걷는 모습이 상당히 불편해 보였다. 걷는 모양새로 보아 몸이 많이 무거운 것 같았다. 기초 지식이 없는 제이미조차 그 소녀가 곧 아기를 낳게 될 몸이라는 걸 짐작할 수 있었다.

"아, 음…… 저…… 미안. 놀라게 했다면 미안해. 혹시 우리 창고를 쓰고 있었니? 그럼 계속 사용해도 괜찮아. 그러니까, 내 말은…… 네가 다시 그곳을 쓰고 싶다면……."

"넌 거기서 뭘 하고 있었는데?"

갑작스러운 질문에 제이미는 고개를 돌려버렸다.

'낯선 애에게 모든 걸 털어놓을 순 없지.'

제이미는 자신의 집이 이 근처에 있다는 것도 소녀에게 말하지 않았다.

"그냥…… 아버지와 다투고 나왔어."

그러자 소녀는 말없이 다시 창고를 향해 걸어가기 시작했다. 제이미는 어떻게 해야 할지 결정하지 못한 채 휘적휘적 소녀의 뒤를 따라 걷기 시작했다. 창고가 아니면 딱히 갈 데가 없었다. 제이미는 집 쪽을 힐끗 쳐다보았다. 방에 불이 켜져 있었다. 부모님이 아직도 자신을 기다리고 있는 것이다. 그러나 창가에는 아무도 없었다. 시계를 보니 벌써 새벽 두 시였다.

'이런 새벽에 내가 여기서 뭘 하고 있는 걸까?'

제이미는 지치고 허기진 몸을 질질 끌면서 떠돌이 소녀를 따라 창고로 향했다. 소녀는 제이미가 따라오는 것을 알았지만 걷는 속도를 늦추지 않았다. 제이미가 오고 있는지 확인하려고 뒤를 돌아보지도 않았다. 그런데도 제이미는 어쩐지 그 소녀가 자신을 믿고 있다고 생각했다. 아주 조금쯤은.

소녀는 창고에 도착하자마자 곧장 안으로 들어가 버렸다.

제이미는 그것이 여태껏 그 소녀가 살아온 방식일지도 모른다고 생각했다.

'잠자리를 발견했다면 어떻게든 네 자리를 확보하라. 누군가가 네 자리를 빼앗으려고 한다면 끝까지 싸워서 되찾아라.'

떠돌아다니는 사람들에게는 매일매일이 투쟁일 것이다.

제이미는 창고로 들어가 좀 전에 자신이 누워 있었던 구석 자리를 살폈다. 그 자리는 이미 그 소녀가 차지하고 있었다. 아까와는 다르게 소녀는 제이미를 조금도 두려워하지 않는 것 같았다. 아니, 제이미에게 관심조차 없는 것 같았다. 그러더니 가방에서 낡은 담요 하나를 꺼낸 뒤 창고에 있던 담요와 쿠션을 이용해서 가능한 한 편한 자리를 만들려고 했다. 그동안 제이미는 계속 문 옆에 서 있었지만 소녀는 그에게 눈길조차 주지 않았다.

잠시 후 소녀가 불쑥 입을 열었다.

"네 자리를 양보해 줘서 고마워."

다정한 목소리는 아니었다. 그렇다고 쌀쌀맞은 것도 아니었다. 근심과 고통이 묻어 있는 지친 목소리였다. 제이미는 좀 전에 들었던 거칠고 사나운 목소리를 생각하며 입을 열었다.

"난 그냥 문 옆에 있을게, 그래도 괜찮지? 어차피 추위만 피할 생각이었거든."

그러나 소녀는 아무 말이 없었다. 제이미는 그것을 동의의 뜻으로 받아들였다.

제이미가 문을 닫자 창고 안은 또다시 캄캄한 어둠에 휩싸였다. 제이미는 문 옆 바닥에 앉았다. 날은 몹시 추웠고 등 뒤 문틈으로 연신 바람이 들이쳤다. 바람을 피하려고 몸을 이리저리 움직여 보았지만 별 효과가 없었다. 그때 소녀가 담담하게 말했다.

"이쪽으로 오고 싶으면 와도 돼."

그러나 그곳은 두 사람이 비집고 앉기에 너무 좁았다. 하지만 제이미는 몸을 일으켜서 소녀가 있는 쪽으로 다가갔다. 등으로 파고드는 한기 때문에 더 이상 참을 수가 없었다. 신사인 척하기에는 너무 추웠다. 제이미는 소녀가 겁먹지 않도록 가능한 한 조심스럽게, 천천히 그쪽으로 기어갔다. 그러자 소녀가 주변에 널브러져 있던 화분 몇 개를 밀쳐내 제이미를 위한 공간을 만들어주었다. 제이미가 그 틈으로 몸을 밀어 넣었다. 이제 둘은 벽에 등을 기대고 차가운 마룻바닥에 나란히 주저앉게 됐다. 둘 다 다리를 죽 뻗었다.

여전히 냉기가 느껴졌지만 서로의 체온 덕분인지 아주 약간 훈훈해지는 것 같기도 했다. 소녀는 잠자코 있었다. 제이미 역시 침묵을 지켰다. 하지만 머릿속으로 끊임없이 내일을 걱정하고 있었다. 오늘 밤은 이곳에서 보낸다 해도 계속 이렇게 지낼 수는 없었다. 두렵지만 아버지를 다시 마주해야 했고 용돈 문제도 해결해야 했으며 어머니가 괜찮은지 확인도 해야 했다. 그리고 자신의 곁에 말없이 앉아 있는 이 아이, 자꾸만 신경 쓰이는 이 아이도 도와줘야 할 것 같았다.

물론 소녀의 속마음은 알 수 없었다. 어쩌면 자신이 하루라도 빨리 사라져 주길 바라는지도 몰랐다. 그런데 이렇게 어린 애가 어쩌다가……. 제이미는 문득 소녀의 볼록한 배를 훔쳐보았다. 소녀는 생각에 잠긴 표정으로 천장을 물끄러미 바라보고 있었다. 제이미는 잠시 망설이다 천천히 입을 뗐다.

"저기…… 혹시…… 병원에라도 가야 하는 거 아니야?"

"네 문제나 신경 써."

날카로운 대답이 비수처럼 제이미의 가슴을 찔렀다. 제이미는 더 이상 묻지 않았다. 그 역시 자신에 관해 시시콜콜 말하고 싶지 않았기 때문이다. 그러나 이것만은 물어보고 싶었다.

"네 이름…… 물어봐도 될까?"

"맘대로."

하지만 제이미는 물어볼 수 없었다. 그렇다고 그 아이가 먼저 말해줄 것 같지도 않았다. 제이미는 먼저 이름을 말해볼까 했지만 결국 입을 떼지 못했다. 소녀 역시 묵묵부답이었다. 그러는 와중에 몸이 점점 더 심하게 떨렸다. 과연 이 상태로 오늘 밤을 버틸 수 있을지 의심스러울 지경이었다. 하지만 집으로 돌아갈 생각을 하면 눈앞이 캄캄하고 속이 마구 울렁거렸다. 분명 우스꽝스러운 패배자 같을 것이다. 그러나 이렇게 주체할 수 없을 정도로 몸이 떨린다면 결국 집으로 돌아갈 수밖에 없을 것이다.

갑자기 옆에 앉아 있던 소녀가 입을 열었다.

"이 담요를 같이 덮는 게 좋겠어."

소녀가 담요를 제이미 쪽으로 펼쳤다. 제이미는 담요 끝을 잡아당겨 몸에 푹 뒤집어썼다. 하지만 얼어붙을 것 같은 추위는 여전했다. 소녀 역시 마찬가지일 거라고 생각하며 제이미는 옆자리를 흘끗거렸다. 그러나 소녀는 아무 말 없이 창고 지붕을 쳐다보며 누워 있을 뿐이었다.

잠을 청하려고 했지만 소용없었다. 몸은 물론 마음속에까지 추위가 파고드는 것 같았다. 그때 문득 옆자리에서 자신을 바라보고 있는 시선을 느끼고 제이미가 고개를 돌렸다. 어느새 소녀가 자신을 향해 돌아누워 있었다. 소녀가 불쑥 말을 꺼냈다.

"있잖아, 우리가 서로 몸을 기대면 한층 따뜻해질 거야."

"좋아."

"하지만 내키지 않는다면……."

"아니야. 괜찮아."

"그래, 알았어. 그리고 난 지금 힘든 상황이야. 하지만 어떤 경우에라도 내 몸은 스스로 지킬 거야."

"알았어. 무슨 말 하는지 알아."

제이미는 어떻게 해야 좋을지 알 수 없었다. 하지만 소녀의 말은 확실히 설득력이 있었다. 매서운 바람을 견디기 위해서 그들이 할 수 있는 것은 그것밖에 없었다. 그리고 오늘 밤만큼은 죽어도 견뎌내야 했다.

소녀는 잠시 제이미를 쳐다본 뒤 천천히 몸을 움직이기 시작했다. 그러면서 다시 한번 이렇게 말했다.

"잊지 마. 내가 아무리 약해도 내 몸 하나쯤은 스스로 보호할 수 있다는 거."

제이미는 아무 대꾸도 하지 않았다. 다만 두 팔을 옆구리에 붙이고 조심스레 소녀 곁으로 다가갔다. 마침내 둘의 몸이 닿았다. 먼저 팔이 닿았고, 잠깐 동안의 머뭇거림이 있은 뒤 엉덩이와 다리가 닿았다. 제이미는 잔뜩 긴장했다. 날은 추웠고 상황은 암울했지만 낯선 소녀와 체온을 나눈다는 것은 또 다른 긴장감을 불러왔다. 소녀는 제이미를 경계하고 있었고, 제이미 역시 그 낯선 소녀를 경계했지만 그 와중에도 둘은 서로의 체온을 나누고 있었다. 그러한 절박함이 오히려 제이미를 안심시켰다.

사실 제이미는 그 소녀에 대한 어떤 것도 함부로 짐작할 수 없었다. 자신에 대한 이야기는 하나도 털어놓지 않고, 질문이라도 할라치면 차갑게 쏘아붙이는 아이. 어쩌면 어딘가에 진짜 칼을 숨기고 있을지도 모르는 일이다. 하지만 이러한 상황에서라면 소녀도 문제를 일으키지는 않을 것이다. 말은 거칠었지만 소녀는 확실히 알고 있었다. 지금은 자신이 약자이고 공격받기 쉬운 상태라는 걸. 그리고 제이미도 그것을 알고 있었다.

둘은 서로의 체온을 느끼며 꼼짝 않고 누워 있었다. 대화는 없었다. 서로의 몸을 맞대고 있으니 약간 추위가 가시는 것 같았지만 살을 에는 듯한 추위를 막기에는 역부족이었다.

잠시 후 소녀가 몸을 약간씩 움직였다.

"팔로 나를 감싸봐."

소녀가 말했다.

"하지만 잊지 마, 내가 말한……."

"알아, 안다고."

제이미는 한쪽 팔을 들어 조심스레 소녀의 어깨를 감싸안았다. 그러면서도 최대한 몸을 건드리지 않기 위해 노력했다. 소녀는 그 모습을 보고 안심한 눈치였다. 잠시 후 그 아이가 제이미의 겨드랑이 쪽으로 좀 더 파고들었다. 그러고는 제이미의 가슴에 머리를 묻었다. 소녀의 머리카락이 코끝에 스치자 제이미는 고개를 뒤로 젖혔다. 제이미도 소녀도 그 자세로 가만히 있었다. 제이미는 소녀의 볼록한 배를 느낄 수 있었다. 보지 않아도 만지지 않아도 느낌으로 배의 꿈틀거림을 감지할 수 있었다.

소녀의 말이 옳았다. 둘이 붙어 있으니 한결 따뜻했다. 하지만 서로의 몸이 닿지 않은 부분은 여전히 얼음장 같았다. 제이미는 추위를 피하기 위해서 소녀와 더 꼭 붙어 있고 싶었으나 소녀의 마음을 읽을 수 없어서 그냥 잠자코 있었다. 창고 안은 어둠처럼 적막했다. 그리고 제이미는 이 불편하고 어색한 상황에도 불구하고 점점 더 깊은 잠 속으로 빠져들었다.

문 아래로 밝은 햇살이 비쳤다. 소녀가 있던 자리에는 부연
먼지만이 가득했다.

　제이미는 습관적으로 기지개를 켰다. 추위에 떨면서 잤더
니 온몸이 찌뿌드드했다. 목이 뻐근하고 배가 고팠다. 그리고
여전히 온몸이 서늘했다. 물론 해결된 건 아무것도 없었다.

　제이미는 일어나 앉아 어제의 기억을 떠올리려고 애썼다.
아직 아버지와 마주할 준비가 돼 있지 않았다. 당장 집으로 달
려가서 어머니가 괜찮은지 확인하고, 굶주린 배를 잔뜩 채우
고 싶었지만 마음 한구석에서는 그보다 더 큰 상처와 분노가
들끓고 있었다. 제이미는 손목시계를 확인했다. 8시 50분. 이
럴 수가, 그 추위 속에서도 이렇게나 오래 잠을 자다니, 믿기지

않았다. 제이미는 잠깐 동안 스파이더를 생각했다. 오늘 아침 스파이더는 제이미를 기다리지 않고 곧장 학교로 갔을 것이다. 워낙 눈치가 빠른 녀석이니, 제이미와 아버지 사이가 심상치 않다는 것쯤은 이미 눈치채고도 남았을 것이다.

제이미는 크게 하품을 했다. 이제 갈 곳은 딱 한군데밖에 없었다. 물론 해결책이라기보다는 잠시 생각할 시간을 벌기 위한 임시방편에 불과했지만, 그래도 그곳에 가면 최소한 따뜻하게 몸은 녹일 수 있었다.

제이미는 조심스레 밖을 내다보았다. 아무도 없었다. 제이미는 빠르게 주위를 살핀 후 살그머니 밖으로 나와 텃밭을 내달렸다.

학교에 도착했을 땐 이미 9시 30분이었다. 제이미는 교실로 향했다. 일단 교무실에 들러 지각한 이유를 보고해야 했지만 제이미는 더 이상 그런 규칙에 신경 쓰지 않기로 했다. 우선 따뜻한 교실에 들어가 몸을 녹이고 싶었다. 그리고 무엇보다도 스파이더를 보고 싶었다. 아버지와 마주하는 걸 더 이상 피할수는 없었지만, 그 전에 잠깐이라도 친구인 스파이더와 함께하고 싶었다.

제이미는 복도에서 잠깐 걸음을 멈췄다. 캠벨 선생님의 목소리가 들렸다. 독일어 시간이었다. 제이미는 독일어가 싫었다. 어렵기도 했고 유난히 잔소리가 심한 캠벨 선생님이 마음에 들지 않았기 때문이다. 하지만 캠벨 선생님의 잘못만은 아니었다. 작년 내내 거의 대부분의 선생님들이 제이미를 자주 나무랐다. 이제야 제이미는 아버지가 훈련 시간을 늘린 그날부터 선생님들의 꾸중이 잦아졌다는 걸 깨달았다. 자신은 모르고 있었지만 훈련에 대한 부담감은 그렇게 전반적으로 제이미의 생활을 흐트리뜨리고 있었다. 그러나 지금은 그런 걸 생각하고 있을 때가 아니었다.

제이미는 숨을 깊게 들이마신 뒤 교실 문을 열었다.

제이미가 교실로 들어서자 모든 시선이 그에게로 쏠렸다. 캠벨 선생님이 제이미를 훑어보며 말했다.

"많이 늦었구나, 제이미. 당연히 이유가 있겠지?"

"네, 선생님."

제이미는 애써 변명하지 않았다. 그저 빨리 자리에 앉아 혼자 있고 싶은 마음밖에 없었다. 제이미는 구석에서 자신을 지켜보고 있는 스파이더를 보았다. 캠벨 선생님이 다시 물었다.

"그래, 그 이유가 뭐지?"

제이미는 복잡한 머릿속을 정리하면서 천천히 대답했다.

"그러니까…… 집에 돌아가 옷을 갈아입고 왔어요. 등교하던 길에 물웅덩이에 빠졌거든요."

정말 말도 안 되는 변명이었다. 제이미도 알고 있었다. 하지만 더 그럴싸한 변명을 짜낼 수가 없었다. 어쨌든 지금 자신이 교복을 입고 있지 않은 이유는 대충 설명이 된 셈이었다. 엉뚱한 변명에 교실 여기저기서 킥킥거리는 웃음소리가 들렸다. 캠벨 선생님이 눈살을 찌푸렸다.

"교무실에 보고는 했니?"

"네."

"책이랑 소지품은 어디 있지?"

"잃어버렸어요."

선생님은 못마땅한 듯 입술을 조그맣게 오므리고 말했다.

"흠…… 그래? 아무튼 자리에 가서 앉도록 해라. 미심쩍긴 하지만 어쩔 수 없지. 그런데 제이미, 요즘 무슨 일 있는 거니? 좀 걱정이 되는구나."

'저도 요즘 저한테 무슨 일이 일어나고 있는지 궁금합니다.'

하지만 제이미는 순순히 자리로 돌아가 앉았다. 스파이더가 교과서를 슬며시 밀어 넣어주었다. 제이미는 교과서에 열중하는 척했다. 그러자 캠벨 선생님이 다시 수업을 시작했다. 선생님이 칠판에 뭔가를 쓰기 시작하자마자 스파이더가 제이미 쪽으로 상체를 굽히고 소곤거렸다.

"괜찮아?"

제이미는 친구를 잠시 쳐다보고는 별로라는 듯 고개를 저었다. 스파이더가 한층 더 가깝게 몸을 붙였다.

"수업이 시작되자마자 교장 선생님이 널 찾아왔었어. 네가 있는지 확인하고 가셨다니까."

제이미는 어깨를 으쓱했다.

'그랬겠지. 아버지와 둘도 없는 사이니까.'

분명히 오늘 아침에 아버지가 교장 선생님에게 전화를 했을 것이다.

"내가 없으니까 어떻게 하셨어?"

"그냥 다시 나가시던 걸."

스파이더가 캠벨 선생님을 힐끗 쳐다보았다. 선생님은 이제 칠판 필기를 다 마치고 앞을 보고 있었다. 그러나 스파이더와 제이미가 속닥거리는 걸 보고도 아무 말도 하지 않았다. 제이미는 선생님이 애써 모른 척하고 있다는 걸 알았다.

수업은 계속됐다. 제이미는 책상 위에 엎드려 자고 싶은 생각이 간절했지만 졸음이 쏟아질 때마다 두 눈을 부릅떴다. 그리고 그때마다 견딜 수 없는 굶주림이 온몸을 덮쳤다. 따뜻한 음식과 뜨거운 음료가 너무나도 그리웠다. 난로가 옆에 있는데도 차가운 기운은 쉽사리 가시지 않았다. 밤새 추위에 떨었기 때문일 거다. 뼛속까지 스며든 추위는 한순간에 없어지지 않았다. 마치 텃밭 창고의 냉기가 아직도 온몸에 착 달라붙어 있는 것 같았다. 다시 어젯밤의 기억이 제이미를 괴롭히기 시작했다. 아버지와 어머니, 돈에 대한 걱정 그리고 수상한 두 남자에 대한 생각이 여전히 머릿속을 어지럽혔다. 그리고 또 한 가지, 낯선 소녀의 존재까지. 자신의 친구는 아니지만 계속 그 소녀가 걱정됐다.

"제이미?"

캠벨 선생님이 제이미의 이름을 재차 불렀다. 제이미가 화들짝 놀라 선생님을 쳐다보았다.

"네?"

"목적격이 뭐지?"

"문장의 직접목적어입니다."

제이미는 좀 전에 들었던 설명을 어렴풋이 떠올리며 반사적으로 대답했다.

"그럼 직접목적어는 뭐지?"

그러나 행운은 거기까지였다. 제이미는 더 이상 대답할 수가 없었다.

"제이미, 직접목적어가 뭐냐고 묻잖아."

선생님의 목소리가 매서워졌다. 그때 다행히도 타냐가 손을 번쩍 들었다.

"그래, 타냐."

"제가 말해볼게요. 문장에서 어떤 행위의 대상이 되는 사람이나 사물을 가리키는 거예요. 예를 들어 '제이미가 꽃을 샀다'는 문장이 있다고 했을 때 여기서 목적어는 꽃이에요."

"그냥 목적어가 아니고 직접목적어란다."

"네, 직접목적어예요."

제이미는 고마운 마음을 담아 타냐를 바라봤다. 미소라도 지어 보이고 싶었지만 선생님이 다시 매섭게 쳐다보는 바람에 입을 다물었다.

"제이미, 이번엔 네가 직접 설명하면 좋겠구나. 그럼 대격은 또 어떨 때 쓰이지?"

제이미는 역시나 대답하지 못했다. 게다가 대답하고 싶지도 않았다. 자신의 인생이 갑자기 급물살을 탄 것 같았다. 제이미는 어디에서부터 손을 대야 하는지 어떻게 돌려놓을 수 있을지 막막하기만 했다.

"제이미?"

"잘 모르겠어요."

"그래? 십 분 동안 멍하니 창밖을 바라보는 대신, 수업에 집중했더라면 알 수 있었을 텐데. 그렇지?"

타냐가 다시 손을 들었다.

"말해봐, 타냐."

"대격은 몇몇 전치사들 뒤에도 쓰일 수 있어요."

"바로 그거야. 제이미, 넌 31쪽에 나오는 대격의 나머지 용법들과 타냐가 지금 말한 전치사들을 전부 베껴 쓰도록 해. 그리고 이따 수업 끝나고 좀 보자."

그러나 캠벨 선생님의 말이 끝나자마자 교장 선생님이 문을 열고 들어왔다.

"자꾸 방해해서 미안하게 됐군요. 아, 제이미! 와 있었구나. 내 방으로 가서 얘기 좀 할까?"

제이미는 다른 아이들의 시선을 모른 척하며 자리에서 일어났다. 의자를 밀치고 나가려는 순간 스파이더가 격려하듯 팔을 살짝 두드렸다. 교장실에 도착할 때까지 교장 선생님과 제이미는 아무 말도 하지 않았다.

"앉아라, 제이미. 자, 이제 얘기를 좀 해보자. 도대체 무슨 일이 있었던 거냐?"

제이미는 머릿속으로 적당히 둘러댈 말을 찾았다. 제이미는 본능적으로 교장 선생님을 멀리했다. 선생님이 싫거나 믿을 수 없기 때문이 아니라 선생님 역시 자신의 아버지와 비슷한 관점을 가지고 있었기 때문이다. 자신의 속내를 드러내봤자 비슷한 말만 돌아올 뿐이었다.

"아버지와 좀 다퉜어요."

한참을 고심 끝에 드디어 제이미가 말문을 열었다.

"내 짐작이 맞았군."

교장 선생님은 제이미의 대답을 듣더니 대수롭지 않다는 듯 말했다. 그러고는 대뜸 수화기를 들었다.

"론? 나 짐일세. 그래, 학교에 왔어. 지금 내 방에 있네. 바꿔

줄까? 아, 그럼 되는 대로 건너오게. 좋아, 알겠네. 이따 보세."

제이미는 아버지의 얼굴을 떠올려봤다. 갑자기 속이 메슥거렸다. 어머니는 지금 어떤 기분일까, 뭘 하고 계실까. 내 걱정을 하고 계시겠지.

한참 이런저런 생각에 빠져 있는데 교장 선생님이 다시 말문을 열었다.

"지역 대회 준비는 다 됐니?"

제이미는 교장 선생님을 빤히 쳐다보았다. 지역 대회라고? 교장 선생님은 아마 제이미의 고민거리가 '지역 대회'라고 철석같이 믿고 있는 듯했다.

'역시 나를 스쿼시에 빠진 바보로 생각하고 계셨군.'

제이미는 복잡한 기분을 느끼며 가능한 한 그럴싸한 대답을 하려고 애썼다.

"음, 그동안 열심히 훈련했어요."

"다른 건 괜찮니?"

"네, 괜찮아요."

제이미는 어서 이 대화를 끝내고 싶었다. 하지만 교장 선생님은 오랜만에 갖는 학생과의 대화가 퍽이나 즐거운 듯했다.

"네 라이벌도 지역 대회에 나올 예정인가 보던데. 그 애 이름이 뭐였지? 저번에 론이 말해줬는데. 작년에 여기로 이사 온 애라고?"

"데니 파웰이에요."

제이미는 지난 시합 때 마지막 게임을 이긴 뒤 호기롭게 주먹을 휘두르던 데니의 모습을 떠올렸다. 그때 데니의 아빠는 환호성을 질렀고 자신의 아버지는 탈의실에서 아들의 뺨을 때렸다. 제이미는 천천히 숨을 들이마신 뒤 대답했다.

"아마도 1라운드에서 그 애와 맞붙을 것 같아요."

교장 선생님이 턱을 쓰다듬었다.

"데니 파웰. 바로 그 애였군. 좋은 선수인 것 같더구나. 전체 순위에서 너보다 위던가?"

"네."

"그래, 하지만 난 네가 이길 수 있다고 확신한다. 그 애 페어 웨이즈에 다닌다고 하던데, 맞지?"

"네, 맞아요."

교장 선생님은 잠시 뭔가를 생각하더니 빙긋 웃었다.

"사실 이런 말을 하는 게 바람직하진 않지만 난 네가 꼭 이 겼으면 좋겠구나. 페어웨이즈라…… 부잣집 애들만 다닌다는 사립학교지. 네가 그 애를 이겨 공립학교에서 우승을 따낸다면 정말 기쁠 거야. 물론 이 얘긴 너니까 하는 말이지만."

그러나 비밀스러운 속내를 주고받은 사이답지 않게 두 사람 사이에는 어색함이 감돌았다. 오늘따라 교장 선생님은 유난히 친절했고 둘의 관심사에 맞춰서 대화를 이어 가려고 무척 노력하는 것처럼 보였다. 하지만 호되게 야단치지도 못하고 살살 구슬리지도 못하고, 어쩐지 계속 안절부절못하는 것처럼 보이기도 했다. 최대한 빨리 아버지가 나타나길 기다리고 있는 것처럼 보였다.

바로 그때 창 너머로 아버지의 차가 모습을 드러냈다. 금방 도착한 것으로 봐서 아마 운전 중에 전화를 받은 모양이었다. 차 안에서 휴대폰으로 통화할 정도면 꽤나 마음이 급했다는 뜻이다.

드디어 아버지가 본관 입구로 들어섰다. 잠시 후 똑똑 하고 노크 소리가 들렸다.

"들어와요."

"교장 선생님, 윌리엄스 씨가 오셨습니다."

"고마워요."

교장 선생님이 자리에서 일어나자마자 아버지가 뚜벅뚜벅 교장실 안으로 걸어 들어왔다.

"어서 오게, 론."

아버지는 교장 선생님과 악수를 나누었다. 하지만 아버지의 시선은 줄곧 제이미에게 꽂혀 있었다. 제이미는 다음 일을 예상하려고 애쓰면서 엉거주춤 의자에서 일어났다.

'만약 단둘이 있었다면 분명 아버지는……'

하지만 지금은 자상한 미소를 띠고 있었다.

"폐를 끼쳐 미안하네, 짐. 가족들 간에 사소한 오해가 있었네. 심각한 건 아니고. 괜찮다면 오늘 제이미를 조퇴시킬까 하는데. 집으로 데려가 뭘 좀 먹여야 할 것 같네. 몰골을 보아하니 내내 쫄쫄 굶은 것 같거든."

"또 씻기도 해야겠지."

교장 선생님도 웃음을 띠며 대답했다. 모두들 일이 잘 해결됐다고 기뻐하고 있었다. 제이미만 빼고. 제이미는 도저히 웃을 수 없었다. 아버지도 교장 선생님도 속이 훤히 들여다보이는 거짓 표정을 짓고 있는 것 같았다. 제이미는 아무것도 나아지지 않은 자신의 상황을 떠올리며 가슴이 막막해졌다. 게다가 자신이 도와주지 못한 소녀의 얼굴이 떠올라 더욱 마음이 괴로웠다.

아버지가 팔로 제이미의 어깨를 감싸며 말했다.

"됐다, 제이미. 이제 집에 가자꾸나."

교장 선생님이 마지막 인사를 건넸다.

"또 연락하게."

"물론이지."

아버지는 뚜벅뚜벅 앞장서서 교장실을 나갔다. 제이미가 그 뒤를 힘없는 발걸음으로 따라 나갔다. 어제부터 추위와 배고픔에 떨면서 지낸 탓인지 제이미는 말할 수 없이 피곤했다. 게다가 앞으로 어떻게 해야 하는지 도무지 알 수가 없었다.

'예전 생활로 돌아가야 하나? 아무 일도 없었다는 듯이.'

하지만 그럴 수 없을 것 같았다. '지갑이나 터는 애'로 오해받은 건 분명 억울한 일이었다. 하지만 생각해 보면 또 그렇게 큰 사건은 아닐지 모른다. 단지 그 사건을 계기로 그때껏 참고 있었던 분노가 터졌고, 처음으로 반항을 했다는 게 중요했다. 이미 강을 건넜는데 다시 그 전으로 돌아가기란 어려운 법이다. 추위와 굶주림, 수면 부족은 제이미의 마음속에서 눈덩이처럼 불어나고 있는 갈등과 번민에 비하면 아무것도 아니었다. 제이미는 차 뒷자리에 털썩 주저앉았다. 곧이어 이어질 상황이 곧바로 머릿속에 그려졌다. 하지만 이상하게도 전혀 걱정되지 않았다. 그답지 않은 일이었다.

"얘기는 나중에 하자."

아버지는 그 후로 입을 열지 않았다. 아버지가 시동을 걸고 차를 출발시키는 동안 제이미도 줄곧 침묵을 지켰다. 피곤했기 때문도 아니고 혼란스럽기 때문도 아니었다. 그냥 너무도 자연스럽게 할 말이 싹 사라져 버렸다. 제이미는 멍하니 창밖을 바라보았다. 수많은 차들이 그들을 빠르게 스쳐 지나갔다.

그리고 그 시각 학교를 지켜보는 또 다른 남자들이 있었다.

제이미는 침대에 앉아 창밖을 내다보고 있었다. 심술궂은 가랑비가 신선한 아침 공기를 흐려놓고 있었다. 그 울먹울먹 하는 분위기가 제이미의 마음과 똑같았다. 희뿌연 하늘도 마찬가지였다.

제이미는 아버지에게 맞는 게 싫었다. 아버지는 운동을 했던 사람이라 손힘이 무서울 정도로 셌고, '적당함'을 참지 못했기 때문에 제이미가 참아야 하는 고통은 상상 이상이었다. 하지만 고통만이 제이미를 괴롭히는 것은 아니었다. 폭력이 휩쓸고 간 자리에는 항상 무력감이 남았다. 무시당했다는 비참함, 아들로서 사랑받지 못했다는 슬픔이 제이미를 괴롭혔다. 그래서 제이미는 항상 분노와 반항심을 품고 있었다.

게다가 어제는 잘못도 안 했는데 추궁을 당했다. 성적 하락, 우승 실패로 인해 혼났던 것과는 전혀 다른 성격의 문제였다.

제이미는 책장 뒤에 숨겨둔 비밀 일기장을 꺼냈다.

'언젠가는 아버지도 날 인정해 주시겠지. 손찌검 대신 나를 안아주시겠지. 스파이더네 가족처럼 나와 아버지도 따뜻한 관계를 맺을 수 있을 거야. 아버지가 나를 존중해 줬으면……. 왜 아버지는 나를 무시하고 함부로 대할까. 난 아버지를 존경하고 있는데…… 정말 아버지를 사랑하고 싶다. 그러나 그럴수 없다. 아버지가 그걸 막아버린다. 나도 안다. 아버지는 예전에 훌륭한 스쿼시 선수였다. 미래의 내 모습보다 훨씬 더 훌륭하고 완벽한 사람. 아버지가 경기를 하는 건 본 적 없지만 엄마는 항상 아버지가 완벽했다고 말한다. 스크랩해 놓은 기사들도 봤다. 아버지는 호주를 그리워하고 있다. 그곳에서 스쿼시를 배웠으니까. 아버지는 호주를 스쿼시의 나라라고 말한다. 그러나 지금 이곳은 호주가 아니다.'

제이미는 두서없이 글을 써 내려갔다. 몇 달 전부터 쓰기 시작한 이 일기장에는 항상 똑같은 얘기만 반복됐다. 제이미는 조만간 일기장만으로는 자신의 마음을 추스를 수 없을 것 같아서 두려웠다.

그때 계단을 올라오는 발자국 소리가 들렸다.

'엄마다.'

제이미는 얼른 일기장을 베개 밑에 찔러 넣었다. 곧이어 노크 소리가 났다.

"엄마?"

제이미의 짐작대로 어머니가 차와 토스트를 들고 들어왔다. 제이미는 부끄럽고 죄송하고 걱정스러운 마음으로 어머니의 얼굴을 물끄러미 쳐다봤지만 어머니는 마치 투명한 유리 가면을 쓴 것처럼 애매모호한 표정을 짓고 있었다. 도통 감정을 읽어내기 어려웠다.

어머니는 쟁반을 책상에 내려놓았다. 그리고 침대 곁으로 다가와 앉았다.

"제이미……."

"응……."

"제이미, 제이미……."

"응, 알아요. 아버지가 날 사랑하고 있다고 말하려는 거죠. 내가 패배자라 해도요."

"아니, 아니야. 넌 패배자가 아니야. 그리고 네 말처럼 아버진 정말 널 사랑하셔. 내가 널 사랑하는 것처럼. 아버진 널 돕고 싶으신 거야. 그걸 잊어선 안 돼. 다 널 위해서 그러는 거니까, 그렇지……. 맞아, 그런 거야. 엄격한 훈련 없이는 뭔가를 얻을 수 없단다. 목표를 이루기 위해서는 옆에서 누군가가 도와줘야 한단다."

그러나 어머니는 그 말을 제이미가 아니라, 마치 자기 자신에게 하듯 말했다. 마치 스스로를 납득시키겠다는 듯이. 게다가 그 목소리는 마치 대본을 읽는 것처럼 생기가 없었다. 실제로 어머니는 그동안 아버지가 몇 번씩 강조했던 말을 외운 것처럼 그대로 따라하고 있었다. 하지만 제이미는 그런 말이 아닌, 진짜 어머니의 말이 필요했다. 아버지의 말은 귀에 못이 박히도록 들었으니까. 제이미는 어머니의 진짜 생각이 궁금했지만 어머니는 항상 머뭇거렸다. 평온한 얼굴 뒤에 진심을 숨기고 있었다.

어머니조차 아버지의 불같은 성격을 피해갈 수는 없었다. 하지만 매번 그렇게 눈물을 흘리고서도 어머니는 아버지에 대한 믿음을 버리지 않았다. 어쩌면 '완벽함을 갈망하는 아버지의 성격'이 어머니마저 그렇게 만들어버렸는지도 몰랐다. 어느 순간 아버지의 모든 말에 자신을 동일시하게 된 건 아닐까. 어머니는 아직도 아버지가 완벽하며 모든 걸 가장 잘 알고 있다고 믿는 듯했다.

제이미는 어머니가 내민 찻잔을 받아 들었다. 하지만 무슨 말을 해야 할지 몰라서 얼른 찻잔을 입가에 갖다 댔다. 그런데 갑자기 어머니의 표정이 굳어졌다.

"저게 뭐니? 저기…… 베개 아래."

이런. 일기장의 한 귀퉁이가 베개 아래에 삐죽 튀어나와 있었다.

"아, 이거요. 그냥 연습장이에요. 학교에서 쓰는 거요."

"왜 책가방에 넣지 않고?"

"그래야죠. 좀 이따 넣을 거예요."

그러나 어머니는 여전히 일기장을 쳐다보고 있었다.

"이상하구나. 연습장을 베개 밑에 두다니."

"그러게요. 요즘 제정신이 아니에요."

제이미는 최대한 자연스럽게 일기장을 끄집어내서 책가방 안에 쑤셔 넣었다. 하지만 어머니는 제이미가 다시 침대에 걸터앉는 동안에도 의심스러운 눈빛을 거두지 않았다.

"뭔가 숨기고 있구나."

제이미는 그냥 어깨를 으쓱하고 말았다.

"그래, 별거 아니겠지. 나는 네가 연애편지라도 쓰는 줄 알았다."

여전히 추궁하는 분위기였지만 어머니의 말 속에 가벼운 농담이 섞여 있었다. 화제를 바꿀 수 있는 좋은 기회였다.

"휴우. 아버지가 매일 딱 붙어서 훈련을 시키는데 어떻게 여자 친구를 사귈 수 있겠어요?"

그러자 예상했던 대로 어머니가 금방 아버지를 두둔하고 나섰다.

"제이미, 아버지가 너만 했을 땐 가진 게 아무것도 없었어.

네 조부모님이 워낙 가난하셨거든. 하루 벌어서 하루 먹는 생활이었지. 하지만 부모님이 돌아가시고 상황은 더 나빠졌어. 그때 네 아버진 속으로 다짐했단다. 결코 부모님처럼 가난하게 살지 않겠다고, 승자가 되겠다고 말이야."

"알고 있어요. 벌써 여러 번 말씀하셨잖아요. 아버지도 말씀해주셨고요. 수백 번, 아니 수천 번은 더 들은 얘기라고요."

하지만 어머니는 대본을 읽듯 계속 말을 이어갔다. 하지만 그 이야기라면 제이미도 빠짐없이 외우고 있었다. 아버지가 얼마나 고생하며 힘들게 살아왔는지는 이미 잘 알고 있었다. 다섯 살 때 부모님을 잃고 호주 삼촌 댁에서 자랐으며 열다섯 살 때 그들에게서도 버림받았다. 그 후 줄곧 혼자서 삶을 개척했다는 얘기는 수백 번도 더 들었다. 또 학교와 일터에서, 특히 스쿼시 코트장에서 얼마나 이를 악물고 싸웠는지도 다 들어 알고 있었다.

"특히 스쿼시에 대한 애정은 대단했어."

제이미는 머릿속에서 어머니의 다음 말을 떠올려봤다.

"아버지는 열다섯 살 때부터 스쿼시를 시작했어. 너처럼 세 살 때부터 시작했다면 훨씬 더 유명한 선수가 됐을 거야. 그러니 넌 아버지보다 훨씬 유리한 입장에 있는 셈이야. 게다가 그때 아버지는 시합 한 번 치르려고 수 킬로미터씩을 이동해야 했단다. 경비도 직접 해결해야 했고. 그래서 일주일에 겨우 한

번밖에는 대회에 나갈 수가 없었단다."

"그다음 얘기는 저도 알아요. 낡은 차고 벽에 선을 그려놓고 연습을 했다는 거죠. 저도 다 안다고요."

"그래, 그러니 불평하지만 말고 아버지를 이해하려고 애써봐. 아버진 험한 세상을 헤쳐 나오느라 그렇게 거칠어진 것뿐이야. 갖은 고생을 다 했으니까. 아버지는 인생의 경쟁이 어떤 건지 잘 알고 있어. 그게 얼마나 쓰디쓴지를 말이야. 그래서 네게는 더 많은 기회를 주려는 것뿐이야. 알겠니?"

어머니가 방을 나간 뒤 제이미는 책가방에서 일기장을 꺼내 다시 책장 뒤에 숨겨놓았다. 그러고는 침대에 털썩 주저앉았다. 비 때문에 텃밭이 뿌옇게 보였다. 날이 한없이 추워지고 있었다.

저녁 무렵에 비가 멈췄다. 아버지는 어김없이 제이미를 스쿼시 코트장으로 데려갔다. 함께 스트로크 연습을 한 다음 바깥에 있는 럭비구장으로 나가 체력 훈련을 했다. 집으로 돌아오는 길은 여전히 춥고 멀었다. 그때 문득 제이미의 머릿속에 어떤 생각이 떠올랐다.

저녁 식사를 마치자 아버지는 위층 서재로 올라갔고, 제이미는 어머니가 설거지하는 걸 도왔다. 9시가 되자 어머니는 뉴스를 보러 거실로 나갔다.

제이미는 부모님이 다시 주방으로 들어오지 않을까 조바심을 내며 잠시 분위기를 살폈다. 그리고 확신이 들자마자 어머니가 오후에 사온 롤빵 세 개를 얼른 꺼내 비닐봉지에 담았다. 그러고는 잽싸게 뒷문으로 빠져나와 텃밭 쪽으로 내달렸다. 저 멀리 창고가 어슴푸레 모습을 드러냈다. 주위는 어둡고 고요했다. 이내 조심스레 창고 문을 열었다.

아무도 없었다.

제이미는 그대로 안으로 들어가 낡은 담요 옆에 롤빵을 놓아두고 다시 급히 집으로 돌아왔다.

다음 날 아침, 눈을 뜨자마자 제이미는 다시 창고를 찾았다. 롤빵은 사라진 채였다! 그러나 소녀의 흔적은 보이지 않았다.

제이미는 빵을 놓아두었던 자리를 물끄러미 바라보았다. 그 와중에도 부모님이 자신을 부르는 소리, 심지어는 아버지가 창고로 다가오는 소리가 들리는 것 같았다. 그러나 아침 시간은 저녁 시간보다 더 안전했다. 아버지는 아직 면도 중이고 어머니는 샤워를 끝내고 머리를 말리는 중이었기 때문이다.

제이미는 무릎을 꿇고 앉아 담요를 살폈다. 거기에는 누군가가 앉았다 간 흔적이 역력했다. 더 자세히 보니 담요 위에 빵 부스러기가 떨어져 있었다. 그 소녀가 빵을 먹은 게 틀림없었다. 제이미는 빵 봉지가 화분 뒤에 숨겨져 있는 것을 보았다.

갑자기 마음이 놓였다. 이유는 알 수 없지만 아직 소녀가 창고를 찾아온다는 생각에 마음이 편안해졌다. 제이미는 천천히 숨을 들이마시며 오랜만에 찾아온 안도감을 한껏 즐겼다.

'그 소녀도 날 생각할까?'

그런 생각을 하다가 제이미는 아닐 거라고 결론지었다. 지금 소녀에게는 더 다급하고 중요한 문제가 있으니까. 제이미는 이런저런 생각을 하며 다시 집으로 돌아왔다. 어머니는 벌써 주방에 있었다. 어머니가 제이미를 발견하고는 깜짝 놀라며 물었다.

"제이미, 지금 어디에서 오는 거니?"

"자전거 바퀴 좀 살펴보고 왔어요."

"바퀴에 무슨 문제라도 생겼니?"

"저번에 보니까 좀 이상한 것 같아서요."

"그럼 아버지께 봐달라고 하면 되잖아."

제이미는 재빨리 고개를 내저었다.

"아뇨, 바퀴에 뭐가 끼어 있어서 바로 빼냈어요. 이젠 괜찮아요, 정말이에요."

그러자 어머니가 머뭇거리는 목소리로 말했다.

"그런데 제이미, 혹시 빵 상자에 손댄 적 있니? 분명히 어제 롤빵을 사다놨는데 몇 개가 없어진 것 같단 말이야."

제이미는 그 질문에 대한 답도 준비해 두었다.

"아, 죄송해요. 말씀드리려고 했는데…… 어젯밤 늦게 배가 너무 고파서 몇 개 집어 먹었어요. 맛있었어요. 오늘 점심으로 가져가도 돼요?"

"안 될 거야 없지. 몇 개나?"

"음, 전부요."

"열 개를 다? 빵이 커서 하나만 먹어도 배부를 텐데. 아무리 훈련이 힘들어도 그렇지, 그러다 배 터진다."

"아니에요, 다 먹을 수 있어요. 지금은 더 많은 열량이 필요해요. 지난번 시합 때도 기운이 딸려서 애를 먹었다니까요."

제이미는 거짓말을 서슴없이 해대는 자신이 부끄러웠다. 하지만 어머니는 곧바로 말을 잘랐다.

"글쎄, 엄마 생각에는 아닌 것 같은데. 아버지가 네 식사를 얼마나 철저히 관리하고 있는데."

제이미는 두 번째 거짓말을 시도했다.

"하지만 휴식 시간이 되면 항상 배가 고픈 걸요. 그래서 밖에 나가 포테이토칩이나 초콜릿 같은 걸 사먹었단 말이에요."

이번엔 즉시 효력이 나타났다.

"세상에, 먹는 게 그렇게 부실했었니? 난 까맣게 모르고 있었구나. 하지만 아버지껜 말하지 않는 게 좋겠다."

어머니가 얼굴을 찌푸리며 제이미를 쳐다보았다.

"일단 빵 일곱 개를 싸줄게. 몇 개나 남겨 오는지 한번 보자꾸나."

"하나도 안 남길 거예요. 다 먹을 수 있어요."

"두고 보면 알겠지. 빵 안에 뭘 넣어줄까? 치즈, 샐러드, 땅콩버터가 있는데."

"치즈하고 샐러드 조금 넣어주세요."

이렇게 쉽게 어머니를 속이다니! 제이미는 양심의 가책 때문에 어머니의 시선을 피했다.

아버지가 아래층으로 내려왔다. 아버지는 아무 말도 하지 않고 식탁에 앉아 신문을 읽기 시작했다. 제이미가 힐끗 쳐다보았으나 반응이 없었다. 제이미는 인상을 찌푸렸다. 아버지는 작년부터 줄곧 뚱하고 언짢은 표정을 짓곤 했다. 아침 시간에나 저녁 시간에나, 가족이 함께 모여 있는 시간에도 좀처럼 표정을 풀지 않았다. 제이미가 기대만큼 성적을 못 냈기 때문이다.

어머니가 망설이듯 말을 꺼냈다.

"여보, 오늘 밤 탈보트 씨 부부가 오는 거 잊지 마세요."

아버지는 아무 대꾸도 없이 계속 신문만 읽어 내려갔다.

제이미는 어머니를 쳐다보았다. 그러나 어머니는 이미 부엌으로 자리를 옮긴 뒤였다. 샌드위치를 싸는 어머니를 다시 한번 쳐다본 뒤 제이미는 아침밥을 먹기 시작했다. 자신은 이미 아버지 눈 밖에 났다. 예전처럼 시합에 우승하지 않으면 결코 아버지의 표정을 돌려놓을 수 없을 것이다. 그러나 제이미는 시합에서 우승하고 싶은 생각이 전혀 없었다. 오직 스쿼시를 포기하고 싶다는 생각뿐이었다. 물론 제이미도 스쿼시가 좋았다. 하지만 더 이상은 라켓을 들 수 없었다. 수없이 고민한 결과였다. 어떤 식으로든 자신의 마음을 아버지에게 알려야 했다. 그리고 되돌아오는 결과를 온전히 받아들여야 했다. 아직은 준비가 안 됐지만 언젠가는 그렇게 해야 한다고 제이미는 생각했다.

어머니는 준비한 빵을 차례로 가방에 넣고 있었다. 그 모습을 보자마자 제이미의 머릿속에서 스쿼시에 대한 걱정이 사라졌다.

'오늘 계획을 실행하려면 주방에 혼자 남아 있어야 해.'

그때 아버지가 시리얼 그릇을 팔로 밀어냈다. 어머니가 황급히 주방에서 나오며 말했다.

"토스트 내갈게요."

그러나 아버지가 자리에서 일어나며 대답했다.

"필요 없어. 지금 나가봐야 해. 그런데 내 새 셔츠는 어디 있지? 아무 데도 안 보이던데."

"말씀드렸잖아요, 옷장 왼쪽에 걸어둔다고."

"글쎄, 안 보이더라니까."

"분명히 거기 걸어놨는데. 그럼 같이 가봐요. 내가 직접 꺼내줄게요."

어머니는 아버지를 데리고 위층으로 올라갔다.

제이미는 부모님의 모습이 완전히 사라질 때까지 기다렸다. 그러고는 재빨리 일어나 가방에서 빵을 꺼내 뒷문 쪽으로 다가갔다. 문득 또 다른 생각이 떠올랐던 것이다. 그러나 그 일은 재빨리 처리해야만 했다. 그것도 아주 조용히.

제이미는 살금살금 계단 쪽으로 걸어가 귀를 기울였다. 위층 침실에서 두 분의 말소리가 들려왔다. 이어서 옷걸이를 한쪽으로 밀치는 소리가 났다. 제이미는 발끝으로 층계를 올라가 세탁물 수납장으로 갔다. 그곳에 한 번도 쓰지 않은 크고 두툼한 담요가 있었다. 그것을 한 손에 움켜쥐고 다시 조용히 아래층으로 내려왔다.

이제 위층에서는 아무 소리도 들리지 않았다. 부모님은 언제라도 내려올 수 있었다. 지체할 시간이 없었다. 제이미는 담요와 빵을 챙겨 들고 살며시 뒷문으로 빠져나와 창고로 달음질쳤다. 그리고 어제처럼 창고 구석 자리에 가져온 것들을 내려놓은 뒤 잽싸게 다시 집으로 돌아왔다.

스파이더는 아무 말도 하지 않았다. 학교 가는 길 내내 침묵을 지켰다. 제이미가 난처해할까 봐 섣불리 질문을 꺼내는 것도 자제했다. 제이미는 친구의 배려가 몹시 고마웠다.

'어제 무슨 일이 있었는지 궁금할 텐데…… 고맙다.'

스파이더는 애써 캐묻지 않았다. 은근히 놀려대는 법은 있어도 결코 무언가를 강요하지 않는다. 어떤 상황에서도 마찬가지였다. 제이미는 그런 스파이더를 대단하다고 생각했다. 생각 없이 떠들고 낄낄대는 것처럼 보여도 스파이더가 꺼내는 얘기들은 늘 사람들의 상황을 배려한 것들이었다.

"방과 후에 또 시합? 아니면 훈련?"

스파이더가 물었다.

"시합. 아버지가 데리러 올 거야. 기다리지 말고 그냥 가."

"상대는 누군데…… 그 데니라는 애?"

스파이더가 말을 마치자마자 둘의 머릿속에 어떤 노래가 동시에 떠올랐다. 제이미와 스파이더는 서로의 얼굴을 쳐다보며 걸음을 멈췄다.

"하나, 둘, 셋…… 오오, 데니 보이, 데니 보이 피리 소리가 울려 퍼지네……."

둘의 노랫소리에 길을 가고 있던 부인이 걸음을 멈추고 그들을 쳐다봤다. 제이미와 스파이더는 장난스럽게 킬킬거리며 다시 걸음을 재촉했다.

"어…… 근데 다음 가사는 뭐지?"

"나도 모르겠다."

"그런데 정말 시합에서 데니랑 붙는 거야?"

"아니, 앤디 베일리."

"앤디 베일리라…… 어디서 들어본 것 같다?"

"저번에 말했잖아, 엄청나게 잘하는 형이라고."

"이야, 오늘 볼만하겠는데. 꼼짝없이 당하는 제이미 선수!"

"그 정도면 다행이게."

그러자 스파이더가 자못 진지한 표정으로 이렇게 물었다.

"있잖아, 이런 걸 물어봐도 될지 모르겠는데…… 대체 왜 그렇게 자주 시합에 나가는 거야?"

그 말에 제이미가 시선을 돌렸다.

'나도 그게 궁금하다. 재미도 없고 짜증만 나고…….'

마침내 제이미가 어깨를 으쓱하며 심드렁하게 대답했다.

"내 실력을 높이려는 거겠지."

"그래?"

"사실은 나도 잘 모르겠어."

둘 다 입을 다물었다. 제이미와 스파이더는 한동안 아무 말 없이 나란히 걸었다. 얼마나 걸었을까…… 제이미가 눈에 띄게 멈칫하며 몸을 뒤로 뺐다.

"왜 그래?"

덩달아 속도를 줄이며 스파이더가 제이미를 돌아봤다. 제이미가 고갯짓으로 앞을 가리켰다. 그곳에 바로 그들이 있었다. 며칠 전부터 동네 주변을 어슬렁거리던 두 남자. 그들이 아래쪽에서 제이미가 있는 쪽으로 올라오고 있었다. 스파이더는 그들을 한 번 쳐다본 뒤 다시 제이미를 돌아봤다.

"그런데?"

"저 남자들 혹시 알아?"

"아니, 전혀. 넌?"

"마찬가지야."

"그런데 왜 난리야?"

"비밀이야."

일부러 가벼운 목소리로 대답했지만 스파이더는 고개를 절레절레 흔들었다.

"쯧쯧, 너 아무래도 피해망상인 것 같다."

이제 손을 뻗으면 닿을 만큼 두 남자와의 거리가 가까워졌다. 제이미는 고개를 숙인 채 곁눈질로 힐끔거리며 잽싸게 걸음을 옮겼다. 스파이더 역시 옆으로 비켜섰다. 그때 두 남자가 발걸음을 멈추면서 그들을 돌아봤다.

"이봐, 학생들. 말 좀 물을까?"

키 큰 남자였다. 높고 가느다란 음성이 까무잡잡하고 단단한 몸집과 묘하게 대조적이었다. 제이미는 그의 목소리가 외국인처럼 생소하다고 생각했다. 제이미가 시선을 피하는 사이, 스파이더가 무슨 일이냐는 듯 당당한 태도로 그들을 마주봤다.

그러자 땅딸막한 사내가 주머니에서 뭔가를 꺼냈다.

"학교 가는 중이구나. 방해해서 미안하군."

그러나 말과는 달리 전혀 미안해하지 않는 얼굴이었다. 그 남자는 사람 좋은 웃음을 흘리며 사진 한 장을 불쑥 내밀었다.

"혹시 이 소녀를 본 적 있니?"

스파이더는 남자에게 사진을 받아 한번 훑어보더니 고개를 가로저었다.

"아뇨, 세이미 닌 봤어?"

스파이더가 사진을 건넸다. 사진을 받아드는 제이미의 두 손이 가늘게 떨렸다. 제이미는 보지 않아도 사진 속 얼굴을 짐작할 수 있었다. 그렇다. 바로 그 소녀였다. 사진을 확인하는 동안 두 남자와 스파이더의 시선이 제이미에게 꽂혔다.

마침내 제이미가 마른침을 삼킨 후 고개를 내저었다.

"못 봤어요."

"아, 그렇군."

땅딸막한 남자가 사진을 다시 받아 들며 또 한 번 미소를 지었다.

"우리는 실종자 센터에서 나온 사람들이야. 지금 이 소녀를 찾고 있는 중이지. 여기서 소녀를 봤다는 말을 듣고 찾아왔어. 혹시 이 소녀를 보게 되면 여기로 연락해 주겠니?"

남자는 주머니에서 명함을 꺼내 전화번호를 적은 후 제이미 손에 쥐어주었다.

"두 장을 써. 그래야 하나씩 주지."

키 큰 남자가 말했다. 그러자 스파이더가 재빨리 대답했다.

"아뇨, 그럴 필요 없어요. 그래봐야 전 잃어버릴 게 뻔해요. 그냥 제이미한테만 주세요. 어차피 연락처는 물어보면 돼요."

"좋아."

키 큰 남자가 미소를 지었다.

"그런데 너 우리랑 몇 번 마주친 것 같구나. 혹시 저기 텃밭 근처에서 살고 있니?"

그 남자가 제이미를 돌아보며 말을 이었다.

"맞아요."

"역시 짐작대로군."

남자는 여전히 미소를 짓고 있었지만 제이미는 어쩐지 기분이 나빠졌다. 그 남자가 자신을 떠보는 것 같았기 때문이다.

"집들이 아주 근사하더구나. 농구 골대가 있는 집이 너희 집이지, 그렇지?"

"네."

제이미는 이들이 빨리 지나가길 바라며 초조하게 다리를 떨었다. 그러자 키 큰 남자가 제이미를 한 번 더 쳐다보면서 윙크를 했다.

"이제 가봐야겠구나. 우리 때문에 지각하면 안 되니까. 둘다 시간 내줘서 고맙다."

스파이더는 그들의 뒷모습을 잠깐 바라보다가 제이미 쪽으로 고개를 돌렸다.

"너 왜 그렇게 불안해해?"

"나도 잘 모르겠어. 왠지 기분이 안 좋아. 저 사람들 정말 실종자 센터에서 나왔을까? 교활해 보이는데."

"의심할 이유가 없잖아. 행방불명된 사람들은 어디든 있게 마련이야."

"하지만 저 두 사람은 왠지⋯⋯."

제이미는 주머니에 구겨 넣었던 명함을 다시 꺼내 보았다.

"이걸 좀 봐, 명함이라더니 아무것도 없잖아. 이름도 없고, 전화번호도 없고. 진짜 명함이 아니야. 만약 저 사람들이 실종자 센터에서 나왔다면 이따위 허접한 명함을 갖고 있겠어? 이건 전화번호만 적어놓은 종잇조각인데. 게다가 여기 지역번호도 아니고."

스파이더가 명함을 흘깃 쳐다보았다.

"아마 휴대폰 번호겠지. 신경 쓸 거 없잖아. 넌 그 소녀를 못 봤다며? 저 사람들이 싫으면 그냥 연락하지 않으면 되잖아."

스파이더가 잠시 말을 멈췄다.

"그런데⋯⋯ 너 정말 그 여자애 못 본 거 맞지, 그렇지?"

제이미는 가슴이 뜨끔했다.

"그래, 못 봤다니까."

방과 후 아버지는 제이미를 스쿼시 클럽에 내려준 뒤 새 셔츠를 사기 위해 애쉬포드로 향했다. 제이미는 아버지가 떠나는 걸 지켜보며 안도의 한숨을 내쉬었다.

'잘됐다. 좀 더 편안하게 경기를 할 수 있겠어.'

실수하는 모습을 들키지 않아도 된다고 생각하니 한결 마음이 가벼워졌다. 게다가 경기 결과에 상관없이 오늘은 아버지가 자신을 데리러 올 것이다. 그러나 이런저런 상황에도 불구하고 실제로 경기가 시작되자 제이미는 평소 때보다 더 빨리 지치고 말았다. 40분을 뛰었지만 마치 80분을 뛴 듯했다.

그러나 제이미는 앤디 형이 좋았다. 게다가 데니랑 또 맞붙지 않게 된 것도 고맙기만 했다. 데니는 지금 다른 상대와 경기를 하고 있는 중이었다. 제이미가 이런저런 생각에 몰두하고 있는데 갑자기 앤디가 멈춰 서더니 제이미를 응시했다.

"제이미, 지금 뭐 하는 거야? 신경을 어디 쏟고 있는 거야?"

제이미는 앤디의 목소리에 화들짝 놀라 고개를 들었다.

'그래, 나는 지금 뭘 하고 있는 거지? 수상한 남자들, 낯선 소녀, 무섭기만 한 아버지…… 처리해야 할 문제가 산더미 같은데 난 지금 여기서 뭘 하고 있는 거지?'

정신 차리라는 앤디의 말에, 제이미는 오히려 경기장 안에 있는 자신의 모습이 못마땅하게 느껴졌다. 당장이라도 손에 쥔 라켓을 던져버리고 밖으로 뛰쳐나가고 싶었다. 하지만 개

인적인 일로 상대 선수를 곤란하게 할 수는 없었다.

"잘 모르겠어요. 그냥…… 게임에 집중할 수가 없어요."

그때 다른 코트에서 우렁찬 외침이 들려왔다.

"자 데니, 단번에 끝내버려!"

크리스 웰란드. 틀림없이 그의 목소리였다. 데니 아빠가 큰 돈을 들여 데려온 최고의 코치. 그와 만난 후부터 데니의 실력은 점점 더 좋아지고 있었다. 제이미는 데니의 모습에서 시선을 뗄 수 없었다. 그리고 그런 제이미를 앤디가 보고 있었다.

"제이미?"

"왜요?"

"넌 데니보다 좋은 선수야."

제이미가 의아한 얼굴로 앤디를 바라봤다.

"정말 그럴까요? 잘 모르겠어요."

"정말이야. 데니는 한 가지 스타일로만 경기를 하지. 물론 익숙하기 때문에 완벽하다 싶을 정도야. 하지만 그 방법이 통하지 않거나 다른 문제에 부딪히면 그만 주저앉고 말아. 판정에 항의하거나 심판과 입씨름을 벌이는 게 고작이지. 아무리 최고의 코치와 훈련한다고 해도 절대 정상에 올라갈 수 없어. 이해하겠니?"

"글쎄요."

"잘 봐. 저 애는 자기 아버지처럼 약자를 괴롭히는 골목대장에 불과해. 코트에 서면 무조건 공격적으로 나오지. 그렇기 때문에 자기 앞에서 쉽게 무너지는 선수들을 좋아해. 너처럼 말이야. 만약 네가 똑같이 공격적으로 나온다면 쟨 금방 당황하고 말 거야. 하지만 넌 저 애와는 전혀 다른 스타일을 가졌어. 껍질 속에 몸을 숨기고 조심스레 경기를 시작하지. 게다가 너보다 실력이 좋고 판단이 빠른 선수를 만나면 결코 무모하게 굴지 않아. 상대방이 네 공격을 역이용할 수 있다는 걸 아는 거지. 데니는 말이야, 그걸 깨닫지 못했어. 머리를 쓸 줄 몰라. 결국 자포자기하고 말 거야. 알겠어? 물론 넌 내게 좀 더 배워야 하겠지만 말이야."

"뭘 말이죠?"

"일단 데니를 누르는 방법을. 난 그 방법을 알고 있지. 지금껏 몇 번씩이나 저 애의 코를 납작하게 해줬거든. 이제 데니는 코트에서 나를 피하려고 해. 토너먼트에서 어쩔 수 없이 만날 때 빼고는 말이야."

"그래요, 하지만 형은…… 대단한 선수잖아요."

"아니, 분명 너도 그렇게 될 거야. 넌 너를 좀 더 믿어야 해. 자, 일단은 지금 이 경기에 집중하는 거야. 나를 데니라고 생각해. 자신감을 갖고 날 먼지처럼 날려보란 말이야."

경기는 다시 시작됐다. 제이미는 어지러웠던 머릿속이 조금은 맑아지는 걸 느꼈다. 불필요한 긴장도 사라지는 것 같았다. 제이미는 자신이 좀 전보다 잘하고 있는 건지, 아니면 앤디가 제 실력을 다 발휘하지 않는 건지 알 수 없었지만 리듬타기가 한결 수월해진 것을 느꼈다. 물론 여전히 옆 코트에서 들려오는 함성에 신경이 쓰이긴 했지만, 경기가 끝날 즈음에는 마음이 훨씬 가벼웠다.

그러나 스코어는 좋지 않았다. 완벽한 패배였다.

경기 종료 시각에 맞춰 도착한 아버지가 관중석에서 제이미를 내려다보고 있었다.

그날 저녁 교장 선생님 부부가 집에 찾아왔다. 제이미는 어떻게 행동해야 할지 조심스러웠다. 교장 선생님과 마주칠 때마다 제이미의 머릿속에는 아버지가 떠올랐다. 그래서 학교에서조차 아버지의 감시를 받고 있는 듯했다. 자신의 모든 생활이 그대로 아버지 귀로 들어갈 것만 같았다.

　게다가 오늘은 화요일이었다. 주말이라면 교장 선생님이 종종 우리 집에서 저녁 식사를 같이 하거나 아버지와 술을 마시기도 하지만 화요일이라니! 평범한 일은 아니었다. 제이미는 오늘의 대화 주제가 '학교 업무' 대신 '스쿼시'일 거라고 예상했다.

　제이미의 예상은 적중했다.

대화는 토너먼트에서 선수 얘기로, 선수 얘기에서 매치로, 그리고 결국 제이미에게로 이어졌다. 제이미는 만약 이 상황에서 스쿼시를 포기하겠다고 선언하면 어떤 일이 벌어질지 잠깐 상상했다. 물론 모두들 뒤로 넘어가겠지만 어쩌면 이런 상황이 제이미에게는 더 유리할지 모른다. 다른 사람이 있는 곳에서는 아버지도 주먹을 쓰지 않을 테니까.

그러나 손님들이 돌아가고 난 뒤에 이어질 폭풍을 감당할 수는 없었다. 공개적으로 망신당했다는 생각 때문에 아버지는 더 분노할 것이다. 그렇다, 아직은 때가 아니었다. 게다가 조금 전부터 제이미를 안절부절못하게 만든 것은 따로 있었다. 제이미는 거실을 빠져나갈 방법을 고심하다가 마침내 우물거리며 핑계를 댔다. 물론 누구도 의심할 수 없는 핑계였다.

"저어…… 오늘 꼭 해야 할 숙제가 있어요."

"착실한 학생이구나. 아무튼, 오늘 학교로 돌아온 건 아주 잘한 일이야."

교장 선생님의 말에 제이미가 어색하게 고개를 끄덕였다. 그러자 교장 선생님 부인이 미소를 지으며 물었다.

"오늘 꼭 해야 할 숙제가 뭐니? 수학? 프랑스어?"

"아뇨, 영어예요.『맥베스』를 읽고 감상문을 써야 해요."

"오늘처럼 어둡고 쌀쌀한 밤에 딱 어울리는 숙제로구나. 황야에서 마녀들을 만나기엔 더없이 이상적인 조건이지."

"황야가 없는 것만 빼면."

교장 선생님의 말에 부인이 어깨를 으쓱하며 대꾸했다.

"글쎄요, 집 뒤의 텃밭이 비슷할 것 같은데요. 시적 상상력을 조금만 발휘하면 텃밭도 충분히 묘한 공간이 될 수 있어요. 갑자기 이상한 사람들과 마주친다든지…… 안 그러니, 제이미? 지금 저 애는 내 말을 다 알아들었을 거예요."

제이미는 속으로 흠칫했다. 텃밭, 이상한 사람들…… 혹시 자신의 마음을 읽고 있는 건 아닐까, 어떤 의도가 숨겨진 말은 아닐까. 하지만 그럴 확률은 매우 적었다. 게다가 교장 선생님 부인은 의도를 섞어 말할 줄 몰랐다. 매우 직설적인 사람이었고 제이미에게는 늘 호의적이었으니까.

아버지가 웃으며 대꾸했다.

"우리가 그 텃밭을 방치해둔 건 사실이지만 그렇다고 마녀들의 회합 장소로 묘사하는 건 너무 심하잖아요."

그 말에 다들 웃음을 터트렸다. 그 틈에 아버지가 제이미를 쳐다보며 고개를 끄덕였다.

"좋아, 어서 올라가거라."

제이미는 그 말이 떨어지기가 무섭게 재빨리 거실에서 나와 위층으로 올라갔다. 사실『맥베스』감상문은 점심시간에 써놓았었다. 과제로 내준 대목을 읽지 않아서 거의 모든 걸 스파이더의 감상평에 의지했고 그 덕분에 글이 좀 우스워졌지만 제이미는 신경 쓰지 않았다. 제이미의 머릿속을 차지하고 있는 건 감상문 따위가 아니었다.

제이미는 침실 창가에서 텃밭 쪽을 바라보았다.

어둠 때문에 주변 환경이 잘 보이질 않았다. 그래서 불을 끄고 창문을 연 다음 다시 밖을 내다보았다. 두 눈이 어둠에 익숙해질 때까지 기다렸더니 차츰 여러 창고들의 윤곽이 또렷이 눈앞에 모습을 드러냈다. 곧이어 다른 창고들과 멀찍이 떨어져 있는 자신의 집 창고도 눈에 들어왔다. 창고 문은 닫혀 있었다. 안에 누가 있다거나 있었다는 걸 말해주는 흔적은 아무것도 없었다. 창문 틈으로 싸늘한 밤공기가 몰려들었지만 제이미는 창가를 떠나지 않았다.

아래층에서 교장 선생님의 웃음소리와 아버지가 서로 술을 권하는 왁자지껄한 소리가 들려왔다. 그런데 오늘따라 어머니가 조용했다. 생각해 보니 제이미가 거실에 있을 때도 거의 말이 없었고, 위층으로 올라온 뒤에도 어머니의 목소리는 전혀 들리지 않았다. 왠지 요 며칠 동안 어머니가 낯설고 먼 사람처럼 느껴졌다.

시간이 얼마나 흘렀을까. 교장 선생님 부부는 생각보다 일찍 돌아갔고, 부모님은 침실로 가는 중에 잠깐 제이미 방에 들렀다.

"잠든 줄 알았는데, 아직 안 자고 있었구나."

"감상문 쓰느라 그랬어요."

제이미는 대답을 하면서 어머니의 얼굴을 유심히 살폈다. 무슨 고민이라도 있으신 걸까. 그러나 평소처럼 거의 아무것도 읽어낼 수 없었다. 그때 어머니가 그에게 다가와 가볍게 키스했다.

"지금은 잘 시간이야. 숙제도 끝낸 것 같은데 어서 자야지."

"네, 지금 막 자려던 참이었어요."

"그래, 잘 자거라."

"안녕히 주무세요."

어머니는 방을 나갔지만 아버지는 그대로 문간에 서 있었다. 평소보다 술을 과하게 마셨는지 얼굴이 불그스름했다.

"어려운 감상문이냐?"

"네."

"그래도 그럭저럭 잘 쓴 거지?"

"네."

"잘했다."

아버지가 몸을 돌려 복도로 나가는 모습을 지켜보면서 제이미는 셔츠를 벗는 척했다. 하지만 아버지가 완전히 사라질 때까지 꾸물거리다가 결국 잠옷으로 갈아입지 않고 그대로 침대에 걸터앉았다. 곧이어 욕실에서 물소리가 들렸고 잠시 후 딸깍하는 소리가 들리더니 곧바로 주위가 잠잠해졌다.

제이미는 만일에 대비해 한참 동안 그대로 앉아 있었다. 주
변이 완전히 잠잠해질 때까지 충분히 기다린 다음 다시 셔츠
를 입고 두꺼운 스웨터를 껴입었다. 그러고는 최대한 발소리
를 내지 않고 층계를 내려갔다. 마지막 계단에 서서 잠깐 동안
위층에 귀를 기울였지만 역시 어둠처럼 조용했다. 부모님 방
에서는 아무 소리도 나지 않았다. 제이미는 조심스럽게 발꿈
치를 들고 현관 쪽으로 나가 그곳에 걸려 있던 코드를 들고
캐비닛에서 손전등을 꺼냈다. 그다음 단계는 부엌이었다.

　가장 위험한 순간이 제이미를 기다리고 있었다. 그러나 반
드시 넘어야 하는 고비였다. 제이미는 부엌으로 숨어들어 주
전자에 물을 채웠다. 그런 다음 가스 불을 켜고 물이 끓기를 기
다렸다. 심장이 터질 것 같았다. 전깃줄에 손을 댄 것처럼 손끝
과 발끝이 찌릿찌릿했다. 일 분이 한 시간처럼 길게 느껴졌다.
심장의 세찬 박동 소리를 온몸으로 느끼며 제이미는 주전자
의 불꽃을 응시했다. 그 와중에서도 온 신경은 위층에 쏠려 있
었다. 그러나 집 안은 고요했고 위층에서는 어떤 소리도 나지
않았다. 제이미는 날름거리는 불꽃을 응시하며 그렇게 어둠
속에 서 있었다. 물이 끓는 소리가 점점 더 요란해졌다. 그러다
가는 부모님께 들키고 말 것 같았다. 하지만 위층은 여전히 조
용했다. 마침내 물이 충분히 끓어오르자 제이미는 조용히 가
스 불을 끄고 다시 한번 위층에 귀를 기울였다. 몇 초 동안의

시간이 흐른 후 제이미는 다시 조심스럽게 행동을 개시했다. 먼저 찬장에서 큰 보온병을 꺼내 물에 헹군 뒤 그 안에 커피와 설탕을 넣었다. 그리고 뜨거운 물을 보온병에 붓고 약간의 우유를 넣은 다음 살살 저었다. 커피가 완성되자 다시 부엌을 뒤졌다.

'롤빵이 몇 개 더 남아 있을 텐데.'

하지만 어머니가 했던 말이 떠올라 이번에는 손을 댈 수 없었다. 그 대신 제이미는 찬장과 냉장고를 뒤져 먹을 만한 것들을 이것저것 챙겼다. 케이크, 빵, 사과, 바나나, 초콜릿, 포테이토칩 등을 쇼핑백에 가득 채웠다.

그 모든 준비가 끝나자 제이미는 살금살금 뒷문으로 다가가 잽싸게 몸을 밖으로 빼냈다. 바깥은 칠흑처럼 검고 역시나 깊은 정적에 싸여 있었다. 이따금 길을 질주하는 자동차들의 굉음만이 멀리서 들려올 뿐이었다.

제이미는 쇼핑백을 꽉 움켜쥐고 텃밭을 향해 달려갔다.

어둠 속에 서 있는 창고 건물들의 모습이 마치 하늘을 가리키는 손가락들 같았다. 추위 때문에 온몸이 사시나무처럼 떨렸다. 창고가 가까워지자 마음마저 떨리기 시작했다.

그때 불빛 하나가 텃밭 저쪽 끝에서 어른거렸다. 작은 손전등 불빛이었다. 그 불빛은 약 100미터쯤 떨어져 있었으나 시시각각 제이미를 향해 다가오고 있었다. 제이미는 마른침을 꿀꺽 삼켰다.

'어떡하지?'

제이미는 잠깐 동안 망설이다가 가장 가까운 창고 뒤로 몸을 숨겼다.

'빨리 지나갔으면 좋겠는데. 이렇게 숨어 있으니 꼭 죄진 것 같잖아.'

생각해 보니 거리낄 건 없었다. 태연하게 다시 집으로 놀아가거나 가던 길을 가면 그만이었다. 하지만 타이밍을 놓쳤다. 불빛이 너무 가까워졌다. 갑자기 창고 뒤에서 불쑥 몸을 드러낸다면 누구라도 의심할 것이다.

제이미는 끝까지 숨어 있기로 작정하고 쇼핑백 끈을 꽉 움켜쥐었다.

'겁내지 마. 아무것도 아니야. 난 잘못한 게 없어. 자기 집 창고쯤이야 언제라도 들여다볼 수 있는 거잖아. 밤에 산책 좀 하는 게 뭐 어때.'

그러나 제이미는 생각과는 달리 한 발짝도 움직이지 않았다. 아니, 움직일 수 없었다.

갑자기 불빛이 어느 창고 뒤로 사라졌다. 뒤이어 철컥철컥 하는 소리가 들렸다. 누군가가 억지로 문을 열려고 하는 것 같았다.

'누군지 모르지만 나보다 더 수상한데.'

잠시 후 다시 불빛이 길가를 비췄다. 그리고 그 불빛이 텃밭 주위를 이리저리 살피기 시작했다. 자박자박, 발자국 소리가 점점 더 가까워졌다. 그대로 있다가는 곧 들킬 것만 같았다.

주위에 숨을 만한 데라고는 전혀 없었다. 제이미는 창고 벽에 몸을 바싹 붙이고, 긴장된 표정으로 손에 잔뜩 힘을 줬다.

'발각되면 바로 튀어 나가는 거야.'

그 와중에도 제이미는 여전히 소녀가 걱정됐다.

'혹시 그 소녀가 불빛을 비춘 걸까? 그 애가 손전등을 가지고 있었나? 아니, 숨어 다니는 사람은 손전등이 필요 없지. 일부러 남의 관심을 끌 필요는 없으니까. 그럼 그 수상한 남자들? 아니면 또 다른 누구?'

발자국 소리에 이어서 또다시 문을 열려고 시도하는 소리가 들렸다. 왼쪽에 있는 작은 창고들 중 하나였다. 발자국 소리가 점점 더 크게 들렸다. 이제 손전등 불빛이 제이미가 숨어 있는 곳으로 한층 더 다가왔다. 또다시 문을 흔들어대는 소리가 들렸다. 다시 빛줄기가 이동했고 또 다른 문을 열려고 흔들어대는 소리가 들렸다. 그러나 아직 제이미의 집 창고는 안전했다. 물론 그 시간은 그리 길지 않을 것 같았다.

'설마 소녀가 창고 안에 있지는 않겠지? 아니 없다고 해도 누군가가 며칠 동안 머무른 흔적은 쉽게 발견할 수 있을 거야.'

제이미는 이제, 손전등을 들고 밤거리를 헤매는 사람이 그 남자들이라고 거의 확신하고 있었다. 물론 증거는 없었다. 그저 손전등 불빛과 발자국 소리, 문을 흔드는 소리만을 들었을 뿐이다. 그런데도 직감적으로 그들이라는 생각이 들었다.

그때 갑자기 아주 가까운 곳에서 두 명의 시커먼 형체가 모습을 드러냈다. 그러나 그들은 제이미가 있는 쪽으로 오는 대신 다른 곳에 있는 창고들을 먼저 뒤지기 시작했다. 그러다가 얼마 후 제이미의 시야에서 완전히 사라졌다.

그들이었다. 의심할 여지가 없었다. 그러나 아직 안도의 숨을 쉴 때는 아니었다. 불빛이 어느새 다시 모습을 드러냈고 이제는 제이미의 집 창고 쪽으로 움직이고 있었다. 그다음 순서는 바로 제이미가 숨어 있는 곳이었다. 그들이 제이미네 창고에서 소녀를 발견하지 못한다면 말이다.

제이미는 주먹을 꽉 쥐었다. 발각되기 전에 움직여야 한다. 그러나 소녀를 모른 체하고 달아날 수도 없었다. 가까운 곳에서 지켜보고 있다가 만약 소녀에게 무슨 일이 생기면 어떻게든 도와줘야 한다. 이제 불빛은 제이미의 집 창고를 비추었다. 이어서 문이 열리는 소리가 들렸고 두 사람이 안으로 들어가는 소리가 들렸다.

제이미는 비명이나 누군가 달아나고 쫓는 소란스러운 발소리가 들릴 거라고 생각하며 숨을 죽인 채 기다렸다.

그러나 아무 소리도 들리지 않았다.

두 남자가 샅샅이 주위를 뒤지는 소리만 들렸다.

제이미는 바로 지금이 절호의 기회라고 생각했다.

'지금을 놓치면 끝장이야.'

제이미는 황급히 집으로 되돌아갔다. 누군가가 자신의 뒷덜미를 낚아채거나 고함을 지를 거라고 생각했지만 아무도 제이미를 막지 않았다. 제이미는 순식간에 집에 다다랐다. 그렇게 먼 거리가 아니었는데도 긴장감으로 다리가 후들후들 떨렸다. 다급히 뒷문을 연 다음 집 안으로 몸을 숨겼다. 문 틈새를 통해 밖을 내다봤더니 두 남자가 얘기를 주고받으며 창고 주위를 배회하는 모습이 눈에 띄었다. 소녀는 없었던 게 분명하다. 그러나 그들은 담요와 쿠션을 발견했을 것이다. 제이미는 그들의 다음 행동이 궁금했다.

그러나 그들은 조금 더 기다린 후에 발길을 돌렸다. 오늘 찾아낸 것에 만족했거나 다른 계획이 있는지도 몰랐다. 아니면 소녀를 기다리는 게 지겨워졌을지도 몰랐다. 그러나 다른 창고를 더 뒤지지 않는 걸로 봐서 제이미네 창고를 소녀의 은신처로 점찍은 게 분명했다. 제이미는 그들의 뒷모습에 시선을 고정시키고 천천히 대문 밖으로 나왔다. 그들이 완벽하게 시야에서 사라질 때까지 기다릴 작정이었다. 마침내 그들이 어둠 속으로 사라졌다.

제이미는 소녀를 위해 가지고 온 쇼핑백을 내려다보았다.

'이걸 어떻게 하지?'

지금 쇼핑백을 창고에 가져다 놓는 건 매우 위험한 일이었다. 더 이상 그곳은 자신에게도 소녀에게도 안전하지 않았다. 제이미는 소녀가 그곳으로 돌아오지 않기를 간절히 바랐다.

결국 제이미는 소녀에게 메모를 남기기로 했다. 제이미는 부엌으로 돌아가 쪽지에 경고성 메모를 썼다. 물론 이름은 남기지 않은 채로.

'일단 이걸 창고에 갖다 놓자.'

그러나 숨을 돌릴 시간도 없이 텃밭 저 끝에 또 다른 누군가가 모습을 드러냈다.

제이미는 다시 몸을 웅크린 채 창고 쪽을 응시했다. 손전등 불빛이 없었기 때문에 얼굴을 확인하는 게 쉽지 않았다. 그러나 제이미는 직감적으로 그 소녀라는 걸 알았다. 이 추운 밤 이런 곳을 배회할 사람이 얼마나 있겠는가!

'그들이 이곳에 왔다는 걸 알려줘야 해. 언제 또 나타날지 모르니까!'

그동안에 그 어스름한 형체는 제이미네 집 창고 문을 열고 그 안으로 사라졌다.

'확실해. 그 애야.'

제이미는 쇼핑백을 꽉 붙들고 창고 쪽으로 향했다. 의심 많은 토끼처럼 몇 발자국 걷다가 뒤를 돌아보고 다시 또 돌아보면서 제이미는 점점 창고 쪽으로 다가갔다. 마침내 창고 문에 다다르자 문을 살짝 밀고 안을 들여다보았다.

아무도 없었다.

그때 누군가가 문을 바깥쪽으로 확 밀쳤다. 문의 날카로운 모서리가 제이미의 얼굴을 향해 달려들었다. 제이미는 튀어 오르듯 뒤로 물러났고 그 바람에 쇼핑백이 바닥에 떨어졌다. 이어서 어떤 손이 제이미의 얼굴을 할퀴려고 달려들었다.

"저리 가!"

제이미가 얼굴을 돌리면서 거칠게 말했다.

그러나 제이미의 말에는 아랑곳하지 않고 다리 하나가 정강 이를 세게 걷어찼다. 순간적으로 제이미의 입에서 신음 소리 가 새어나왔다. 제이미는 몸을 구부린 채 비틀거리며 창고 문 에서 몇 걸음 뒤로 물러났다. 그러나 더 이상 이어지는 공격은 없었다.

제이미는 정강이를 조심스럽게 어루만지며 창고 쪽을 노려 보았다. 그곳에 소녀가 서 있었다. 얼굴에 당황한 빛이 가득했 다. 한참 후에 소녀가 입을 열었다.

"미안해……."

소녀는 제이미가 떨어트린 쇼핑백을 내려다보더니 한 걸음 앞으로 다가왔다. 제이미가 반사적으로 한 걸음 뒤로 물러섰 다. 그러자 소녀도 멈칫했다.

"너 주려고 가져온 거야. 필요할 것 같아서."

소녀는 경계하는 표정을 보이더니 멀찍이 떨어진 곳에서 손을 뻗어 쇼핑백을 집어 들었다.

"나한테 이걸?"

"그래."

쇼핑백 안을 살펴본 소녀가 잠시 생각에 빠진 듯하더니 마침내 입을 열었다.

"저번에 그 롤빵도 네가 두고 간 거지?"

"응."

소녀의 눈길이 제이미의 얼굴 위에서 한참 동안 머물렀다.

"그랬구나……. 고마워."

소녀는 텃밭 주위를 둘러보며 말했다.

"네가 아닌 다른 사람인 줄 알았어."

"그랬구나."

제이미의 대답에 소녀는 더 이상 말하지 않았지만 질문이 가득한 표정으로 제이미를 쳐다봤다. 도대체 이 시간에 여기서 뭘 하고 있냐는 듯한 표정이었다. 제이미가 입을 열었다.

"어떤 남자들이 널 찾고 있어. 네 사진을 보여주면서 여기저기 묻고 다니더라. 나한테도 너에 대해 물었어."

소녀의 얼굴이 새하얗게 질렸다.

"아, 걱정하지 마. 못 봤다고 했거든."

"네 친구도 나에 대해 알고 있니?"

"아니, 아직 아무한테도 말 안 했어. 그런데…… 그 사람들 실종자 센터에서 나왔다고 하던데."

소녀의 얼굴에 비웃음이 스쳤다.

"아, 좀 전에 여기에도 왔었어. 쇼핑백을 들고 집을 나오다가 그 남자들과 마주칠 뻔했어. 창고를 죄다 뒤지고 다니더라. 틀림없이 여기 있는 담요와 쿠션을 봤을 거야."

제이미는 말하면서 소녀의 표정을 살폈다.

"괜찮니?"

그 말에 대답이라도 하듯 소녀가 힘겹게 숨을 토해내며 배에 손을 얹었다.

"저…… 내가 도와줄까?"

하지만 소녀는 손을 내저으며 쇼핑백을 들고 힘겹게 창고 안으로 들어갔다. 하지만 문은 닫지 않았다. 제이미는 어떻게 해야 할지 몰라 그대로 서 있었다.

'얼굴이 창백하잖아, 덜덜 떨고 있어……. 사실은 자신을 지킬 힘조차 없는 거야. 겉으로만 강한 척하고 있어, 바보같이.'

물론 소녀는 같이 있어 달라고 부탁하지 않았다. 음식과 따뜻한 커피, 위험한 남자들에 대해 경고한 것만으로 제이미는 할 일을 다한 셈이었다. 아니, 그 이상이었다. 이제 제이미는 다시 집으로 돌아가야 했다.

그러나 제이미는 쉽사리 발길을 돌릴 수가 없었다. 한참을 망설인 끝에 제이미는 결국 창고 안으로 들어갔다. 소녀가 앉아 있었다. 요전번에 가져다 놓았던 두꺼운 담요를 바닥에 깔고 쿠션을 등에 괸 채. 한 손에는 빵을 들고 있었다. 빵을 바라보는 소녀의 얼굴이 굶주림으로 번득였다.

이윽고 소녀가 두 손으로 빵을 움켜쥐더니 한가득 입안에 쑤셔 넣었다. 소녀는 그 자체로 커다란 위장 같았다. 빵 조각을 씹지도 않고 미친 듯이 삼켰다. 제이미는 지금껏 누군가가 그렇게 치열하게 먹어대는 모습을 본 적이 없었다.

먹을 것들을 좀 더 가져왔어야 했나, 생각하던 제이미는 문간을 서성거리며 소녀의 식사를 지켜보았다.

얼마나 흘렀을까. 먹는 데 정신이 팔려 있던 소녀가 잠시 후 제이미를 흘깃 올려다보았다.

"창고 문을 닫는 게 좋겠어. 그 남자들이 아직 근처에 있을지 몰라."

"아……."

제이미가 급하게 문을 닫자 창고 안은 그대로 어둠 속에 묻혔다. 구석에 웅크린 채 빵을 잡아 뜯는 소녀의 실루엣만이 어둠 속에서 쉴 새 없이 움직였다. 제이미는 그 다급하고도 현실적인 움직임을 멍하니 바라봤다. 소녀는 여전히 빵에 집착하고 있었다. 커피를 마실 여유 같은 건 아예 없어 보였다. 제이미는 또다시 후회했다.

'빵을 좀 더 가져올걸.'

그때 소녀가 움직였다. 몸을 살짝 틀면서 제이미를 흘깃 쳐다봤다. 아주 작은 몸짓이었지만 제이미는 그것이 환영의 의미라는 걸 눈치챘다. 그 신호를 끝으로 소녀는 다시 음식에 손을 뻗었다. 제이미는 소녀에게 천천히 다가가 소녀 옆자리에 주저앉았다.

바닥은 축축하고 차가웠다.

소녀가 옆으로 움직일 때 담요가 끌려 올라갔는지, 제이미가 차지한 곳은 냉기가 올라오는 맨바닥이었다. 그러나 제이미는 아무 말도 하지 않았다. 잠시 후 소녀가 먹는 걸 멈추더니 담요를 제이미 쪽으로 다시 끌어냈다. 그러고는 말없이 다른 담요를 꺼내 자신의 다리를 덮었다.

"고마워."

제이미가 인사했다. 하지만 소녀는 제이미의 인사에 아무 대꾸도 하지 않았다.

제이미는 벽에 기대어 아버지와 어머니, 스쿼시, 그리고 그의 인생에서 잘못된 모든 것들에 대해 곰곰이 생각해 봤다. 자신의 인생은 엉망이었다. 그런 상황에서 이 소녀의 인생에 끼어드는 건 현명하지 못했다. 더구나 그 수상한 남자들과 관계가 있는 소녀다. 느낌이 좋지 않았다. 제이미는 어둠 속에서 소녀를 슬쩍 훔쳐보았다. 소녀는 이제 보온병 마개를 돌려 열고 있었다. 그러다가 갑자기 제이미 쪽으로 고개를 홱 돌렸다.

"나한테 뭘 바라는 거야? 이런 거, 대가가 있는 거니?"

소녀의 눈이 어둠 속에서 번뜩였다. 제이미는 마른침을 꿀꺽 삼켰다.

"아니야, 난 그냥……."

"정확히 말하지만 나한테 아무것도 기대하지 마. 난 줄 게 아무것도 없어."

소녀가 도전적인 어조로 말했다.

"설사 있다 해도 줄 수 없어. 그러니까 혹시 뭔가를 기대하고 있다면……."

소녀는 마지막 말을 꿀꺽, 입안으로 삼켰다. 둘은 어둠 속에서 서로의 얼굴을 빤히 쳐다보았다. 곧 소녀가 먼저 시선을 돌렸다. 그러더니 마르고 거친 손으로 보온병 뚜껑에 따뜻한 커피를 한가득 따라 제이미 앞으로 불쑥 내밀었다.

제이미는 방금 전 나눴던 대화(그걸 대화라고 할 수 있다면)를 떠올리면서 커피를 거절할까 생각했다. 말만 거친 이 소녀에게 자신에게도 자존심이 있다는 걸 보여주고 싶었다. 하지만 제이미는 어느새 컵을 받아 들고 있었다.

창고 안은 며칠 전처럼 춥고 건조했다.

제이미는 긴장으로 바싹 마른 목줄기에 뜨거운 커피 몇 방

울을 흘려 넣고, 다시 소녀에게 건넸다. 혹독한 환경에서 무엇인가를 나누는 행동은 언 마음을 녹이는 법이다.

"이제 네가 다 마셔. 난 언제든 마실 수 있으니까. 여기서 조금만 가면 우리 집이거든."

그러자 소녀가 눈을 동그랗게 떴다.

"어느 집?"

제이미는 자기도 모르게 아차, 싶었다. 이 낯선 소녀에게 집 주소를 말하고 싶진 않았다. 하지만 그렇게까지 물어보는데 얼버무리기도 곤란했다.

"저 아래 갈색 대문 집이야."

"농구대가 있는 집?"

"맞아."

소녀는 제이미의 대답에 잠깐 당황하더니 주머니를 뒤져 몇 개의 동전을 꺼냈다. 그러고는 그걸 제이미에게 내밀었다.

"내가 가진 전부야."

제이미가 깜짝 놀라 물었다.

"왜 이걸 나한테 주는 거야?"

"미안해. 너희 집에서 훔쳤어. 네가 이렇게 도와줄 줄 알았다면 절대 훔치지 않았을 거야. 너희 집인지도 몰랐고…… 게다가 뒷문도 열려 있었어. 핸드백이 창문 밖으로 훤히 보였단 말이야. 훔칠 수밖에 없었지."

제이미는 아무 말도 하지 않았다.

"……다른 건 아무것도 훔치지 않았어."

소녀의 목소리는 여전히 딱딱했지만 확실히 좀 전보다 한층 부드러워져 있었다. 제이미에게 빚진 게 있다는 걸 이제야 깨달은 사람처럼. 둘 다 한동안 말을 하지 않았다. 소녀는 커피를 좀 더 마셨다.

잠시 후 소녀가 다시 말했다.

"여기 얼마나 더 있을 거야?"

"글쎄."

"점점 더 추워지고 있어. 만약 여기 더 있을 거면 전처럼 함께 눕는 게 좋겠어."

소녀의 목소리에서 긴장감이 묻어났다. 자신이 제안했음에도 소녀는 불편해하고 있었다. 제이미는 소녀를 안심시키려고 재빨리 말을 받았다.

"됐어. 담요는 너 혼자 덮어. 난 여기 오래 있지 않을 거야. 곧 집으로 돌아가야 하거든. 하지만 너 혼자 여기 있는 게 걱정스러워. 밤중에 그 남자들이 다시 돌아올지도 모르잖아."

그러자 소녀가 단호한 목소리로 말했다.

"내 일에 상관하지 마."

무시하는 말투는 아니었다. 오히려 경고에 가까웠다. 소녀는 제이미가 자신의 문제에 끼어들지 못하도록 방어막을 치고 있었다. 그것은 자신을 위한다기보다는 제이미를 위한 것이었다. 하지만 제이미는 모른 척할 수가 없었다.

"내일 밤은 어떻게 할 거야? 또 여기로 오면 위험할 텐데. 그들이 조만간 다시 올 거야."

"신경 쓸 것 없어. 내 일은 내가 알아서 할 거야."

"하지만 넌 다른 곳에 숨어 있어야 해."

"말했잖아, 신경 쓰지 말라고. 내가 알아서 한다니까."

입을 다물라는 듯 소녀가 단호하게 못을 박았다. 제이미도 그래야 한다는 걸 알고 있었다. 결국 이것은 소녀의 일이었다. 소녀가 직접 선택하고 받아들여야 할 일이다. 하지만 제이미는 관심의 끈을 놓지 않았다. 제이미는 소녀가 화를 내더라도 마지막 말을 꼭 들려주고 싶었다.

"있잖아, 그냥 듣기만 해. 난 이 말만 하고 집으로 돌아갈 거야. 만약…… 만약에 말이야, 내일 밤에도 잘 곳이 마땅치 않다면 내가 한번 알아봐 줄게. 하룻밤이라도 안전하게 지낼 수 있는 그런 곳으로."

소녀는 아무 말도 하지 않았다. 그래서 제이미는 소녀가 화를 내고 있는 건지 그의 말에 수긍하고 있는 건지 알 수가 없었다. 제이미는 잠자코 기다리다가 약간 망설이며 바닥에 동전을 내려놓았다.

"네가 준 돈…… 다시 돌려줄게. 보온병과 쇼핑백은 그냥 여기 두면 돼. 내일 아침 내가 가져갈 테니까. 그리고 내 말에 관심이 있다면 내일 밤 12시 30분쯤 시내에서 만나. 건강 식품점 옆 작은 골목에서. 사람들이 종종 오토바이를 주차시켜 두는 곳 말이야. 여기서 그렇게 멀지 않아."

"나도 알아."

소녀가 납작한 목소리로 대답했다. 마음을 읽을 수 없는 목소리였다.

"좋아. 그럼 12시 30분쯤 거기로 갈게. 어쩌면 좀 늦을지도 몰라. 부모님이 주무시는 걸 확인한 후에 나와야 하니까. 하지만 보통은 일찍 주무시니까 너무 늦지 않을 거야."

"와도 소용없을 거야. 난 가지 않을 테니까."

역시나 단호한 목소리였다. 어느새 말투에 날이 서 있었다. 제이미는 입을 다물었다. 그러자 소녀가 얼굴 표정을 부드럽게 풀면서 이렇게 말했다.

"무슨 말인지 잘 알아. 하지만 말했잖아, 내 인생에 끼어들지 말라고."

소녀도 제이미에게 고마워하는 것 같았지만, 말을 하면 할수록 둘 사이는 어긋날 뿐이었다. 제이미는 이제 정말 떠나야 한다는 것을 알았다. 제이미는 자리에서 일어서면서 담담하게 말했다.

"그래, 네가 정 그렇다면."

제이미는 더 이상 강요할 수 없다고 생각했다. 하지만 마지막 순간에 다시 마음을 바꿨다.

"하지만 갈 곳이 없으면 꼭 그곳으로 나와. 음식도 가져갈게. 12시 30분이야."

제이미는 소녀가 대답도 하기 전에 창고를 나와 급히 집으로 돌아갔다.

제이미는 확신했다.

'엄마가 이상해.'

아침 식사 시간이었다. 여느 때와 다름없었지만 제이미는 어머니의 이상한 점을 온몸으로 느끼고 있었다. 어머니는 누구와도 눈을 마주치려고 하지 않았다. 제이미에게도 마찬가지였다. 물론 평소처럼 점심으로 샌드위치를 싸갈 건지, 더 먹고 싶은 건 없는지 이러저러한 말들을 늘어놓고 있었지만 이상하게 그 말들은 입 밖으로 나오자마자 공중으로 흩어지고 있었다. 어머니는 제이미가 아니라 식탁의 모서리를 응시하면서 아니면 창밖의 먼 곳을 바라보면서 그러한 말들을 늘어놓고 있었다.

그러나 그 변화는 제이미만 눈치챈 것 같았다. 아버지는 평소와 같은 표정으로 말없이 신문만 읽고 있었다. 제이미의 가슴속에서 불안하고 불편한 감정이 퍼덕거렸다. 시리얼을 먹고 있었지만 모래 조각을 씹는 것처럼 텁텁했다.

'어젯밤에 다투신 걸까.'

아니, 이건 분명 다른 종류의 문제였다. 제이미는 직감적으로 알았다. 그것은 아버지와 어머니의 문제가 아니라, 어머니와 자신의 문제였다.

아버지가 갑자기 고개를 들었다. 그러더니 제이미를 쳐다보며 말했다.

"오늘은 애쉬포드에 볼 일이 있어 몇 분 늦을 거야. 교문에서 기다리고 있어라. 체육관에는 좀 늦게 도착하겠군."

"알았어요."

제이미는 다음 말을 기다렸다. 다시 아버지가 입을 열었다.

"앞으로 웨이트 트레이닝에 더욱 힘쓰도록 해. 지금 네 체력은 기준 이하야. 물론 나약한 정신력 때문이지만. 오늘 오후엔 부디 날 실망시키지 않았으면 좋겠구나."

제이미는 눈살을 찌푸렸다. 웨이트 트레이닝도 싫지만, 이따금 체육관에서 마주치는 데니와 데니의 아버지는 더 싫었다. 제이미의 아버지는 제이미가 나름대로 열심히 노력하고 있다는 걸 모르는 듯했다.

"최선을 다하고 있어요."

결국 제이미는 자신의 마음에만 있던 말을 소리 내어 표현했다. 그러면서도 줄곧 어머니가 신경 쓰였다. 어머니는 여전히 냄비 옆에 멍하니 서 계셨다.

아버지가 고개를 가로저으며 말했다.

"내가 보기엔 한참 더 노력해야 해. 넌 최선을 다하고 있지 않아. 지역 대회에서 데니를 이기려면 정말 강해져야 한단 말이다."

어머니는 아버지의 빈 그릇을 가져가기 위해 식탁 주위를 맴돌았다. 그때 제이미가 어머니의 눈을 똑바로 쳐다보았다. 그러자 어머니가 담담하게 그 눈길을 받았다. 하지만 잠깐 동안 얼굴에 떠올랐던 힘없는 미소는 곧 사라져 버렸고 어머니의 눈길도 곧 사라졌다. 아버지가 그릇을 건네주자 어머니는 그것을 들고 주저 없이 부엌으로 들어갔다. 잠시 후 스크램블에그를 들고 와 식탁에 내려놓으며 제이미에게 물었다.

"제이미, 너도 먹을래?"

"네, 근데 엄마……."

"버섯을 좀 곁들여 줄까?"

"어…… 네."

어머니는 다시 부엌으로 사라졌다. 그때 아버지가 어머니의 뒷모습을 향해 외쳤다.

"날 위한 버섯은 없나 보지?"

"아, 같이 내갈게요……."

부엌에서 당황한 목소리가 새어 나왔다.

"아냐, 관둬. 그럴 시간 없어."

"미안해요, 여보."

어머니의 목소리가 공기 중으로 흩어지면서 사라졌다. 아버지는 말없이 계란을 먹었다. 제이미는 그 불편한 분위기 속에서 어머니에게 무슨 일이 생긴 건지 고민하기 시작했다.

'무슨 말을 해야 할까…….'

그러나 오늘 어머니는 한마디도 하지 않을 생각인 것 같았다. 어머니는 제이미가 먹을 계란을 내려놓았지만 그릇에는 버섯이 없었다. 하지만 제이미는 아무 말도 하지 않았다.

아버지는 아침 식사를 마치고 자리에서 일어났다. 제이미는 어머니의 등을 힐끔 쳐다보았다. 어머니는 부엌에서 무심히 창밖을 바라보고 있었다.

"엄마, 저기……."

"다 먹었으면 접시 가져올래?"

제이미는 일어나 접시를 들고 천천히 어머니에게로 걸어갔다. 어머니로부터 대답을 들으려면 아무래도 강하게 말해야 할 것 같았다. 그러나 그런 식으로 어머니를 몰아붙이고 싶지는 않았다. 제이미는 접시를 내밀었다.

"엄마……."

그러나 어머니는 접시만 받아 들고 싱크대로 돌아섰다.

"서두르는 게 좋겠구나, 제이미. 학교에 늦겠다."

스파이더와 함께하는 등굣길. 스파이더는 여느 때보다 더 기분이 좋은 듯했다. 환한 표정으로 제이미를 보며 이렇게 외쳤다.

"친구, 날 행운아라고 불러줘. 드디어 원하던 걸 찾았어."

"찾았다니, 뭘?"

"친구란 녀석이…… 잘 생각해 봐."

"흠, 여자 친구?"

"이 자식이…… 그게 아니라 내 드림카를 찾았다니까. 보자마자 내 차라는 확신이 들었지. 아버지네 회사 사람이 팔려고 내놓았다는데 딱 내가 찾던 모델이야. 색깔까지 맘에 쏙 든다니까. 눈에 확 튀는 스포츠카라서 중년의 아저씨가 몰기는 좀 그렇다고 결국 차를 내놓은 모양이야."

"오, 이제 곧 네 차가 되겠네."

"아직은 아니지. 돈을 안 드렸거든. 어젯밤에 그 차를 봤는데 아버지가 클럽에 가셔서 미처 시승해 볼 시간이 없었어. 우선 엔진을 점검하고 녹슨 데가 있나, 아니면 다른 문제가 있나만 살펴봤지. 뭐, 다 괜찮더라고. 그런데 그 차 주인 진짜 못 말리는 자동차광이었나 봐. 닦고 광내는 데 대단히 공을 들였더라고. 몰고 다니는 시간보다 차 치장하는 시간이 더 많았을 거야. 물론 나도 당분간 비슷하겠지만. 열일곱 살만 되면 당장 운전면허 딸 거야. 그때까지 내 곁에 고이 모셔두고 있어야지."

스파이더의 얼굴이 기쁨으로 빛났다. 친구의 밝은 모습을 보니 제이미의 어두웠던 마음도 조금은 밝아지는 것 같았다. 적어도 둘 중 한 명은 웃을 수 있다는 게 얼마나 다행인가. 스파이더는 주위를 흘긋 둘러보았다.

"그런데 오늘은 전혀 안 보이네?"

"뭐가?"

"실종자 센터에서 나온 남자들 말이야."

"아, 그 남자들?"

제이미는 일부러 무관심한 척했다. 하지만 제이미도 그들이 어디에 있는지 궁금해지기 시작했다.

"그 애를 찾았을까?"

스파이더가 말했다.

"관심 끄는 게 좋을 것 같아."

"그래, 네 말이 맞아. 어제 좀 생각해 봤는데 그 남자들 좀 수상한 것 같아. 아무리 생각해도 실종자 센터에서 나온 것 같지는 않단 말이지. 정체가 뭘까?"

제이미는 아무 대답도 하지 않았다.

'난 그들이 누구인지도 알고 싶지 않아. 그냥 다시는 안 마주쳤으면 좋겠어.'

그러나 제이미의 바람은 오래가지 않았다. 학교가 끝난 후에 또다시 그들과 마주쳤기 때문이다. 제이미는 교문 앞에서 아버지를 기다리고 있었다. 그때 어디선가 나타난 두 남자가 제이미가 서 있는 쪽으로 어슬렁거리며 다가왔다.

'제길.'

제이미는 재킷에 달린 모자를 뒤집어쓰고 황급히 운동장 쪽으로 몸을 돌렸다. 한 소녀가 혼자서 공을 튀기고 있었다.

'제발, 제발, 그냥 지나쳐 가라……'

그러나 그들은 제이미를 정확히 기억하고 있었다. 높고 가느다란 목소리가 그의 이름을 불렀다.

"제이미!"

제이미도 어쩔 수 없었다. 천천히 발을 끌며 마지못해 돌아섰다. 그러자 낯익은 두 남자의 얼굴이 보였다. 그들은 교문에서 몇 걸음 떨어진 곳에 서 있었다. 키 큰 남자가 제이미를 향해 미소를 지어 보였다.

"넌 줄 알았지."

"내 이름을 어떻게 알았죠?"

"저번에 만났을 때 네 친구가 부르는 걸 들었지."

"……."

"그래, 어떻게 지내니? 추운가 보구나."

"네?"

"모자를 푹 뒤집어쓰고 있잖아."

말투는 날카로웠지만 그 남자의 얼굴에는 여전히 미소가 감돌고 있었다.

"어제보다는 따뜻하지만 그래도 춥긴 마찬가지야, 그렇지? 밖으로 나돌기엔 적당하지 않지. 친구를 기다리고 있니?"

"아뇨."

제이미는 짧게 대답한 후 다시 입을 다물었다. 자신이 여기서 있는 이유를 말할 필요는 없었다. 땅딸막한 남자가 운동장 주위를 두리번거렸다. 남자는 운동장에서 공을 튀기고 있는 소녀의 얼굴을 꼼꼼히 뜯어본 후 다시 제이미를 쳐다보았다.

"우리가 찾는 소녀는 못 봤니?"

그가 사진을 내밀었으나 제이미는 손을 내저었다.

"안 봐도 돼요. 기억할 수 있어요."

"그럼 이 애를 봤단 말이야?"

남자의 눈길이 갑자기 매서워졌다. 그가 제이미를 뚫어지게 쳐다보면서 뱀 같은 눈길로 아래위를 훑었다. 두 남자 모두에게서 위협적인 기운이 느껴졌지만 생김새만 보자면 땅딸막한 남자가 더 잔인해 보였다.

"아뇨."

그러자 키 큰 남자가 입을 열었다.

"제이미, 만일 네가 그 애를 봤거나 뭔가를 알고 있다면 분명 우리한테 연락했겠지, 그렇지? 이건 아주 중대한 문제야. 우린 그 애를 몹시 걱정하고 있어. 게다가 우리는 그 애가 이 근처에 있다는 것을 알아. 그 애를 봤다는 몇몇 사람들을 만났거든."

"그 애가 뭘 어쨌는데요?"

그러나 제이미는 말을 내뱉자마자 후회하기 시작했다. 관심을 보일수록 실수할 여지가 많아진다. 게다가 저들이 자신을 의심할지도 모른다.

'바보, 그냥 입 다물고 있어야 했는데.'

그러나 이미 한번 뱉은 말을 다시 주워 담을 수는 없었다.

키 큰 남자가 대답했다.

"제이미, 너도 잘 알다시피 우린 보안상 어떤 정보도 말해줄 수 없어. 우리 임무는 기밀 유지가 최우선이거든. 다만 그 애가 위험에 처해 있다는 사실만은 말해줄 수 있어. 혹시 그 애가 있을 만한 곳을 알고 있거나 어딘가에서 그 애를 보았다면 즉시 우리한테 말해주는 게 좋아. 그게 그 애를 돕는 길이야. 물론 너한테도 좋은 일이지. 보상금이 꽤 크니까."

두 남자 모두 날카로운 눈길로 제이미를 주시했다. 제이미는 갑자기 머릿속이 어지러웠다. 운동장에서 들려오는 아이들의 외침, 호루라기 소리 등 그를 둘러싼 모든 소리가 점점 희미해지는 것 같았다. 아이들이 세 사람을 지나치면서 흘깃흘깃 쳐다봤다. 그러나 남자들은 제이미만을 보고 있었다. 제이미가 다시 입을 열었다.

"본 적 없어요."

두 남자는 계속 그를 노려보았다. 그 눈이 '이 자식, 거짓말 하고 있잖아'라고 말하는 것 같았다. 숨통을 조이는 적막함이 한동안 계속된 후에 마침내 키 큰 남자가 입을 열었다. 이번에는 입가에 미소를 띠고 있었다.

"그럼, 전화번호를 다시 주마. 저번에 준 명함은 잃어버렸을 테니까."

그가 주머니에 손을 넣었다.

"됐어요. 아직 갖고 있어요."

그러자 그 남자가 손을 멈칫하더니 매력적이면서도 위협적인 미소를 지으며 고개를 끄덕였다.

"좋아, 제이미. 또 보게 될 거다."

마침내 그들은 사라졌다. 제이미는 이전보다 더 불쾌한 기분으로 그들의 뒷모습을 지켜봤다. 잠시 후 자동차의 경적 소리가 들렸다. 아버지였다.

'문제 하나가 사라지자마자 또 다른 문제가 나타나는군.'

제이미는 자신도 모르게 얼굴을 찌푸렸다.

아버지는 아무 말이 없었다. 제이미도 마찬가지였다. 하지만 제이미는 머릿속으로 앞으로 해야 할 말을 되뇌기 시작했다. 제이미는 결심했다.

'오늘은 말해야겠어. 어떤 대가를 치르더라도.'

차가 골목을 돌아 다시 큰길로 들어섰다.

"아버지……."

제이미가 침을 꿀꺽 삼키며 입을 열었다.

"젠장! 다른 길로 갔어야 했는데."

하지만 아버지의 눈은 온통 도로에 쏠려 있었다. 차가 밀리기 시작하자 아버지의 얼굴이 한층 더 구겨졌다.

잠시 후 꽉 막혔던 도로가 조금씩 뚫리기 시작하자 아버지가 중얼거렸다.

"이제야 움직이는 모양이군."

하지만 몇 미터 못 가서 차는 다시 멈춰 섰다.

"체육관에 많이 늦겠어. 그런데 제이미 아까 무슨 말 하려고 했니? 오늘 학교생활은 괜찮았니?"

"네……."

"뭘 배웠는데?"

"과학, 독일어, 영어, 수학이요."

"그래서?"

"그래서라뇨?"

"그래서 그 수업들이 어땠냐고."

"다 괜찮았어요."

차가 다시 움직이기 시작했다. 아버지는 아무 말 없이 앞을 바라봤다. 제이미도 침묵을 지켰다. '어서 말해!'라는 외침이 머릿속에서 들려왔지만 제이미는 입을 꾹 다물었다.

잠시 후 제이미와 아버지는 사설 체육관에 도착했다.

제이미는 그곳을 좋아하지 않았다. 그러나 체육관 관장인 그레그 메이슨이라면 얘기가 달랐다. 30대 초반인 관장님은 기초 트레이닝을 몹시 중요하게 생각하는 실력 있는 체력 훈련 전문가였다. 제이미는 관장님을 몹시 좋아할 뿐 아니라 은근히 존경하고 있었다. 특히 그의 뚜렷한 주관, 누구에게도 굽

실거리지 않는 성향을 좋아했다.

그레그 관장의 체육관은 날로 번창했다. 특히 물리치료사 겸 마사지 전문가인 스테파니를 고용한 후로는 회원이 날이 갈수록 늘었다.

게다가 그레그 관장은 이번 시즌 몇몇 스쿼시 선수들의 체력 트레이닝을 맡고 있었는데, 그중 한 명이 바로 앤디였다. 앤디는 그레그의 도움을 받아 놀라울 정도로 기초 체력을 향상시켰다. 그리고 지금 그레그 관장의 기적을 맛보고 있는 또 다른 사람은 바로 데니였다. 데니가 체력 훈련을 부탁할 만큼 그레그 관장의 실력은 뛰어났다.

제이미는 체육관에 들어서자마자 오늘 심상치 않은 일이 벌어질 거란 걸 깨달았다. 보통 제이미와 데니가 그곳에서 마주칠 일은 거의 없었다. 대부분 서로 다른 시간대에 체육관을 사용했기 때문이다. 하지만 행운이 비껴가는 날도 있는 법이다.

체육관 입구에 데니의 아버지인 밥 파웰이 서 있었다. 물론 데니도 함께였다. 그들은 코치인 그레그 관장님과 얘기를 나누고 있었다. 아버지가 그들의 모습을 발견하고는 그곳으로 다가갔다. 두 사람은 가볍게 고개를 끄덕이고는 최대한 짧게 인사를 주고받았다.

"밥."

"론."

그게 전부였다. 아버지는 그레그 관장에게는 인사도 하지 않았다. 아버지는 늘 그랬다. 자기 앞에서 기죽지 않는 사람들에게는 머쓱하게 굴었다. 그때 제이미와 데니의 눈이 마주쳤다. 둘 다 입을 꾹 다물었다.

아버지가 돌아서며 말했다.

"제이미, 가서 옷 갈아입어라."

제이미는 급히 탈의실로 발걸음을 옮겼다. 어서 그곳을 벗어나고 싶었다. 그 긴장된 분위기, 소리 없는 적대감. 그러나 그 뒤를 이어 곧바로 데니가 탈의실로 들어왔다. 두 사람은 말없이 옷을 갈아입었다. 제이미는 데니가 무슨 말이라도 하지 않을까 생각했지만 예상은 빗나갔다. 데니는 아무 말도 하지 않았고 시간이 지남에 따라 침묵은 더 깊어졌다.

데니가 먼저 옷을 갈아입고 훈련실로 들어갔다. 제이미는 잠깐 동안 그곳에 홀로 남았다.

'혼자 있고 싶다……'

그러나 지체할 수 있는 시간은 많지 않았다. 얼마 지나지 않아 제이미도 훈련실로 돌아갔다.

그곳엔 제이미와 데니 둘뿐이었다. 다른 회원들은 전혀 없었다. 그리고 그 두 명의 선수들을 바라보는 아버지들이 있을 뿐이었다. 두 아버지 모두 각각 훈련실 한쪽 구석에 자리 잡은 채 고집스럽고 긴장된 표정으로 자신의 아들들을 바라보고 있었다. 제이미는 준비운동을 하는 내내 데니를 흘깃거렸다. 그런 후 실내운동용 자전거로 다가갔다. 데니는 이미 다른 자전거에 올라타 있었다. 그레그가 데니가 올라탄 자전거의 훈련 코스를 조정하고 있었다.

그때 아버지가 제이미에게 다가왔다.

"제이미, 어서 시작하자."

제이미는 자전거에 앉아 등을 쭉 폈다. 그러면서 자신의 오른쪽에 앉아 있는 데니를 흘끔 쳐다봤다. 데니는 똑바로 앞만 바라보고 있었다. 그때 그레그도 일어나며 데니에게 말했다.

"좋아, 이 상태로 한번 해봐. 평소보다 강도를 좀 높였으니까 힘들면 바로 말해. 바로 예전 수준으로 되돌려 줄게."

"알았어요."

데니가 말했다.

"넌 어때, 제이미?"

"좋아요."

제이미는 이 은근한 경쟁이 싫었다.

'혼자서 연습하고 싶은데, 데니 저 자식도 다른 데로 가면 좋겠는데.'

제이미는 그런 생각을 하면서 자신의 훈련 강도에 맞게 자전거 코스를 정했다.

그때 아버지가 다가와 말했다.

"내가 하마."

그러면서 아버지는 데니와 똑같은 수준으로 제이미의 훈련 코스를 정했다. 제이미는 한 번도 그런 강도로 훈련해 본 적이 없었다. 덜컥 겁이 나면서 한편으로는 화가 치밀었다. 제이미와 데니는 달랐다. 데니는 그레그의 지도 아래 지금껏 꾸준히, 조금씩 강도를 높이면서 훈련을 했을 것이다. 지금 이 수준을 소화할 수 있도록. 하지만 제이미는 전혀 준비가 돼 있지 않았다. 아버지가 그레그의 손을 뿌리치고 손수 지도하겠다고 한 이후로 제이미의 체력 훈련은 체계적이지 못했다.

제이미는 입을 뻐끔거렸다.

'이건 무리라고 말해야 해.'

그런데 데니의 아빠가 불쑥 끼어들었다.

"좋아, 좋아. 너희들 실력을 한번 볼까? 누가 더 빨리 오래 버틸 수 있는지."

갑자기 데니가 페달을 밟기 시작했다. 그러자 제이미도 본능적으로 데니를 따라서 페달을 밟기 시작했다. 그때 그레그가 손을 뻗어 두 사람을 저지했다.

"데니, 넌 훈련을 하러 왔지 경쟁하러 온 게 아니다."

그런 후 데니의 아빠에게 나지막한 소리로 경고했다.

"경쟁을 부추기지 말아요. 여긴 코트장이 아니니까."

그런 다음 이번에는 제이미를 보고 말했다.

"지금 네가 이 코스를 소화하겠다고? 너는 아직 준비가 안 됐잖아."

그러면서 자전거 훈련 코스를 조정하기 위해 제이미 쪽으로 다가갔다. 그때 아버지가 그레그 관장의 앞을 막았다.

"내버려두게. 얘는 전에도 이 코스를 해냈어. 익숙해져 있으니 염려 마."

"아닙니다. 아직 준비가 안 되어 있어요."

"아니, 할 수 있어. 얘한테 직접 물어보라고."

제이미는 그레그 관장의 강렬한 눈빛을 느낄 수 있었다. 하지만 아버지의 눈빛이 한층 더 강렬했다. 제이미는 자기도 모르게 이렇게 대답해 버리고 말았다.

"꽤 괜찮아요. ……할 수 있어요."

그레그가 엄한 눈빛으로 제이미를 쏘아보았다.

"제이미, 나는 내 체육관에 오는 사람들이 모두 올바른 훈련을 하길 원해. 방법이 틀리면 결과도 나쁜 법이야. 지금 이 수준으로 잠깐 달리고, 힘이 들면 곧바로 수준을 낮추도록 해. 알아들었지?"

"……네."

아버지가 그레그의 어깨를 가볍게 쳤다.

"거봐. 내가 괜찮을 거라고 말했잖은가. 더 이상 간섭하지 말게. 우리 일은 우리가 알아서 할 테니까."

그레그는 주위를 둘러보았다.

"만일 이 체육관에서 잘못된 방법으로 훈련하고 있는 사람이 있다면 난 그걸 즉시 바로잡아줄 의무가 있어요. 훈련이 적절치 않으면 분명 몸에 이상이 옵니다. 내 충고를 무시하고 스스로 몸을 망가뜨린 다음에 나한테 따져봐도 아무 소용없습니다."

아버지는 완고했다.

"제이미는 지금 내 지도 아래 훈련하고 있어. 모든 잘못은 내가 질 테니 걱정 말게."

그레그가 가늘게 눈을 뜨며 말했다.

"알겠습니다."

그런 후에 제이미와 데니에게 고개를 끄덕였다.

"둘 다 뒤에서 지켜보고 있을 거야."

그 말을 마치자마자 그레그 관장은 두 사람의 아버지에게도 고개를 끄덕였다. 제이미는 그레그 관장의 말이 실은 두 아버지들에게 던진 말이라는 것을 깨달았다.

그때 문 쪽에서 그레그 관장을 부르는 목소리가 들려왔다.

"관장님, 전화 왔어요."

"알았어, 곧 갈게."

그레그 관장이 마지막으로 주위를 둘러본 뒤 문 쪽으로 천천히 걸어갔다.

"잘됐군."

아버지가 조그맣게 중얼거렸다. 그러자 데니의 아빠가 아버지를 쳐다봤다. 둘 다 아무 말이 없었다. 그 순간 제이미는 오늘 일이 결코 우연이 아니었음을 깨달았다. 누가 먼저 제안을 했든 이번 훈련은 두 아버지들의 생각이었던 것이다. 그때 제이미 쪽을 돌아보며 아버지가 큰 소리로 말했다.

"자, 시작하자."

그런 후 몸을 제이미 쪽으로 바짝 숙인 채 이렇게 속삭였다.

"난 네가 데니를 이기길 원한다. 절대로 먼저 멈춰선 안 돼, 알겠지?"

제이미는 아버지의 말을 들으며 이 모든 것에서 달아날 수 있기를 간절히 바랐다. 그러나 데니가 페달을 밟는 소리를 듣자마자 곧 냉혹한 현실을 깨달았다. 제이미 역시 반사적으로 페달을 밟았다. 하지만 페달을 밟을수록 다리가 납덩이처럼 무거워졌다. 제이미는, 자신이 패배를 향해 힘겹게 페달을 밟고 있다는 걸 알았다.

'따라잡을 수 없어. 저 자식보다 오래 할 수 없어.'

그런 생각을 하면서도 제이미는 데니와 보조를 맞추려고 애를 썼다. 아들들을 바라보는 아버지들의 표정도 상기되기 시작했다. 그들은 주먹을 꼭 쥐고 점점 더 자전거 주위로 바짝 모여들기 시작했다.

제이미는 다리가 뻣뻣해지는 걸 느꼈다.

'쥐…… 쥐가 날 것 같아!'

제이미는 숨을 가쁘게 몰아쉬면서 등을 잔뜩 웅크렸다. 한 바퀴만 더, 한 바퀴만 더…… 제이미는 죽을힘을 다해 페달을 밟았다. 그러나 몸과 마음 둘 다 말을 듣지 않았다.

데니도 마찬가지였다. 데니의 얼굴도 붉게 달아올라 있었다. 거친 숨을 쉴 새 없이 토해내면서 부쩍 힘들어하고 있었다. 누가 봐도 그 상태로 오래 버틸 수는 없었다. 그러나 제이미는 계속 페달을 밟았다. 윙윙거리는 페달 소리가 체육관 안을 울렸다. 잠시 후 누군가가 큰 소리로 외쳤다. 아버지였다.

"제이미, 속도를 늦추지 마!"

그러자 데니의 아빠도 따라 외쳤다.

"계속해, 데니, 어서!"

제이미는 아버지이자 엄격한 감독관인 두 명의 아버지들을 향해 얼굴을 찌푸렸다. 그레그 관장의 충고에도 불구하고 그들은 고집을 꺾지 않았다. 그 순간 제이미는 데니의 기분이 궁금했다. 데니도 이런 경쟁을 원하고 있는지, 이 순간을 즐기고 있는지……. 제이미는 데니를 쳐다봤다. 데니도 제이미를 힐끗 쳐다봤다. 두 사람의 시선이 마주치자마자 제이미는 데니가 지금 어떤 기분인지 알 수 있었다.

이건 전쟁이었다. 그 누구도 주인공일 수 없는 전쟁.

"밟아, 제이미!"

"힘을 내, 데니!"

두 아버지들은 그레그가 들을까 봐 목소리를 낮춰 나지막하게 말했다. 제이미는 그들이 싫었다. 녹초가 된 상황에서도 그들을 향한 분노가 머리끝까지 뻗쳐오르는 걸 느낄 수 있었다. 그와 동시에 싫다고 말하지 못하는 자신에게도 화가 났다. 이제 데니의 아빠가 두 자전거 앞을 초조한 듯 왔다 갔다 걷기 시작했다.

"힘을 내, 데니. 저 애는 약해지고 있어."

그러자 아버지가 험상궂은 표정으로 다그쳤다.

"약해지고 있다고? 미쳤어? 느려지고 있는 건 바로 데니야. 잘 봐, 힘이 없으니까 페달을 적게 밟으려고 애쓰고 있잖아."

데니가 아버지에게 원망에 찬 눈빛을 보내며 갑자기 속도를 높였다. 그러자 밥 파웰이 비웃으며 말했다.

"당신 아들이나 돌보지 그래. 저것 봐, 이미 다리가 풀렸잖아. 완전히 기진맥진했다고."

"당신 아들보다는 오래 버틸 테니 염려 마."

"말도 안 되는 소리."

"50파운드?"

"좋아."

제이미는 이글거리는 눈빛으로 아버지를 쏘아보았다. 그러나 아버지의 눈빛이 훨씬 더 강렬했다.

"제이미. 최선을 다해봐."

그러자 데니의 아빠가 슬쩍 웃었다.

"지금 저 애는 최선을 다하고 있어. 그러나 저 정도 수준이라면 오래 못 갈걸."

"시끄러워!"

아버지가 소리쳤지만 그는 계속 이죽거렸다.

제이미는 고개를 숙이고 페달에 집중하기 위해 애썼다. 그러나 혼란스러운 마음 때문에 쉽지 않았다. 머릿속에서 '이건 잘못됐어. 지금 멈춰야 돼.' 하는 소리가 끊임없이 흘러나왔다. 하지만 또 한쪽에서는 '여기서 지면 너는 오늘로 끝장이야. 아버지가 어떻게 나올지 한번 상상해 봐' 하며 결코 멈춰서는 안 된다고 소리치고 있었다.

그러나 제이미는 자신이 이미 패배자라고 생각했다. 아니, 인정하지 않으려 해도 두 다리가 그 사실을 뚜렷이 보여주고 있었다. 제이미는 데니를 슬쩍 훔쳐봤다. 여전히 빠른 속도로 페달을 밟고 있었다. 경쟁심으로 한껏 고무됐기 때문인지 중단할 생각이 전혀 없는 듯했다. 데니는 입을 벌리고 헉헉거리며 공기를 들이마셨다. 얼굴에서 끈적끈적한 땀이 끊임없이 흘러내렸다. 그러나 결코 멈추지 않을 거라는 단호한 의지가 엿보였다.

'제발, 그레그 관장님…… 제발!'

그러나 그레그 관장의 모습은 보이지 않았다.

이제 고통이 극에 달했다. 제이미의 얼굴이 처참하게 일그러졌다. 필사적으로 공기를 들이마시고 있었지만 데니와는 달리 절망적이고 나약한 몸짓이었다. 밥 파월은 만족스러운 표정으로 아들을 바라보다가 다시 제이미 쪽으로 고개를 돌렸다. 그리고 아버지에게 승리의 눈빛을 던지며 의기양양하게 말했다.

"현금으로 주게."

곧바로 아버지가 되받아쳤다. 낮고 분노에 찬 목소리.

"돈을 더 걸지!"

그러자 밥 파월은 눈을 동그랗게 뜨고 말했다.

"제정신이야?"

"왜, 겁나서 그래?"

"맙소사, 당신 아들 꼴 좀 봐. 졸도하기 직전이잖아!"

아버지는 잠시 침묵을 지켰다. 그러고는 그쪽을 보지도 않고 불쑥 말을 내뱉었다.

"100파운드."

"미쳤군!"

"100파운드!"

"아니, 난 그만하겠네. 당신 돈을 그렇게 많이 갖고 싶지는 않아."

"겁나는 모양이군. 뭐, 이미 알고 있었지만."

제이미는 헉헉거리며 그 광경을 지켜봤다. 기운이 쭉 빠져
버려 말할 힘조차 없었다. 그럼에도 불구하고 힘겹게 입을 열
었다.

"저, 아버……지."

두 아버지들이 동시에 제이미를 쳐다봤다. 데니도 줄기차
게 페달을 밟아대며 곁눈질을 했다. 제이미는 아버지의 눈을
똑바로 쳐다봤다. 그러나 그 속에서 찾을 수 있었던 건 분노에
찬 완고한 고집뿐이었다. 제이미는 다시 입을 다물고 말았다.

데니의 아빠가 다시 말했다.

"난 돈을 걸지 않을 거야. 그건 어린애한테서 사탕을 뺏는
거나 마찬가지야."

아버지가 콧방귀를 꼈다.

"여기서 어린애는 딱 한 명밖에 없지. 그리고 그건 제이미가
아니야."

그러자 그 즉시 밥 파월의 얼굴이 구겨졌다.

"그래…… 그렇게 나온다면야. 좋아, 100파운드로 해. 이제
각오하라고."

"좋아. 악수는 생략해도 되겠지?"

두 사람은 다시 자전거 쪽으로 돌아섰다.

그러나 경기는 거기서 끝이었다.

제이미는 무너져 내리고 있었다. 두 사람이 내기에 합의하고 제이미를 돌아봤을 때, 제이미는 이미 전의를 상실한 상태였다. 제이미는 이대로 죽을지도 모른다는 공포에 사로잡혔다. 그 순간 다리가 나무토막처럼 마비됐고 의지가 완전히 바닥났다. 제이미는 몸의 균형을 잃고 자전거에서 떨어지고 말았다. 자전거 핸들이 얼굴 가까이 다가오는가 싶더니 곧이어 바닥, 벽, 천장이 눈앞에서 마구 뒤엉켰다. 그때 그레그 관장이 황급히 달려왔다.

제이미는 정신을 잃기 전 마지막으로 아버지의 얼굴을 보았다. 그 뒤로는 아무것도 기억할 수 없었다.

제이미는 등을 쓰다듬는 손가락의 감촉을 느끼고 눈을 떴다. 물리치료실 마사지대에 엎어져 있었다. 제이미는 얼굴을 확인하지 않고도 자신의 등을 어루만지는 사람이 누구인지 알 수 있었다. 제이미는 고개를 돌려 그 밖에 누가 또 자신과 함께 있는지 보려 했다. 그때 스테파니가 말했다.

"긴장 풀고 편안히 있어."

그러나 제이미는 무조건 확인해야 했다. 그리고 아버지가 없다는 사실을 깨닫자마자 한숨을 쉬었다. 그때 누군가가 문을 열고 들어왔다.

"다 끝났어, 스테파니?"

"곧 끝나요."

스테파니는 제이미 쪽으로 얼굴을 들이밀며 말했다.

"근육을 무리하게 썼더구나. 근육들이 팽팽한 용수철처럼 잔뜩 성이 나 있었어. 전부 매듭처럼 뭉쳐 있었다고. 그래도 마사지를 많이 해서 한결 부드러워졌지만. …… 제이미 넌 좀 쉬어야 할 필요가 있어. 몸도 그렇고 그 머릿속도 그렇고."

그레그가 의자를 끌고 와 제이미가 볼 수 있는 곳에 앉았다.

"우린 그 문제가 뭔지 알고 있어. 그렇지, 제이미?"

그레그가 스테파니를 힐끗 쳐다보며 말했다.

"애들 데리러 간다고 하지 않았어? 애들이 연극 연습인지 뭔지 한다고 했잖아."

"그래요. 하지만 피트가 데리러 갈 거예요."

스테파니가 제이미의 정수리를 세게 문지르며 말했다.

"그 덕분에 난 여기서 다른 애들을 돌볼 시간을 얻었고요."

그 말에 그레그가 인상을 찌푸렸다.

"진짜 도움이 필요한 사람들은 벌써 가버렸다고. 도와주려고 해도 구제불능이라니까."

제이미가 몸을 움직였다.

"그게…… 무슨 뜻이에요?"

"네 아버지랑 파웰 씨가 집으로 돌아갔다는 뜻이야. 그리고 데니도."

그레그가 다시 스테파니를 올려다보며 말했다.

"이제 그만 가봐, 스테파니. 마사지는 이걸로 충분해. 제이미를 샤워시키고 집에 데려다주는 건 내가 할게."

스테파니가 마사지대에서 물러나며 말했다.

"알았어요. 일단은 괜찮은 것 같네요."

그런 후 미소를 지으며 제이미의 귀에 이렇게 속삭였다.

"제이미, 깜짝 선물은 한 번이면 충분해. 다시는 이런 식으로 놀라게 하지 않을 거지? 그렇지?"

"노력해 볼게요. 고맙습니다……."

제이미가 한숨 섞인 대답을 했다.

"천만에, 또 보자. 먼저 갈게요, 그레그."

"잘 가, 스테파니. 고마워."

제이미는 침대에 누워서 천천히 숨을 내뱉었다. 갑자기 모든 피로가 한꺼번에 몰려들었다. 머릿속이 극도로 혼란스러웠다.

"아버지가 뭐라고 하셨죠?"

그레그 관장은 솔직하게 대답했다.

"네가 집까지 걸어올 거라고 하더구나. 그게 너한테 좋을 거라고. 마음을 가라앉히는 데 도움이 된다고 말이야. 하지만 너와 나 둘 다 그게 진짜 이유가 아니란 걸 알고 있어, 그렇지?"

제이미는 아무 말도 하지 않았다. 그레그 관장은 잠시 제이미를 쳐다보았다.

"제이미, 사실 이건 내가 관여할 일이 아니야. 물론 나는 하고 싶은 말은 도저히 못 참는 성격이지만, 그동안 그것 때문에 여러 번 곤란해지기도 했었거든. 하지만 네게는 꼭 말해주고 싶구나. 넌 지금 훈련을 즐기고 있지 않아. 스쿼시도 마찬가지고. 내가 보기엔 어떤 것에도 흥미가 없는 것 같아. 그 이유는 네가 더 잘 알 테니 함부로 추측하지 않으마. 대신 딱 한 가지만 말해줄게. 넌 네가 원하는 걸 스스로 결정하고 네 방식대로 삶을 이끌어 가야 해. 그렇지 않으면 결코 행복해질 수 없어."

그레그 관장은 잠시 말을 멈췄다.

"분명 상처는 피할 수 없어. 네 생각을 말하고 그것 때문에 마찰이 생기면 큰 상처를 입겠지. 하지만 네가 원하는 삶을 살기 위해서는 일단 행동해야 된단다. 우울한 표정으로 끌려다니기만 한다면 결국 돌이킬 수 없는 상처를 남기게 될 거야."

제이미는 무슨 말을 해야 할지 몰라 물끄러미 천장만 바라봤다. 그러자 그레그 관장이 가볍게 그의 배를 두드렸다.

"됐어, 연설은 끝! 샤워하러 가자. 좀 더 일찍 말하지 그랬니. 쓰러질 때까지 무식하게 페달을 밟다니."

"무슨 일이 있었죠?"

"너? 기절해 있었어. 삼십 분 동안이나. 파웰 부자는 오늘 프로그램을 마치지도 않고 가버렸고. 스테파니가 널 돌보는 동안 너희 아버지는 줄곧 주위를 서성거리시더니 네가 괜찮다는 말을 듣고는 곧장 집으로 돌아가셨단다. 그리고…… 파월 부자가 돌아가기 전에 네 아버지가 돈을 주던데…… 무슨 일이 벌어졌는지 알 것 같았지만 일부러 아무것도 묻지 않았다. 어차피 넌 쓰러졌고, 그 일에 대해서는 어떤 설명도 통하지 않으니까. 자, 이제 일어나 봐. 도와주마."

"괜찮아요. 다 나았어요."

제이미가 힘겹게 일어섰다.

"좀 어지러워 보이는데."

"괜찮아요. 견딜 만해요."

그레그 관장은 제이미를 샤워실로 데려갔다. 뜨거운 물줄기 아래에 서니 온몸이 따뜻한 젤리처럼 말랑말랑해지는 것 같았다. 기분은 한결 나아졌지만 그와 동시에 극심한 피로감이 몰려왔다. 그레그 관장은 샤워실 바깥벽에 기대어 서 있었다. 수증기가 어린 유리문 밖으로 그의 형체가 어른거렸다.

"제이미, 난 네가 걱정스럽다. 네 웃음소리를 들은 지가 언제인지 기억도 안 나. 훈련이나 스쿼시 시합이 없을 땐 주로 뭘하고 지내니?"

"별로 하는 게 없어요."

"여자 친구는 있지?"

"아뇨."

"그래도 친구들은 있잖아."

"딱 한 명 있어요. 하지만 아버지는 그 애를 친구로 인정하지 않아요."

그레그가 바깥에서 자세를 바꿨다.

"제이미, 좀 전에도 말했지만, 넌 정말 네가 원하는 걸 선택해야 한다. 그게 스쿼시 챔피언이라면 더없이 좋은 일이겠지. 스쿼시는 근사한 스포츠니까. 하지만 네 자신을 속여선 안 돼. 만일 스쿼시가 더 이상 즐겁지 않다면 여기서 그만둬야 해. 아니면 잠깐 동안 긴장을 풀고 여유를 갖는 것도 좋지. 스쿼시 말고 다른 것을 찾아 시도해 봐. 사람들을 더 많이 만나보는 것도 좋겠지. 스쿼시에 관심이 없는 사람들이면 더 좋고."

"스파이더가 바로 그런 애에요."

"그 애가 누군데?"

"제 친구요."

"그 애 이름이 스파이더니?"

"별명이에요. 다들 그 애를 스파이더라고 불러요. 그 앤 스쿼시를 따분하고 재미없는 운동이라고 생각해요. 그리고 그것보단 금요일 밤에 누구랑 데이트할지 생각하는 게 더 즐겁다고 하죠."

"그래? 너랑은 좀 다른 것 같은데. 일단 샤워를 마치면 내 방으로 와라. 집까지 데려다주마."

그러나 제이미는 돌아가야 할 집이 어디인지 알 수 없었다.

제이미는 어둠 속에서 오들오들 떨며 서 있었다. 자기 집 앞에 서서 마치 처음 보는 집처럼 어두운 건물을 물끄러미 바라보고 있었다. 커튼은 모두 내려져 있었다. 오직 거실과 부모님 침실에만 불이 켜져 있었다. 제이미는 그레그 관장의 차가 사라질 때까지 기다렸다. 그런 다음 현관으로 걸어가 문구멍에 열쇠를 넣고 돌렸다.

집으로 들어선 제이미는 현관에 서서 잠시 귀를 기울였다. 현관문은 열어둔 채였다. 거실에서 텔레비전 소리가 났다. 그리고 위층에서 침실 주위를 서성이는 아버지의 무거운 발걸음 소리가 들렸다. 제이미는 조용히 현관문을 닫고 재빨리 거실로 들어갔다.

어머니가 거실 소파에 앉아 있었다.

"무슨 일이니, 제이미?"

제이미는 어떻게 설명해야 할지 몰라 잠깐 머뭇거렸다.

'아버지는 뭐라고 했을까? 어머니는 그 말을 믿었을까?'

그러나 어머니의 눈빛은 마치 순한 양 같았다. 제이미를 비난하는 기색은 전혀 없었다. 단지 아침 식사 때처럼 어딘지 모르게 멍한 듯하기도 했고, 제이미를 보면서 조금 긴장하는 듯도 했다.

제이미는 천천히 입을 열었다.

"체육관에서 문제가 좀 있었어요. 그리고 지금 아버지께 꼭 해야 할 말이 있어요."

"아버지는 네 몸이 좋지 않다고 하셨어."

"그런 게 아니에요."

어머니가 제이미를 쳐다보며 물었다.

"그게 무슨 말이니?"

"아버지가 아무 말도 안 하셨나요?"

제이미는 어머니의 표정을 살폈다. 그 얼굴 위로 다양한 감정이 떠올랐다 사라졌다.

"네가 연습용 자전거를 타는데 데니가 거기 있었다는 말은 들었어. 또 네가 몸 상태가 좋지 않아 도중에 훈련을 멈췄다고. 그런데 네가 찬 바람을 잠깐 쐬고 싶다고 해서 따로 출발했다고 하셨는데……."

제이미는 갑자기 참담해졌다. 잠시 생각을 정리한 후 제이미는 침착한 목소리로 입을 열었다.

"아니에요. 다른 일이 있었어요. 엄마……."

그때 아버지가 거실로 들어왔다.

예상보다 일찍 아버지를 마주하게 되자 제이미는 갑자기 온몸이 뻣뻣하게 굳는 것 같았다. 하지만 머릿속으로 자신이 할 말을 열심히 정리했다. 그러나 먼저 입을 연 것은 아버지였다.

"그래, 몸은 좀 나아졌니?"

뜻밖의 질문에 제이미는 깜짝 놀랐다. 비난이나 질책을 예

상하고 있었는데…… 아버지 곁에서 어머니가 긴장된 자세로
서 있었다.

"네, 이젠…… 괜찮아요."

"다행이구나."

"하지만 피곤해요. 너무 피곤해요. 그리고……."

제이미는 생각이 너무 앞서 나갈까 봐 두려웠다. 하지만 결
심이 흔들리기 전에 말을 꺼내야 했다. 제이미는 숨을 깊이 들
이마셨다.

"전 결심했어요."

"우선 뭘 좀 먹어야지. 네 엄마가 너 주려고 오븐에다 무슨
요리를 하는 것 같던데."

아버지가 어머니 쪽을 돌아보았다. 아버지의 눈이 '아들을
위한 요리를 준비해 줬으면 좋겠군' 하고 말하는 것 같았다. 하
지만 어머니는 부엌으로 가지 않았다. 그 대신 아버지 쪽으로
한걸음 더 다가갔다.

"체육관에서 무슨 일이 있었던 거예요?"

아버지가 눈살을 찌푸리며 대꾸했다.

"다 말해줬잖아."

"그럼 이제 말하지 않은 부분을 말해봐요. 당신이 지금 숨기
고 있는 사실을요."

제이미는 어머니를 응시했다. 제이미조차 그런 모습의 어

머니가 낯설었다. 아버지에게 따지듯 말하는 어머니가…….
그러자 아버지가 눈썹을 꿈틀거리며 다시 말했다.

"좀 전에 말한 게 전부야. 그것뿐이라고. 그리고 지금 당신 눈에는 당신 아들이 배고파하는 게 안 보여?"

어머니가 잠시 머뭇거리다가 제이미를 향해 몸을 돌렸다.

"음식을 만들어 놨단다. 금방 만들었으니 따뜻해. 콩이 다 익으면 바로 차려줄게."

그리고 다시 아버지를 쳐다봤다.

"그래도 난 알고 싶어요. 지금 내 아들에게 무슨 일이 일어났는지……."

"됐어, 그만해. 두 번 설명하게 하지 마."

아버지가 어머니의 말을 잘랐다. 어머니는 아버지의 얼굴을 빤히 쳐다보다가 입술을 깨물며 거실을 나갔다. 얼굴이 깊은 바닷속처럼 어두웠다.

제이미는 두 주먹을 꽉 쥐었다. 어머니가 남기고 간 불안과 실망, 괴로움과 두려움의 조각들이 거실 분위기를 무겁게 만들었다. 제이미는 결심했다. 어머니는 부엌으로 돌아갔지만 자신은 돌아가지 않을 거라고.

"전 결심했어요."

아버지는 아무 말도 하지 않았다. 제이미는 자신이 내뱉은 단어 하나하나를 머릿속으로 다시 떠올려보았다. 그리고 한

번 더 소리 내어 말했다.

"전 결심했다고요. 그만두고 싶어요."

"그만두다니, 뭘?"

제이미는 아버지의 눈을 바라보려고 애썼다.

"스쿼시 말이에요."

"농담하는 거니?"

"아니에요."

"안 들은 걸로 하마. 많이 피곤한 모양이구나."

"네, 피곤해요. 하지만 피곤해서 그런 건 아니에요. 지금껏 충분히 생각해 봤어요. 나름대로 열심히 고민해서 내린 결정이라고요. 그만두겠어요."

아버지의 표정이 어두워졌다.

"완전히 미쳤군. 챔피언이 되려고 지금껏 모든 걸 훈련에 쏟아부었는데, 이제 와서 그만두겠다니! 넌 체육관에서, 트랙에서, 코트에서 숱한 시간을 보냈어. 나 역시 마찬가지고. 너를 챔피언으로 만들려고 내 모든 노력과 적잖은 돈을 쏟아부었어. 그런데 고작 말한다는 게 스쿼시를 포기하겠다고? 더구나 오늘 체육관에서 그토록 날 망신시키고 100파운드나 날려버리게 만든 후에? 그런 말은 두 번 다시 입 밖에 꺼내지 마라. 안 들은 걸로 할 테니까."

"전……."

"난 아무것도 안 들었다, 알겠어?"

아버지의 목소리가 높아졌다.

"날 가장 비참하게 만드는 건 바로 네 녀석의 그 배은망덕함이야. 난 깨어 있는 모든 시간을 널 위해 바쳤어. 내가 지금의 너를 만들어낸 거라고. 내 시간과 돈을 이용해서. 난 네 재능을 알아봤어. 그리고 그걸 캐내기 위해 모든 걸 지원했고. 그런데 지금에 와서 그 모든 걸 깡그리 던져버리겠다고!"

제이미는 다시 고개를 떨구었다. 그렇게 격앙된 분위기 속에서 대화를 하고 싶지는 않았다. 하지만 어쩔 수 없었다. 제이미는 힘겹게 마른 침을 삼켰다.

"전 단지……."

"허락할 수 없다, 제이미. 말도 안 되는 소리야. 잘 기억해 둬라, 제이미. 넌 오늘 체육관에서 날 완전히 바보로 만들었다. 하지만 난 네게 두 번째 기회를 주기로 결심했다."

"그래요, 아까 전 쓰러졌어요. 하지만 그게 제 잘못이라는 거예요?"

"당연히 네 잘못이지. 너 자신밖에는 아무도 탓할 수 없어. 네가 지금껏 열심히 훈련을 했다면 그 자전거에 끝까지 남아 있었을 거야. 데니는 하는데 넌 왜 못하지?"

제이미는 몸을 부르르 떨었다. 하지만 어느 순간부터 마약 같은 무력감이 서서히 온몸을 감쌌다.

'나는 결코 아버지를 이길 수 없어.'

제이미는 계단이 있는 쪽으로 걸음을 옮기며 마지막 말을 내뱉었다.

"더 이상 못 참겠어요. 그만 가볼게요."

그러나 아버지가 그의 팔을 붙들었다.

"내 말, 아직 안 끝났다."

제이미는 잠시 아버지를 노려보았다. 잡힌 팔을 뿌리치기 위해 팔에 힘을 꽉 주었다. 하지만 아버지가 제이미의 팔을 더 세게 움켜쥐었다.

"내 말 아직 안 끝났다고 했잖아!"

제이미는 다시 한번 아버지의 짙고 검은 눈을 바라봤다. 고집스럽게 빛나는 그 두 눈을.

"놔주세요, 나갈 거라고요."

제이미는 다시 한번 팔을 흔들었다. 그러나 아버지는 제이미를 놔주지 않았다. 오히려 벽으로 밀어붙이더니 억눌린 목소리로 천천히 말했다.

"잘 들어라, 제이미. 나는 평생 고생했다. 지금 가지고 있는 것들을 얻기 위해서 줄곧 울어야 했다. 넌 결코 모를 거다. 그게 어떤 것인지를. 그래서 나는 네가 기회를 잡았으면 하는 거야. 내가 가져보지 못했던 그 기회들을 네게는 주고 싶단 말이다. 그것을 위해서 그렇게 노력했는데, 그랬는데……."

아버지는 스스로의 감정을 이기지 못한 채 팔을 부르르 떨더니 손바닥을 높이 쳐들었다. 제이미의 눈앞에 익숙한 그것이 또 한 번 날아왔다. 제이미는 재빨리 고개를 돌렸지만 늦고 말았다. 오른쪽 뺨에 강한 고통이 느껴졌다. 제이미가 빠져나오려고 팔에 힘을 주는 순간에 두 번째 고통이 날아왔다. 아버지는 고통받은 만큼 그대로 되돌려주고 싶은 모양이었다. 세번째, 네 번째…… 아버지는 한 번 후려칠 때마다 한마디씩 내뱉었다.

"어림없지…… 절대로…… 이 배은망덕한 놈……."

마침내 아버지는 제이미를 잡고 있던 손을 놓았다. 그 바람에 제이미의 발이 미끄러져 벽난로 옆에 있던 부지깽이에 걸렸다. 부지깽이가 요란한 소리를 내며 벽난로 안쪽으로 넘어졌다. 제이미는 벽난로의 가장자리를 꽉 붙들고서 흔들거리는 몸을 지탱했다. 아버지는 제이미의 얼굴을 붙잡고 다시 한번 다짐을 시켰다.

"만일 그따위 말을 또 꺼냈다간 진짜 훈련이 뭔지 제대로 가르쳐주마."

제이미는 어두운 침실에 홀로 앉아 있었다. 집 안은 고요했다. 제이미는 어둠과 침묵 속에서 몸을 일으켜 세웠다. 그러고는 복도로 나와 부모님 침실을 지나 거실로 내려갔다. 그곳에서 잠시 걸음을 멈추고 귀를 기울였다.

여전히 집 안은 조용했다. 제이미는 부엌으로 몰래 들어갔다. 배낭을 있는 대로 빵빵하게 채우고는 시간을 확인했다.

벌써 자정이었다.

제이미는 다시 어머니를 생각했다. 문간에 서서 말없이 자신을 지켜보던 어머니. 힘없이 침실로 돌아가는 어머니의 뒷모습이 자꾸 떠올랐다. 그러다가 제이미는 시간이 촉박한 것을 깨닫고 다시 움직였다. 뒷문을 통해 살며시 집을 빠져나오니 칠흑 같은 어둠이 제이미를 반겼다. 제이미는 배낭을 어깨에 짊어지고 급히 시내로 향했다.

그러나 약속 장소에는 아무도 없었다. 제이미는 스스로를
책망했다.

　'장소가 안 좋았어. 멍청하게 그걸 이제야 알다니…….'

　아무도 이런 곳에는 혼자 오고 싶어 하지 않을 것이었다. 이
런 칠흑 같은 밤에야 말할 것도 없다. 만약 소녀가 이곳까지 왔
다고 하더라도 지옥의 입 같은 어두컴컴한 골목을 보고는 되
돌아갔을 것이다. 그곳은 한때 불량배들의 아지트이기도 했
고, 온갖 종류의 폭력이 벌어지는 범죄 현장이기도 했다. 주변
의 술집들도 문 닫은 지 오래였다. 그래서 그곳에 어떤 사람들
이 들락거리는지, 어떤 사람들이 숨어 있는지 짐작조차 할 수
없었다.

자동차 불빛이 제이미를 향해 빠르게 다가왔다가 상점 옆면을 훑으면서 어둠을 가르고 지나갔다. 제이미는 본능적으로 불빛을 피해 골목 안 어둠 속에 몸을 숨겼다. 잠시 후 또 다른 차가 한 대 지나갔다. 이번에는 경찰차였다. 그리고 오래도록 정적이 흘렀다.

그때 등 뒤에서 목소리가 들렸다.

"넌 늦었어."

제이미는 깜짝 놀라 뒤를 홱 돌아보았다. 하지만 아무것도 보이지 않았다.

"여기야."

그 목소리는 골목 더 안쪽에서 새어 나오고 있었다. 그는 구부러진 통로 끝으로 걸어 들어갔다. 그 소녀가 벽에 등을 대고 바닥에 주저앉아 있는 게 보였다. 옆에는 큰 천 가방이 놓여 있었다.

"먹을 것 좀 가져왔니?"

소녀가 퉁명스레 말했다. 제이미는 잠시 소녀를 바라보다 배낭을 열기 시작했다. 그 모습을 보고 소녀가 다시 입을 열었다. 이번에는 좀 더 누그러진 목소리였다.

"미안해. 배고플 땐 예의가 생각나지 않는 법이거든."

"괜찮아."

제이미는 주방에서 만들어온 샌드위치 하나를 건넸다. 소녀는 말없이 그걸 받아 지난번처럼 게걸스레 먹기 시작했다. 제이미는 샌드위치 하나가 완전히 없어질 때까지 기다린 다음 다시 말을 붙였다.

"춥지?"

"왜?"

"그냥…… 사실은 오늘 밤 네가 따뜻하게 지낼 방법을 생각해 뒀어."

소녀가 미심쩍은 듯 제이미를 쳐다보았다.

"괜찮아. 날 믿어도 돼. 정말이야."

소녀는 제이미를 잠시 동안 쳐다보더니 비웃음을 머금은 채 시선을 돌려버렸다.

"알아. 날 도와주려고 애쓰는 건 아는데……."

"어쨌든 넌 나타났잖아. 도움이 필요해서 온 것 아니야?"

"글쎄, 나도 모르겠어. 내가 왜 이곳을 찾아왔는지."

"이유를 모른다고?"

그러나 제이미는 자신의 질문이 소녀를 당황하게 만드는 것 같아 그쯤에서 말을 멈췄다.

"어쨌든 여기보다 더 따뜻하고 안전한 장소를 알아."

제이미는 먼저 일어나서 소녀가 일어나길 기다렸다. 소녀는 무거운 배를 끌어안고 힘겹게 몸을 일으켰다. 제이미는 한순간 소녀의 몸이 불편하다는 것을 잊고 멍하니 서 있었지만 뒤뚱거리며 일어서는 모습을 보고 반사적으로 소녀의 손을 붙잡았다. 그랬더니 소녀 역시 제이미의 손을 꼭 붙잡았다. 소녀는 제이미에게 몸을 의지하면서 그에게로 바짝 다가섰다. 소녀의 손도 몸도 모두 차가웠다. 그러나 일어나자마자 소녀는 다시 차가운 손을 거둬들이고 말았다. 제이미는 배낭을 집어 들었다.

"가자."

"잠깐만."

"왜?"

"그 남자들 말이야. 혹시 오늘 밤에도 봤니?"

"아니."

"저…… 혹시라도 우리가 그들하고 마주치면 어떡하지?"

"걱정하지 마."

"네가 잘 이해 못하는 것 같은데, 이건……."

소녀가 제이미를 불안하게 쳐다보며 다음 말을 이었다.

"이건 게임이 아니야. 정말 위험할 수도 있단 말이야. 전에도 말했잖아, 내 인생에 끼어들지 말라고. 난 너한테 아무것도 해줄 수 없어. 짐만 될 뿐이지."

제이미가 눈을 내리깔았다.

"난 너한테 아무것도 원하지 않아. 넌 나한테 빚진 게 없어. 또 너한테 골치 아픈 문제가 있다 해도, 원치 않으면 말하지 않아도 돼. 실은 나한테도 골치 아픈 문제들이 많거든. 하지만 그 문제들 때문에 네게 부담을 주진 않을 거야. 사실 우린 어쩜 같은 입장일 수도 있어."

제이미는 말을 마치고 숨을 깊이 들이마셨다.

"이제 우리 둘 다 집이 없거든. 난 오늘 밤 집을 나왔어. 내일 아침부터 사람들이 날 찾기 시작할 거야. 경찰과 부모님 그리고 날 아는 모든 사람들이. 하지만……."

제이미는 고개를 들고 소녀를 똑바로 쳐다보며 말했다.

"난 다시는 집으로 돌아가지 않을 거야. 다른 어딘가로 가야만 해. 그게 어디든 애쉬포드에서 멀리 떨어진 곳으로. 여긴 날 알아보는 사람들이 너무 많거든. 가서 뭘 할지는 아직 모르겠어. 게다가 가진 돈도 없고 배낭에 들어 있는 것 말고는 먹을 것도 없어. 배낭에 든 음식도 내 건 아니야. 널 주려고 가져온 거니까. 물론 미래에 대한 계획도 전혀 없지. 난 지금……."

제이미는 발로 바닥을 걷어차면서 말했다.

"한마디로 엉망진창이야. 완전히 엉망진창이라고."

소녀는 아무 말도 하지 않았다. 제이미를 올려다보지도 않았다. 제이미는 이렇게 운이 안 좋은 두 사람이 이런 시간에 이런 장소에서 만나기도 쉽지 않을 거라고 생각했다. 그리고 자신의 상황을 말했으니 이제 곧 소녀도 자신을 떠날 거라고 생각했다. 그 애 역시 무능한 패배자가 들러붙는 걸 원치 않을 것이다. 그러나 소녀는 이렇게 말했다.

"그러니까, 우린 둘 다 그림자네."

"뭐라고?"

"그림자라고. 나만 그런 줄 알았는데 너도 똑같네. 아마도 우린 잠시 동안 서로가 필요할 것 같아."

"그런데 왜 우리가 그림자야?"

소녀가 어둠을 응시하며 말했다.

"오랫동안 어두운 그늘 속에 있다 보면, 누구나 그림자가 되는 법이야."

두 사람은 건물에 바싹 붙어 큰길을 따라 걸어갔다.

"너무 빨리 걷지 마. 난 그렇게 빨리 걸을 수 없다고. 그리고 혹시 그 남자들이 눈에 띄면 즉시 알려줘야 해. 필요하면 잠시 헤어졌다 만나야 할지도 몰라, 알겠지?"

"어디서?"

"그 골목 뒤에서. 물론 운이 좋다면 그럴 일은 없겠지."

"아직까지는 못 봤어."

"나는 낮에 봤어. 한 명은 차를 타고 또 한 명은 걷고 있던 걸. 서로 휴대폰으로 연락하면서 말이야."

제이미는 눈살을 찌푸렸다.

"대체…… 그 남자들은…… 누구야?"

"말하고 싶지 않아. 그들이 나타나면 그때 말해줄게, 됐지?"

그 말을 끝으로 소녀는 입을 다물었다. 제이미는 소녀의 얼굴에서 더 이상 묻지 말아줬으면 하는 표정을 읽었다.

"네가 말한 비밀 장소는 어디야?"

"따라와 보면 알아."

제이미는 시계탑을 지나 도심에서 떨어진 곳으로 소녀를 데리고 갔다. 이 시간에, 비밀을 한가득 안고 있는 낯선 소녀와 거리를 걸어가고 있으려니 그 모든 일이 현실이 아닌 것처럼 느껴졌다. 마치 꿈속을 걷고 있는 것 같았다.

그때 갑자기 제이미가 걸음을 멈추고 소녀를 돌아봤다.

"왜 그래?"

"생각해 보니 난 아직 네 이름도 몰라."

"그림자들은 원래 이름이 없는 법이야."

소녀가 대답했다. 그게 대화의 끝이었다. 그리고 얼마 후 소녀가 다시 입을 열었다.

"있잖아, 이쯤에서 분명히 해둬야 할 게 있어. 너도 나도 원치 않으면 아무 것도 말할 필요가 없어. 그렇지?"

"그래."

"넌 네 인생을 살고 난 내 인생을 사는 거야. 그것 말고는 서로에 대해 어떤 것도 알 필요가 없어. 우리는 단지 잠깐 동안만 함께 있는 거야. 그다음에는 각자 갈 길로 가면 돼."

제이미는 코트 깃에 턱을 파묻었다.

"알았어."

"얼마나 더 가야 돼?"

"이 길 끝에 있어."

"하지만 저 위엔 학교밖에 없잖아."

"나도 알아."

또다시 소녀의 얼굴에 의심스러운 빛이 스쳤다.

"걱정하지 마. 아무 일도 없을 거야. 난 그런 사람이 아니야."

마침내 소녀가 어깨를 으쓱하며 대답했다.

"좋아, 어서 가자. 추워 죽겠어."

한밤중이라 등굣길은 텅 비어 있었고 주위는 무서울 정도로 고요했다. 그저 눈앞에 보이는 학교 건물과 운동장 주변의 어두운 윤곽을 훑으며 제이미는 학교로 걸어갔다. 잠시 후 그들은 학교 정문에 도착했다.

"이제 어떻게 할 거야?"

소녀가 물었다.

"조금만 더 가면 돼."

제이미는 정문을 지나 몇 발자국 더 나아갔다. 소녀는 조금씩 뒤처지기 시작했다. 몹시 지쳐 있는 게 분명했다. 제이미는 울타리에 이르러서야 걸음을 멈추었다. 소녀가 제이미 곁으로 다가와 울타리에 나 있는 틈새를 살펴보며 말했다.

"여길 지나가자고?"

"응."

"너 먼저 들어가."

소녀의 말에 제이미가 먼저 몸을 숙여서 좁은 틈새로 지나갔다. 그러면서도 소녀가 자기를 따라 이곳으로 들어올지 계속 의심했다. 제이미는 이 동맹 관계가 아주 가느다란 실에 매달려 있는 것만 같았다. 언제든 끊어질 수 있는 아주 약한 실에. 제이미가 틈새를 빠져나와 몸을 폈을 때, 소녀는 여전히 반대편에 서서 제이미를 지켜보고 있었다.

"다음엔 어디로 갈 건데?"

소녀가 물었다.

"네가 들어오면 말해줄게."

소녀가 머뭇거리자 제이미가 다른 말을 덧붙였다.

"거긴 아주 따뜻해, 약속할 수 있어."

그러자 소녀가 결심을 굳혔는지 몸을 숙여 틈새를 건너오기 시작했다. 소녀의 배가 자꾸 울타리에 걸렸다. 하지만 그동안 수많은 애들이 그 틈을 들락날락한 덕분에 울타리는 꽤 느슨해져 있었다. 마침내 소녀가 한 손을 밖으로 뻗으며 말했다.

"도와줘."

제이미는 소녀의 차가운 손을 끌어당겼다. 그 바람에 소녀의 몸이 쑤욱 빠지면서 둘 다 물에 젖은 운동장에 털썩 나동그라지고 말았다. 잠시 후 소녀가 황급히 손을 빼며 물었다.

"이제 어디로 가?"

"거의 다 왔어."

제이미는 주위를 두리번거리면서 운동장을 가로질러 갔다. 바람 소리 하나 들리지 않는 고요한 밤이었다. 단지 소녀의 오들오들 떠는 소리만이 적막을 가를 뿐이었다. 제이미는 어깨 너머로 소녀를 힐끗 쳐다봤다.

"춥지? 그동안 어디서 지냈어? 우리 집 창고에 오기 전에 말이야."

그러나 돌아오는 대답은 없었다. 그 순간, 서로 말하고 싶은 것만 말하자는 약속이 떠올라 제이미도 입을 다물었다. 하지만 소녀는 결국 띄엄띄엄 입을 열었다.

"아무데서나. 공중화장실에서도 지냈어. 핸드드라이어기를 누르고 있으면 좀 따뜻해진다는 걸 배웠지."

소녀는 잠시 말을 멈췄다가 마지막 말을 덧붙였다.

"직접 경험해 보지 않으면 상상이 잘 안 될 거야."

제이미는 얼굴을 찌푸렸다. 가슴이 아팠지만 소녀의 말대로 제이미는 그게 어떤 생활인지 짐작조차 할 수 없었다.

그들은 운동장을 가로질러 계속 걸었다. 그리고 마침내 제이미가 걸음을 멈추었다.

"다 왔어, 여기야."

소녀가 눈을 동그랗게 뜨고서는 앞에 있는 건물을 가만히 쳐다보았다.

"여기가 어디야?"

"체육관이야. 들어가자."

그러나 제이미가 출입문에 손을 대는 순간 소녀가 다급하게 제이미의 팔을 붙들었다.

"왜 그래?"

"쉿!"

팔을 잡은 소녀의 손이 한층 더 조여들었다. 제이미는 숨을 죽였다. 그때 저 아래 등굣길에서 차 소리가 들렸다. 잠시 후 헤드라이트 불빛이 학교 안으로 미끄러지듯 들어왔다.

소녀가 제이미의 팔을 세게 끌며 나지막하게 소리쳤다.

"빨리! 건물 뒤로 숨어."

제이미는 소녀를 데리고 체육관 옆문 앞에 바짝 다가섰다. 배낭을 뒤지는 제이미의 손이 다급하게 떨렸다.

"뭐하는 거야?"

"열쇠를 찾는 중이야."

"무슨 열쇠?"

"체육관 열쇠 말이야."

차가 미끄러지듯 다가왔다. 희미하던 헤드라이트 불빛도 점점 밝아졌다.

'빨리, 빨리!'

제이미는 진땀을 흘리며 배낭 안을 휘저었다. 마침내 손가락 끝에 차가운 열쇠 꾸러미가 만져졌다. 제이미는 덜덜 떨리는 손으로 열쇠를 문구멍에 집어넣었다. 그리고 문이 열리자마자 나지막하게 외쳤다.

"어서 들어가!"

소녀는 망설이지 않고 재빨리 몸을 숨겼다. 제이미는 소녀가 어둠 속으로 사라지자마자 문을 닫은 다음 열쇠를 빼내고 소녀를 돌아보았다. 소녀 역시 제이미를 돌아보았다. 완벽한 침묵이 그들을 감쌌다.

그러나 곧이어 바퀴가 회전하는 소리, 그릉그릉 하는 엔진 소리가 체육관 창문을 통해 들려왔다. 그와 동시에 소녀의 두 눈이 두려움으로 가득 찼다.

"그들이 차를 세우고 있어."

"우릴 보지 못했을 거야. 그리고 어쩌면……."

"쉿, 목소리 낮춰."

제이미는 숨을 깊이 들이마신 다음 최대한 목소리를 낮춰 속삭이듯 말했다.

"어쩌면 그 남자들이 아닐 수도 있어. 순찰 도는 경찰일 수도 있잖아."

"아니 그 남자들이야. 내가 그 차를 알거든."

제이미와 소녀는 벽에 등을 기댄 채 바깥에서 들려오는 소리에 귀를 기울였다. 엔진 소리가 멈추는가 싶더니 곧이어 차 문이 열렸다 닫히는 소리가 들렸다. 그렇게 두 번 차 문이 닫히는 소리가 들리고 자박자박 하는 발자국 소리가 두서없이 들렸다. 제이미는 주먹을 힘껏 쥐었다.

'그 남자들이야. 우릴 봤나 봐. 학교로 들어온 걸 봤던 거야.'

이제 두 사람은 새장 안에 갇힌 신세나 다름없었다. 제이미는 소녀를 흘깃 쳐다보았다. 그러자 긴장감과 불안, 두려움 등으로 온몸이 꼿꼿하게 굳는 것 같았다.

제이미는 지금껏 살면서 그런 얼굴을 한 번도 본 적이 없었다. 그렇게 두려움으로 일그러진 얼굴을. 그 얼굴을 보자마자 소녀와 저 두 남자와의 관계가 아름답지만은 않다는 걸 알 수 있었다.

제이미는 소녀에게 손을 뻗었다. 그러나 바스락거리는 소리를 듣고도 소녀는 돌아보지 않았다. 대신 제이미의 손을 있는 힘껏 꽉 잡았다. 소녀가 얼마나 세게 잡았는지 제이미는 자신도 모르게 '악' 하고 소리를 지를 뻔했다. 그리고 또다시 들려오는 발자국 소리. 그 음산하고 축축한 소리.

소녀의 손에서 축축하게 땀이 배어 나왔다. 제이미는 생각을 정리하려고 필사적으로 머리를 굴렸다.

'지금 체육관 문은 잠겨 있어. 그러니 여길 들어오려면 이

문을 부숴야 해. 그러면 소리가 꽤 클 텐데. 하긴 이 밤에 우리 말고 누가 그 소리를 듣겠어. 어쩌면 자물쇠를 따고 들어올지도 몰라.'

그런 생각을 하고 있는데 갑자기 문 손잡이가 덜컹거렸다.

소녀가 다시 한번 제이미의 손을 꽉 쥐었다.

그러나 문은 열리지 않았다. 돌아가던 손잡이가 다시 제 위치로 돌아왔다. 제이미는 어둠 속에서 소녀를 쳐다보며 '괜찮다'는 눈빛을 보냈지만 소녀의 얼굴은 이미 짙은 공포로 물들어 있었다. 문손잡이가 다시 한번 비틀리더니 딸깍하는 소리를 내며 제 위치로 돌아갔다.

잠시 후, 터벅거리며 돌아가는 발소리가 들렸다. 제이미는 숨을 내쉬고 조심조심 입을 열었다. 그러자 소녀가 매서운 눈초리로 제이미를 노려보며 손을 세게 움켜쥐었다. 소녀는 손가락을 입술에 가져다 대면서 다시 한번 손을 꽉 쥐었다. 제이미는 가만히 고개를 끄덕였다. 그리고 아무 말도 하지 않았다.

소녀는 한동안 제이미를 노려보더니 제이미가 말하지 않을 거라는 확신이 들자 안심한 듯 손을 놓아주었다. 소녀는 다시 평정심을 찾아가는 듯했다. 제이미는 방금 전까지 자신들을 지배했던 그 긴장감을 떠올렸다. 소녀의 손에서 느껴지던 그 두려움도 떠올렸다. 그러자 이 긴장과 두려움의 순간이 끝날 때 자신은 또다시 혼자가 될 거라는 예감이 엄습했다. 그 순간 안도하는 마음과 실망스러운 마음이 차례로 제이미를 덮쳤다. 제이미는 혼란스러웠다.

제이미는 어두운 체육관 안을 응시하면서 자동차 문이 열리고 다시 시동 거는 소리가 나기를 기다렸다. 그러나 체육관 밖은 검은 바다처럼 잠잠하기만 했다. 그 남자들은 아직도 학교 주위를 배회하고 있었다.

그때 본관 쪽에서 날카롭게 딸깍 소리가 들렸다. 그들이 조립식 건물들 중 한 곳으로 들어가려고 애쓰는 것 같았다.

'우리가 여기 있는 걸 눈치채지 못한 걸까?'

다시 한번 침묵이 흘렀다. 그런 뒤 또다시 딸깍 소리가 들렸다. 이번엔 더 왼쪽 건물에서 들렸다. 체육 도구실이었다. 제이미는 온 신경을 집중해 다음 소리에 귀를 기울였다. 그들은 다시 다른 문을 열려고 했다. 그리고 또 다른 문에서 소리가 났다. ……잠시 후 발자국 소리가 다시 체육관 쪽으로 다가왔다. 제이미는 등을 바짝 곧추세웠다.

'이번엔 여기일까?'

하지만 다행스럽게도 그들은 체육관을 지나 곧장 울타리 쪽으로 걸어갔다. 제이미가 소녀를 돌아보았다. 소녀는 똑바로 어둠 속을 응시하고 있었다. 자신이 기다리고 있는 소리를 듣기 전까지는 숨조차 쉬지 않을 기세였다.

마침내 그 소리, 차 문이 열렸다 닫히고 다시 시동을 거는 소리가 들렸다. 잠시 후 그들은 차를 돌려 교문을 서서히 빠져나가 등굣길로 내려갔다.

소녀가 한숨을 내쉬었다.

"휴, 하마터면 큰일 날 뻔했어."

제이미는 소녀를 쳐다보았다.

"다시 우리 집 창고 쪽으로 간 걸까? 그런데 그들이 왜 학교로 왔지? 우리 뒤를 밟은 걸까? 난 눈치채지 못했는데."

"왜냐하면…… 내가 너희 집 창고를 발견하기 전에 학교에서 지냈던 적이 있었거든. 하루뿐이었지만."

"정말? 여긴 아니었지?"

"응. 차라리 그랬다면 좋았을 텐데. 여긴 정말 따뜻하다, 그날은 너무 추웠는데. 여자화장실은 냉동 창고 같았어. 그래도 길거리보다는 안전하다고 생각했는데 설마 학교 안까지 찾아다닐 줄은 몰랐어."

"너는 어떻게 들어왔어?"

"너만 그 울타리 틈새를 알고 있다고 생각하지 마."

"그때 학교에서 남자들을 마주쳤니?"

"아니, 하지만 다른 사람들이 날 봤어. 그 남자들이 여기저기 묻고 다녔다며. 학생들 중에 누군가가 학교에서 나를 봤다고 말했겠지."

그 말을 끝으로 소녀는 어깨를 으쓱했다.

"어서 이 모든 게 끝났으면 좋겠어. 배고파. 너 먹을 것 좀 갖고 있니?"

"응."

"참 이 건물에 탈의실 있지? 거기로 가자. 쉬어야겠어. 몸이 별로 좋지 않아."

"다쳤……니?"

"아니, 아기 때문에."

"곧 병원에 가야 하는 거 아니야?"

"그건 신경 쓰지 마. 난 좀 앉았으면 좋겠어."

제이미는 고갯짓으로 오른쪽을 가리켰다.

"저 끝에 여학생 탈의실이 있어. 화장실도 붙어 있어. 아마 조그만 난로도 있을 거야. 남학생 탈의실에도 하나 있으니까 여학생 쪽에도 있겠지."

"둘 중에 어디가 더 편해?"

"나야 모르지. 여학생 탈의실엔 가본 적 없으니까. 남학생용은 약간 구식이야."

결국 소녀는 여학생 탈의실을 점찍은 것 같았다. 그곳으로 걸어가더니 경계하면서 문을 열었다. 조심하느라고 불도 켜지 않았다. 잠시 후 소녀가 다시 모습을 드러냈다.

"남학생 탈의실에 한번 가보자."

제이미는 열린 문을 지나 스쿼시 코트를 지나 남학생 탈의실 쪽으로 걸어갔다. 그러면서 이 코트가 이제 더 이상 자신과 상관없는 장소라는 게 이상하고도 신기하게 느껴졌다. 제이미가 탈의실로 들어가자 소녀가 따라 들어왔다. 그리고 전기 난로 옆 긴 의자에 앉아 다리를 폈다. 제이미도 소녀 곁에 앉았다. 그리고 배낭에서 샌드위치 하나를 꺼내 소녀에게 건네주었다. 소녀는 그걸 받아들더니 벽에 편안하게 등을 기댔다.

"고마워."

그러고는 저번처럼 허겁지겁 입속으로 샌드위치를 욱여넣었다. 제이미는 그런 소녀를 물끄러미 바라보았다. 그리고 보니 자신도 배가 고팠다. 그동안 너무 긴장한 나머지 배고픔을 잊고 있었는데 긴장이 풀리자마자 위 속이 맹렬하게 요동쳤다. 하지만 소녀에게 음식을 나눠달라고 할 수는 없었다. 제이미는 조용히 벽에 몸을 기댄 채 배고픔과 싸웠다. 그때 소녀가 제이미를 힐끗 쳐다보더니 빠르게 물었다.

"넌 안 먹니?"

"응. 나오기 전에 많이 먹었어. 샌드위치는 너 다 먹어."

소녀는 말없이 고개를 끄덕였다. 그러고는 잠시 후 스르르 눈을 감더니 꾸벅꾸벅 졸기 시작했다. 그러나 제이미는 잠을 잘 수가 없었다. 수만 가지 걱정들이 끊임없이 몰려와서 제이미를 괴롭혔다. 제이미는 소녀의 숨소리를 느끼면서 어두운 공간에 홀로 눈을 뜨고 앉아 있었다.

'앞으로 우리는 어떻게 될까? 아니⋯⋯ 나는 어떻게 될까?'

미래를 그려보려고 해도 눈앞에 보이는 것은 깊이를 알 수 없는 어둠뿐이었다.

한 시간쯤 지났을까. 소녀가 눈을 떴다. 깊은 잠을 잔 것 같지도 않았다. 눈을 감고 있는 동안에도 줄곧 깜짝깜짝 놀라며 몸을 떨었다. 그리고 깨어나자마자 또다시 샌드위치를 찾았다. 정말 맹렬한 식욕이었다. 제이미는 조용히 샌드위치를 건네준 뒤 다시 몸을 벽에 기댔다.

　소녀가 샌드위치를 씹는 소리만이 어둠을 울렸다. 그때 소녀가 제이미를 돌아보았다. 제이미는 소녀의 눈을 마주하는 순간, 자신도 모르게 그동안 꾹꾹 억누르고 있던 질문 하나를 불쑥 내뱉고 말았다.

　"그런데, 그 남자들은 누구……?"

　그러자 소녀가 차갑게 말을 끊었다.

"그건 말하고 싶지 않아. 아무것도 묻지 말았으면 좋겠어."

"아…… 그래. 우리 약속했었지."

"그래, 그러니까 더 이상 캐묻지 마."

"알았어, 알았어."

소녀는 한동안 제이미를 바라봤다. 혹시 다른 말을 꺼내지 않을까 기다리는 눈치였다. 하지만 제이미는 계속 침묵을 지켰다. 그러자 소녀가 작은 한숨을 폭 내쉬더니 가까스로 입을 열었다.

"너도 눈치챘겠지만 난 지금 몹시 곤란한 처지야. 이 근방에서는 자유롭게 다닐 수도 없어. 그것도 알고 있겠지? 하지만 난 꼭 이곳으로 와야 했어. 해결해야 할 일이 있었거든."

소녀의 힘겨운 한숨이 공기 중으로 흩어졌다.

"내가 빚을 졌어. 그 두 사람에게. 꽤 많이. 내가 해결하기에는 엄청나게 많은 돈이지. 그래서 돈 때문에 나를 쫓아다니는 거야. 그 돈을 받아내려고. 하지만 내가 빚을 갚더라도 나를 가만두지 않을 거야. 나를 증오하고 있거든. 난 너무 무서워. 돈도 없고, 아기를 낳을 일도 두려워. 물론 그들에게 잡히는 일이 가장 두렵지. 그들이 내게 할 짓을 생각하면 말이야."

소녀는 아기 이야기를 할 때만 잠깐 생기로 반짝했을 뿐 줄곧 어두운 목소리였다.

제이미는 벽에서 등을 떼고 똑바로 앉았다.

"얼마나 갚아야 하는데?"

"알려고 하지 마. 아무튼 많아."

"얼마나?"

소녀는 시선을 떨어뜨렸다. 그러고는 거의 알아들을 수 없는 낮은 목소리로 중얼거렸다. 제이미는 귀를 쫑긋 세웠다.

"뭐…… 뭐? 그렇게나 많은 돈을 빌렸단 말이야? 대체 왜?"

긴 침묵이 흘렀다. 이미 약속은 깨졌다. 서로의 비밀을 캐묻지 말자는 약속은 바람처럼 흩어졌다. 그럼에도 불구하고 소녀는 선뜻 입을 열지 않았다.

"그것까지 말하고 싶지 않아. 하지만 그들은 정말 위험해. 넌 내 일에 끼어들지 마. 그게 네게 더 좋아."

제이미는 잠시 동안 아무 말 없이 앉아 있었다. 그러다가 마침내 망설이며 입을 열었다.

"그 돈 말인데, 혹시 너……?"

"훔친 거냐고?"

소녀가 나지막하게 으르렁댔다.

"아니, 절대로 훔치지 않았어. 난 범죄자가 아냐. 너희 집에서 돈을 좀 훔치긴 했어도, 그 남자들에게서 가져온 돈은 원래 내 몫이었어."

"그래, 나도 네가 훔쳤다고 생각하지 않아. 정말이야. 화내지 마. 널 비난하는 게 아냐."

소녀는 여전히 등을 꼿꼿하게 세운 채 앉아 있었다. 하지만 시간이 지나자 다시 의자에 등을 기댔다. 제이미는 괜한 호기심으로 소녀의 마음을 상하게 한 게 후회됐다. 사과하고 싶었다. 그래서 소녀를 보면서 가능한 한 부드럽게 말을 꺼냈다.

"만약 그 돈을 다 갚으면 그들이 널 내버려둘까?"

"그게 무슨 상관이야? 어차피 갚지도 못할 텐데. 이제 불가능해."

"이제 불가능하다니, 그게 무슨 뜻이야?"

그러나 소녀는 번뜩이는 눈으로 제이미를 빤히 쳐다봤다. 더 이상 묻지 마, 라고 말하는 것 같았다. 그러나 제이미는 말을 멈출 수가 없었다.

"말하기 싫은 거 알아. 나도 캐묻고 싶진 않아. 그냥 그것만 물어볼게. 대답하기 싫으면 그냥 고개만 저으면 돼."

"그래. 사실 난 계획이 있었어. 이곳에 온 것도 그 때문이야. 그 사람들의 돈을 갚기 위해서 누군가를 만나러 왔어. 그리고 돈을 받자마자 그들에게 돈을 보내고 이곳을 떠나려고 했지. 하지만 그 계획은 이제 완전히 어그러졌어. 그 사람에게서…… 돈을 받을 수 없게 됐거든."

제이미는 소녀의 얼굴을 꼼꼼히 뜯어보았다. 어둠에 반쯤 가려진 얼굴은 피곤해 보였지만 보면 볼수록 아이 같아 보이기도 했다. 그때 제이미는 깨달았다. 자신과 소녀가 한 번도 밝은 빛 속에서 만난 적이 없다는 것을. 결국은 둘 다 그림자였던 것이다.

"저기, 내 말 좀 들어봐. 만일 그 돈을 다 갚는다면 그들이 널 놓아줄까?"

소녀가 외투를 어깨 주위로 끌어당기며 말했다.

"그럴 수도 있고 아닐 수도 있어. 말했잖아, 날 증오하고 있다고. 돈을 받고 나서도 곱게 보내주지는 않을 거야."

그러고는 두려운 듯 몸을 부르르 떨었다. 소녀가 다시 제이미를 바라봤다.

"그런데 너, 왜 자꾸 끼어드는 거야? 이건 너하고는 상관없는 일이야. 난 너한테 빚진 게 없어. 물론 지금껏 누구한테도 빚진 일이 없지만. 너…… 넌 좋은 애야. 물론 날 도와주고 싶어 한다는 것도 알아. 하지만 우린 지금 누가 누굴 돌볼 입장이 아니야. 네게도 문제가 있잖아. 나는 내버려두고 네 문제를 돌보도록 해. 게다가 난 너한테 줄 게 아무것도 없어."

"난 뭔가를 받으려는 게 아냐. 들어봐……. 실은 내 인생도 엉망진창이야. 내가 아무 조건 없이 널 도와주는 것 같니? 나를 봐, 지금 내 모습을 보라고. 난 친구가 필요해. 잠깐 동안이라도 함께 있어줄 사람이 필요한 거야. 그래서 난 널 잃고 싶지 않은 거고. 너도 마찬가지잖아. 이게 바로 우리 사이의 조건이야. 우리가 각자 자기 길로 갈 때까지 같이 있자. 그림자에게도

200

친구는 필요해."

소녀는 아무 말도 하지 않았다. 제이미는 바닥을 보고 있었지만 자신을 쳐다보는 소녀의 시선을 느낄 수 있었다. 제이미가 작고 긴장된 목소리로 다시 말했다.

"나도 너만큼이나 두려워. 너처럼 누군가에게 쫓기는 건 아니지만 나 역시 내 인생이 두려워. 미래가 두려워. 내 삶은 내 의지와 상관없이 너무 빠르게 흘러가고 있어. 난 어디 있는 걸까? 어디로 가야 할까? 뭘 해야 할까? 내일의 모습이 전혀 그려지지 않아. 답답하고 어두워."

소녀가 손을 뻗어 제이미의 손등을 부드럽게 쓰다듬었다. 거친 손이었다. 하지만 따뜻했다. 제이미도 소녀의 손을 맞잡았다. 그러나 곧바로 어색한 기운이 감돌기 시작했다. 누가 먼저랄 것도 없이 둘은 다시 슬그머니 손을 떨어뜨렸다.

제이미는 고개를 돌려서 소녀를 바라봤다.

"전에 모든 게 곧 끝날 거라고 했는데, 그게 무슨 뜻이야?"

"난 내일 애쉬포드를 떠날 거야. 말했잖아, 돈을 빌리려고 했는데 그럴 수 없게 됐다고. 이제 더 이상 이 마을에 있을 이유가 없어. 여기서 빠져나가서 상황을 다시 한번 정리해봐야겠어."

소녀가 작게 하품을 했다.

"캄브리아에 있는 어떤 곳을 소개 받았어. 내 친구의 친구들이 있는 곳인데 그들이 날 숨겨줄 거야. 아기 낳는 것도 도와주고…… 다시 몸이 건강해질 때까지 그곳에서 먹고 자고 할 수 있어. 만약 들키지 않고 여기를 빠져나갈 수 있다면 말이야."

"그 사람들이 돈을 갚아주는 거야?"

"아냐. 거긴 그냥 쉼터일 뿐이야. 그곳으로 곧장 갔어야 했는데 괜히 돈을 구해보려고 했나 봐."

소녀가 이번에는 좀 더 크게 하품을 했다.

"더 자둬야겠어. 날이 밝기 전에 출발해야 하니까. 낮에 움직이는 건 너무 위험해. 난 고속도로를 따라 걸을 거야. 낮에는 숨어 있다가 저녁에 움직일 거야. 그러니까 지금은 자야 해."

그 말을 끝으로 소녀가 다시 제이미를 바라봤다.

"알고 있지? 이 건물을 나가면 우린 헤어져야 해."

그 말을 듣고 제이미가 소녀 쪽으로 몸을 숙였다.

"저기…… 우리 이렇게 하는 건 어때? 함께 가는 거야. 내가 짐이 되지는 않을 거야. 곤란하게 만들지도 않을 거야. 네가 가려는 그곳까지 같이 가자. 그저 네가 무사히 도착하는 모습을 확인하고 싶어. 난 오래 있지 않을 테니 걱정하지 않아도 돼. 게다가 나도 당분간 친구가 필요하니까."

소녀는 제이미의 말을 오랫동안 곱씹어 보더니 어깨를 으쓱하며 담담하게 말했다.

"좋아."

잠을 자려고 했다. 하지만 잠이 오지 않았다. 둘 다 마찬가지였다. 긴 의자에 반듯하게 누워 눈을 감았지만 얼마 못 가 둘 다 일어나 버렸다.

"잠이 안 오니?"

"응."

둘은 구석에 있는 긴 의자에 다시 누워보았다. 의식적으로 반대 방향으로 누웠기 때문에 제이미의 머리가 소녀의 발목에 닿았고, 소녀의 머리가 제이미의 정강이에 닿았다. 그 후로 한 시간이 지났다. 마침내 소녀가 일어나 앉았다.

"이제 가야겠어. 아무래도 잠이 안 올 것 같아."

제이미도 일어나 앉았다.

"좋아. 오늘 밤 언제 움직이기 시작할 거야?"

"안전하다고 생각될 때. 우린 애쉬포드를 가로질러 고속도로가 시작되는 순환도로 로터리까지 가야 해. 아마 시간이 좀 걸릴 거야. 난 빨리 걸을 수 없거든."

제이미는 고속도로를 가로지르는 자신의 모습을 떠올렸다. 그리고 몸이 무거워 자꾸만 뒤처지는 소녀의 작은 모습도 떠올렸다. 칼바람, 어둠, 그들을 뒤쫓는 남자들. 그들은 차를 타고 그곳을 지날 것이다. 하지만 제이미와 소녀는 걸어야 할 것이다. 만일 운이 없어서 단 한 번이라도 그들의 눈에 띈다면 그것으로 소녀도 자신도 끝장이었다.

제이미는 다시 머리를 굴리기 시작했다.

'그래, 안전하게 이곳을 빠져나가기 위해서는 꼭 그 일을 해야만 해.'

마침내 제이미는 마음의 결정을 내리고 소녀의 어깨를 살그머니 잡았다.

"들어봐, 난 지금 할 일이 있어. 중요한 일이야. 우리 잠깐 동안 떨어져 있다가 오늘 저녁에 다시 만나자, 괜찮아?"

"겁나서 그러는 거야?"

"아냐, 그런 거."

"그렇대도 상관없어. 난 괜찮아."

"아니야. 단지 꼭 해결해야 할 일이 떠올랐을 뿐이야. 로터리에서 만나자. 몇 시가 좋아?"

"됐어, 난 널 기다리지 않을 거야. 내가 그곳에 도착했을 때 네가 없으면 난 바로 떠날 거야. 난 지금 누굴 기다릴 수 있는 상황이 아니야."

"알았어. 그래도 일단…… 몇 시에 만날까?"

소녀는 잠시 생각했다.

"내일 저녁 6시."

"바보, 오늘 저녁이잖아. 내일이 아니라."

"뭐 어때, 상관없잖아. 하지만 이것만은 분명해. 난 널 기다리지 않을 거야."

"그래, 내가 먼저 가 있을게."

소녀는 잠시 제이미를 쳐다보았다.

"좋아. 하지만 그 로터리에서 바로 만나는 건 위험해. 거긴 너무 눈에 잘 보여. 누구라도 우릴 볼 수 있을 거야."

"그럼 어디서 만나지?"

"순환도로 근처가 좋겠어."

"좋아."

"고속도로 진입로로 들어와서 오른쪽을 살펴봐. 그 길 가장자리에 고가 횡단도로가 있을 거야. 일단 그곳으로 와. 가까이 와서 보면 고속도로와 횡단도로 사이에 약간의 공간이 보일 거야. 천국 같은 곳은 아니지만 그 안에 있으면 밖에서는 전혀 보이지 않아."

그 말을 끝으로 소녀가 얼굴을 찡그리더니 갑자기 배를 움켜잡았다.

제이미가 다급하게 소녀의 손을 그러쥐었다.

"아파?"

"응, 배에 통증이."

갑자기 소녀는 다른 쪽 손을 뻗어 길가에 버려져 있던 사물함 손잡이 하나를 꼭 움켜쥐었다.

"제발…… 아기가 나오려는 건 아닐 거야, 그치? 이곳에서 아기를 낳을 수는 없어. 그러면 아무 데도 갈 수 없을 거야. 그곳에 가야 하는데, 그곳에서 아기를 낳아야 하는데. 그곳에 친구들이 있는데……."

"움직일 수 있겠어?"

"으, 음. 아마도. 지금은 어쨌든 움직여야만 해."

소녀는 뻣뻣한 몸을 끌고 문 쪽으로 비틀거리며 걸어갔다.

"이제…… 여기서 나가자."

소녀는 가쁜 숨을 몰아쉬고 있었다. 움직일 만한 상태가 아니었다. 하지만 제이미는 아무 말도 하지 않고 뒤를 따랐다. 출입구에 이르러서 그들은 문에 귀를 바짝 갖다 댔다.

정적만 흐를 뿐 아무 소리도 나지 않았다.

"시계 있니?"

"응, 4시 30분이야."

"좋아, 지금 여기서 빠져나가야겠어. 아직은 어두울 거야."

소녀는 몸을 꼭 감싸안고 조용히 중얼거렸다.

"너무 춥지 않았으면 좋겠는데."

제이미가 열쇠로 문을 열었다. 차가운 밤공기가 단박에 그들의 몸을 휘감았다. 소녀가 몸을 떨면서 제이미 옆으로 다가왔다. 제이미가 낮은 목소리로 속삭였다.

"저 안이 좋았는데. 시간만 있다면 좀 더 쉬고 싶다."

그때 소녀가 제이미의 팔을 꽉 잡았다.

"왜 그래?"

"조용히 해."

제이미는 주위를 둘러보았으나 그림자 하나 찾을 수 없었다. 학교 건물들의 어슴푸레한 윤곽, 운동장 건너편으로 보이는 등굣길, 그 길을 감싸고 있는 담장만이 보일 뿐이었다. 그러나 소녀는 잡은 손을 풀지 않고 제이미 쪽으로 몸을 바짝 숙였다.

"학교 출구가 또 있니?"

제이미는 고갯짓으로 본관 쪽을 가리켰다.

"본관 옆을 돌아서 도서관을 지나면 다시 체육관이 나와. 본관 다른 편에 또 다른 울타리가 있어. 하지만 그 울타리는 뛰어넘어야 해. 거긴 구멍이 없거든. 그러니까 우리가 왔던 길로 다시 나가는 게 좋아."

갑자기 소녀가 팔을 잡은 손에 더 세게 힘을 주었다. 제이미 역시 반사적으로 몸을 움츠렸다. 제이미는 그제야 알아차렸다. 운동장 저편에서 무섭게 뛰어오고 있는 두 남자의 형체를.

"빨리! 본관 쪽으로 가!"

제이미가 소녀를 밀면서 달리기 시작했다. 그 바람에 배낭이 떨어졌지만 주울 새가 없었다. 소녀 역시 천 가방을 움켜쥐고 제이미와 함께 뛰기 시작했다. 소녀의 얼굴이 극심한 공포로 일그러졌다. 그러나 마음과는 달리 소녀의 몸은 자꾸 뒤뚱거렸다.

'제길, 이런 상태로는 얼마 못 가 붙잡히고 말 거야.'

제이미는 두 사내를 힐끗 돌아봤다. 그들은 교활한 늑대처럼 제이미와 소녀가 제 발로 체육관을 빠져나오길 기다리고 있었던 것이다. 그들은 이제 몇 미터 뒤에 있었다. 갑자기 마지막 희망이 손안에서 바사삭 부서지는 느낌이었다. 그러나 소녀를 두고 달아날 수는 없었다. 그렇다면 그들이 알아채지 못하게 다시 숨는 수밖에 없었다. 이제 제이미가 아는 곳은 단 한 곳뿐이었다.

"서둘러! 이쪽으로 와!"

둘은 본관 모퉁이를 비틀거리며 돌았다. 그곳에 커다란 쓰레기통이 몇 개 놓여 있었다. 제이미가 정신없이 달려가 첫 번째 쓰레기통의 뚜껑을 열어젖혔다. 가득 차 있었다. 다시 두 번째 통을 열어젖혔다. 다행히도 거의 비어 있는 통이었다. 소녀가 세찬 숨을 몰아쉬며 제이미 뒤에 서 있었다.

"빨리 들어가!"

제이미가 소리치자마자 소녀가 쓰레기통 속으로 들어가려고 발버둥이 쳤다. 그러다가 울 듯한 목소리로 외쳤다.

"올라갈 수 없어, 너무 높아."

두려움과 긴장이 뒤섞인 목소리가 공중에서 메아리쳤다.

"천천히, 천천히."

제이미는 소녀를 진정시키면서 작은 나무 상자를 쓰레기통 옆에 놓았다.

"이걸 딛고 올라가."

소녀가 상자를 딛고 올라서는 순간 그 몸무게를 이기지 못한 상자가 무너져 내렸다. 제이미는 몹시 초조한 눈빛으로 건물 모퉁이 쪽을 돌아보았다. 그들이 언제 들이닥칠지 몰라 가슴이 터질 것 같았다. 소녀 역시 사시나무처럼 부들부들 떨고 있었다. 이제 그들은 건물 주변을 돌면서 제이미와 소녀가 숨을 만한 곳을 이 잡듯이 뒤지고 있을 것이다.

제이미는 다시 한번 마음을 가다듬었다.

'여기밖에 없어.'

제이미는 손가락 깍지를 껴서 발받침을 만들었다.

"자, 밟고 올라서."

그러자 소녀가 제이미의 손을 밟고 올라가 쓰레기통 속으로 몸을 던졌다. 제이미는 소녀가 안전한지 살핀 후 천 가방과 깨진 나무 상자를 건네주고는 뚜껑을 닫았다.

그러나 소녀는 다시 뚜껑을 열고 절박한 눈으로 제이미를 쳐다보았다. 창백한 얼굴은 돌처럼 굳어 있었다.

"날 버려두고 가지 마, 제발!"

"내가 이 근처에 있으면 안 돼. 그럼 그들이 바로 쓰레기통을 열어볼 거야. 넌 그냥 조용히 그 안에 숨어 있어. 내가 그들을 다른 곳으로 유인할게. 그리고 잊지 마, 6시. 거기서 만나는 거야."

"하지만……."

"시간이 없어. 난 가야 해."

제이미는 소녀가 대답도 하기 전에 뚜껑을 꾹 눌러 닫았다. 그리고 뚜껑에 바짝 입을 대고 나지막하게 속삭였다.

"널 혼자 두지 않을 거야. 약속할게."

그 말을 마치자마자 제이미는 달리기 시작했다. 일부러 눈에 잘 띄는 과학관 쪽으로 달렸다. 어떻게든 그들의 눈에 띄어야 했다. 그들이 소녀가 자신과 함께 있다고 생각하도록 만들어야 했다. 그러나 제이미를 보지 못한 남자들은 계속 두리번거리면서 점점 더 쓰레기통이 있는 골목 쪽으로 걸어갔다. 제이미는 목이 바짝바짝 타들어 가는 것 같았다. 마침내 키 큰 남자가 소녀가 숨어 있는 쓰레기통 뚜껑을 향해 손을 뻗었다.

'젠장, 그렇게는 안 돼.'

제이미는 생각할 겨를도 없이 그들 앞에 불쑥 몸을 드러냈다. 일부러 요란스럽게 소리를 내면서 그들의 주의를 끌고는 건물 옆을 돌아 힘차게 내달렸다. 그러자 땅딸막한 남자가 키 큰 남자의 팔을 잡으면서 "저기!" 하고 다급하게 외쳤다.

이제 두 남자는 제이미의 뒤를 쫓기 시작했다. 제이미는 도망치는 와중에도 소녀와 함께 있는 듯 연기를 하기 시작했다.

"빨리 달려, 어서!"

제이미의 계획이 성공했는지는 알 수 없지만, 적어도 그들이 쓰레기통 주위를 떠난 것만으로도 제이미는 만족했다. 제이미는 다른 조립식 건물들을 요리조리 피해 앞으로 나아갔다. 둔탁한 발자국 소리가 제이미의 뒤를 쫓고 있었다. 제이미는 또다시 앞에 있는 누군가를 향해 말하듯 외쳤다.

"그쪽으로 가! 테니스 코트장 옆 울타리 구멍으로!"

그리고 다시 발자국 소리에 귀를 기울였다. 그러자 갑자기 불안할 정도로 주위가 고요해졌다. 제이미는 자신의 계획을 들킨 것 같아 초조했다. 그 자리에 서서 다시 한번 주변의 소리에 귀를 기울여 봤지만 아무 소리도 들리지 않았다. 그러나 직감적으로 그들이 자신의 주변에 있다는 걸 느낄 수 있었다. 그는 달아날 곳을 찾으면서 조립식 건물들 사이를 둘러보았다.

'일단 여길 빠져나가야 해.'

제이미는 살금살금 화학실 끝으로 걸어갔다. 아무도 없었다. 수상한 흔적도 없었다. 그래서 한층 더 불안했다.

'도대체 어디로 간 걸까? 혹시 내 외침을 듣고 저 아래 테니스 코트장 쪽으로 간 걸까?'

제이미는 다시 한번 주위를 둘러보았다. 아무것도 보이지 않았다. 그러나 막 한 걸음을 떼었을 때 커다란 손이 그의 두 어깨를 우악스럽게 움켜쥐었다. 또 다른 한 손이 제이미의 목덜미를 움켜쥐고 건물 옆으로 질질 끌고 갔다. 눈앞에 땅딸막한 남자가 모습을 드러냈다. 제이미를 붙들고 있는 키 큰 남자의 손이 점점 더 제이미의 목덜미를 파고들었다.

제이미는 그들을 한 명씩 차례로 쳐다보았다. 도망칠 구멍은 전혀 없었다. 하지만 조금 더 시간을 벌 수는 있을 것 같았다. 제이미는 소녀가 있는 곳이 아닌 반대 방향을 향해 소리 높여 외쳤다. 그 남자들이 다시 한번 속길 바라면서.

"빨리 도망가! 빨리!"

'제발, 내 목소리를 듣고 쓰레기통에서 나오면 안 돼.'

그러자 키 큰 남자가 칼을 꺼내더니 땅딸막한 남자를 힐끗 쳐다보며 말했다.

"넌 그 여자애를 쫓아가. 몸이 무거우니까 멀리 가진 못했을 거야. 난 이 쪼그만 녀석을 처리할 테니까."

"어디로?"

"어디긴 어디야, 애가 방금 소리친 쪽이지. 어서 가봐, 빨리! 그 애가 숨어버리기 전에 잡아야 할 것 아냐. 나도 곧 뒤따라 갈게."

땅딸막한 남자의 모습이 사라지자 키 큰 남자가 제이미를 보며 말했다.

"이 교활한 거짓말쟁이. 난 어른한테 거짓말 하는 걸 제일 싫어한다."

제이미는 숨을 죽이고 이 위기를 벗어날 방법을 생각했다. 그때 아까 체육관 안에서 떠올렸던 구상이 생각났다. 이제 그 계획을 시험해 봐야 할 때였다.

"저기, 돈 말인데요,"

제이미가 불쑥 말을 꺼냈다.

"제가……."

"네 돈 따위는 필요 없어. 사실 돈도 없잖아? 있다 해도 내 관심을 끌 만큼의 액수는 아닐걸."

"난 그 소녀의 돈을 말하는 거예요. 그 애가…… 당신들한테 빚졌다는 돈 말이에요."

그 남자의 눈이 매서워졌다.

"뭐?"

"나한테 돈이 있어요. 자세한 건 내일 알려드릴게요. 지금은…… 돈을 모두 은행에 넣어뒀거든요. 내일 나를 만나면 말해줄게요. 그러니까…… 그 애 대신…… 내가 그 돈을 당신한테 갚아줄 수 있다고요. 그리고……."

키 큰 남자의 손에 힘이 들어갔다. 제이미가 캑캑거리자 남자가 낮게 으르렁댔다.

"돈이 있다고? 그 돈을 네가 대신 갚는다고? 내가 왜 네 말에 귀를 기울여야 하지? 난 그럴 시간이 없어."

그러면서 그 남자는 칼을 흘깃 쳐다봤다. 제이미는 허둥대면서 재빨리 말을 이었다.

"……꽤 많은 돈을 모아놨거든요. 다른 데 쓰려고 은행에 넣어두고 있었죠. 그런데 우연히 그 소녀를 만나 얘길 나누게 됐어요. 그 애는…… 자기가 빚을 졌다고 하더군요."

"그냥 빚이 아냐. 엄청난 액수지."

"알아요. 그래서…… 그 애를 도와주기로 결심했어요. 내가 그 돈을 갚아주겠다고요. 당신들이 그 애를…… 괴롭히지 않고 혼자 내버려두도록 말이에요."

목의 조임이 약간 느슨해졌다. 제이미는 앞에 있는 남자의 얼굴을 살폈다. 그리고 그 남자의 돈에 대한 탐욕이 자신을 죽이고 싶어 하는 욕망을 꺾을 수 있기를 간절히 바랐다. 그때 발자국 소리가 나더니 땅딸막한 남자가 다시 나타났다.

"그 애 흔적은 전혀 없어!"

남자가 말했다.

"게다가 체육관 옆 울타리엔 아예 구멍이란 게 없었어."

그러고는 제이미를 흘깃 쳐다보더니 말했다.

"이 녀석을 아직도 처리하지 않은 거야?"

키 큰 남자는 여전히 제이미를 보고 있었다.

"응, 아직."

남자가 조용히 말했다.

"하지만 만일 이 녀석이 그 애가 어디 있는지 바른 대로 대지 않으면 내 인내심은 즉시 바닥날 거야."

제이미의 머릿속으로 여러 가지 생각들이 재빨리 스쳐갔다. 지금 대답에 따라 자신의 목숨이 왔다 갔다 할 거라는 걸 알았다. 어쩌면 소녀의 목숨까지도. 제이미는 키 큰 남자의 태도를 주시했다.

"체육관 옆 울타리엔 구멍이 없어요. 내가 거짓말로 꾸며낸

거예요. 당신들의 관심을 그쪽으로 돌려 그 애한테 달아날 시
간을 주려고요. 그 애는 지금쯤 가버리고 없을 거예요."

"어느 쪽으로?"

"정문 옆 울타리에 구멍이 하나 있어요."

제이미는 다시 목구멍이 조이는 걸 느꼈다. 숨이 막혔다.

"정말이에요, 거긴…… 정말 구멍이 있다니까요. 원한다면
보여줄 수도 있어요. 난…… 단지 그 애가 달아나도록 시간을
끌고 싶었을 뿐이에요. 지금쯤…… 도망가고 없을 거라고요."

목의 조임이 다시 느슨해지는가 싶더니 키 큰 남자가 한 발
짝 뒤로 물러섰다. 그런 다음 예고도 없이 칼을 휙 내던졌다.
제이미는 숨이 턱 막혔다. 그러나 제이미를 겨냥해서 던진 것
은 아니었다. 칼이 그대로 제이미의 얼굴을 스쳐 지나가더니
실험실 문에 가 꽂혔다. 칼끝이 미세하게 요동쳤다.

그 남자는 잠깐 동안 그 광경을 지켜보더니 말을 이었다.

"좋아, 제이미. 그렇다면 네가 직접 그 대가를 치러야겠구
나. 우린 그 소녀와 돈을 원해. 하지만 대신 너를 붙잡았고 넌
그 돈을 갖고 있다고 했어. 그러니 그 돈에 관한 얘길 해보자
고. 넌 분명 그걸 갖고 있다고 했지? 좋아, 그렇다면 네가 가장
먼저 할 일은 그걸 우리한테 넘겨주는 거야."

"지금은 없어요."

"나도 네가 지금 갖고 있다고는 생각지 않아."

남자가 제이미에게로 바짝 몸을 숙였다.

"그건 아주 큰돈이거든. 어린애들이 그런 돈을 갖고 다니진 않지. 하지만 오늘 오후엔 네가 그걸 손에 넣을 수 있을 거라고 생각해. 어때, 내 말이 맞지?"

그 말이 끝나자마자 남자의 주먹이 그대로 제이미의 뺨에 꽂혔다. 그 바람에 제이미는 뒤에 있던 건물 쪽으로 쿵 하고 넘어졌다. 또 다른 주먹이 복부를 강타했고 욱 하는 소리가 터져나왔다. 제이미는 숨이 막혀 몸을 구부렸다.

다시 한번 주먹이 제이미의 옆머리를 공격하자 제이미는 완전히 쓰러지고 말았다. 이어서 장화 신은 발이 등을 짓밟았다. 제이미는 고통에 신음하면서 바닥에서 몸부림쳤다. 한 손이 머리카락을 휘어잡고 얼굴을 들어 올렸다. 제이미는 키 큰 남자의 눈을 쳐다보았다. 밤하늘만큼이나 어둡고 차가운 눈빛이었다. 그러나 목소리는 눈빛보다 한층 더 차가웠다.

"제이미, 난 날 애먹이는 사람을 좋아하지 않아. 그런 사람들에겐 제대로 된 현실을 가르쳐주지. 자, 넌 오늘 그 돈을 손에 쥐게 될 거야. 그리고 그 돈을 내 차로 가져오는 거지. 봉투 속에 현금으로 담아서 말이야. 물론 경찰에 전화를 걸거나 누군가에게 알린다거나 하는 어리석은 짓은 하지 않겠지? 왜냐하면 지금쯤 넌 내가 그리 좋은 사람이 아니란 걸 깨달았을 테니까. 그리고 우린 앞으로 이어질 불행한 사태들을 보고 싶지 않아. 그 불행은 네 어머니를 시작으로 네 아버지, 네 친구에게로 이어질 거야. 그 친구에겐 아마 형제들이 있겠지? 물론 그 소녀도 빼놓을 수 없지. 너 자신은 말할 것도 없고."

그러고는 그 남자는 잠시 말을 멈추었다.

"그 점을 잊지 말도록 해, 제이미. 달아날 방법은 전혀 없어. 우리가 붙잡히면 모든 문제가 해결될 것 같나? 천만에. 왜냐하면 그런 일은 일어나지 않을 테니까. 첫째로, 차 안에서 널 기다리는 사람은 우리 중 한 명뿐일 거야. 만약 일이 잘못된다 해도 또 다른 한 명이 널 찾아 헤맬 거란 말이지. 둘째로, 설사 우리 둘 다 붙잡힌다 해도 우리에겐 다른 친구들이 아주 많아. 우리 대신 밖에서 기꺼이 일을 처리해 줄 그런 친구들이지. 넌 밤낮으로, 1초마다 뒤를 돌아봐야 할 거야. 똑똑히 알아들었지?"

제이미는 너무 충격을 받아 멍하니 남자를 쳐다보았다.

주먹이 다시 한번 날아와 제이미의 뺨을 강타했다.

"알아들었냐고!"

"……네."

제이미는 힘겹게 침을 삼켰다.

"어디로…… 어디로 만나러 가면 되죠?"

그 남자가 잠시 머리를 굴렸다.

"순환도로와 고속도로가 만나는 로터리로 와. 그 아래 대피소가 하나 있어. 그 안에 차를 댈 테니 거기로 와, 6시야."

제이미는 믿을 수가 없었다. 많고 많은 장소, 많고 많은 시간 중에 왜 하필이면 그 시간 그 장소란 말인가!

"6시까지…… 거기에 닿을 수 있을지 모르겠어요. 시내에서 만나면 안 될까요? 예를 들어……."

"잔말 말고 대피소로 와. 정각 6시까지야. 절대 1분도 늦어선 안 돼."

제이미는 머뭇거리며 입을 열었으나 더 이상 항의할 수 없었다. 말을 꺼내기도 전에 남자가 제이미를 들어 올려 바닥에 내동댕이쳤기 때문이었다. 그러고는 문에 꽂힌 칼을 뽑아 들고, 한 손으로는 제이미의 머리카락을 움켜쥐며 다시 말했다.

"날 실망시키지 마라, 제이미."

"가…… 갈게요, 거기로요. 만일 내가 그 돈을 건네주면, 그럼…… 그 소녀를 괴롭히지 않고 내버려둘 건가요?"

그 남자의 눈빛이 화살처럼 제이미에게 와 꽂혔다.

"그건, 돈을 받은 다음에 생각해 봐야겠지?"

남자의 주먹이 다시 한번 날아왔고 제이미는 더 이상 아무것도 기억할 수 없었다.

제이미가 정신을 차렸을 때 그 남자들은 이미 사라지고 없었다. 제이미는 추위 속에서 덜덜 떨며 화학실험실 옆 바닥에 쓰러져 있었다. 얻어맞은 얼굴이 몹시 아팠다. 제이미는 뺨과

코를 만져보았다. 부러진 데는 없었으나 타박상이 심한 것 같았다. 그러나 운이 좋았다는 생각이 들었다. 두 남자가 실행하려 했던 첫 번째 계획은 제이미를 죽이는 것이었을 테니까.

제이미는 힘겹게 일어나 주위를 둘러보았다. 주변은 여전히 어두웠고 그 남자들은 가버리고 없었다. 그러나 제이미는 경계를 늦추지 않았다. 그들은 제이미와 소녀가 체육관에 있을 때도 결코 속지 않았다. 그들은 지금도 차를 등굣길에 주차시켜놓고 다시 학교로 들어와 - 울타리를 타넘든 구멍으로 들어오든 - 어딘가에서 제이미와 소녀가 나타나길 기다리고 있을지도 모른다.

제이미는 시계를 확인했다. 새벽 5시였다. 두 시간쯤 지나면 부모님은 일어날 것이고, 제이미가 사라진 걸 알게 될 것이다. 하지만 이젠 부모님마저 딴 세상 사람들처럼 느껴졌다.

제이미는 두 남자가 어디 있는지 두리번거리며 본관을 향해 비틀거리는 걸음을 내디뎠다. 쓰레기통이 시야에 들어왔다. 아직도 어디에선가 그들이 지켜보고 있을지 모르는 일이다. 그래서 제이미는 쓰레기통에 전혀 관심 없는 척하면서 아주 천천히 그쪽으로 다가갔다. 제이미는 소녀가 숨어 있는 쓰레기통 옆에서 걸음을 멈추고 다시 한번 주위를 둘러보았다.

여전히 아무도 보이지 않았다.

제이미는 마음을 굳게 먹고 뚜껑을 열었다.

그러나 소녀는 없었다.

제이미는 뚜껑을 다시 닫았고, 안도감인지 염려인지 알 수 없는 감정을 느끼며 통에 몸을 기댔다. 이제 그 남자들보다 먼저 로터리에서 소녀를 찾아내야 한다. 그러나 제이미에게는 그것에 앞서 처리해야 할 일들이 너무 많았다. 통증과 배고픔과 추위에도 불구하고 제이미의 머릿속은 오로지 한 가지, 구상했던 계획을 행동에 옮기려는 일로 가득 차 있었다.

제이미는 터벅터벅 체육관 쪽으로 갔다. 배낭이 여전히 바닥에 떨어져 있었다. 제이미는 지친 몸으로 그걸 집어 들고, 운동장을 가로지른 뒤 울타리의 구멍으로 빠져나갔다. 그리고 고통을 참으며 천천히 등굣길을 내려갔다.

스파이더가 아닌 다른 사람이었다면, 어떤 형체가 창문으로 기어들어 와 자신의 침대 위로 몸을 구부리는 걸 보고 외마디 비명을 질렀을 것이다. 하지만 스파이더는 말없이 쳐다보고 있다가 이렇게 중얼거릴 뿐이었다.

　"너 대체 여기서 뭐 하는 거야?"

　제이미는 마음을 진정시키려고 애쓰며 침대에 걸터앉았다. 너무 긴장돼서 신경이 툭 하고 끊어질 것만 같았다. 그러자 스파이더가 침대에서 일어나 앉더니 전등 스위치를 켰다.

　"야, 도대체 무슨 일이야? 얼굴이 왜 이래?"

　제이미는 차마 대답할 수 없어서 머쓱하게 시선을 돌렸다. 스파이더가 침대에서 발을 빼내며 말했다.

"부모님을 불러올게."

"아냐."

제이미가 다급하게 그의 팔을 붙잡았다.

"제발 그러지 마. 부모님이 알아선 안 돼. 보다시피, 난……"

제이미가 힘겹게 숨을 내쉬었다.

"천천히 말해."

"나…… 난 집을 나왔어."

"뭐라고?"

"집을 나왔다고."

일단 입을 열자 말들이 두서없이 쏟아져 나왔다.

"어젯밤에 나왔어. 부모님은 아직 모르고 계실 거야, 아직
잠자리에서 일어나지 않으셨다면. 하긴 두 분은 7시 전엔 결
코 일어나지 않으시니까. 오면서 보니 집에 불이 꺼져 있더라.
그러니까 우리 부모님은…… 아직 아무것도 모르실 거야."

제이미가 창문 쪽으로 시선을 돌렸다.

"내가 너희 집 담장에 놓인 사다리를 타고 오르는 소리도 듣
지 못했을 테고."

그러고는 불안하게 웃었다.

"이렇게 추운 날 창문을 활짝 열어놓고 자는 녀석은 너밖에
없어."

제이미는 자신이 횡설수설한다는 걸 알았다. 하지만 도무

223

지 생각을 통제할 수가 없었다. 스파이더가 입을 열었다.

"도대체 왜? 왜 집을 나온 거야? 상황이 힘든 건 알아. 그렇다고 집을 나오는 건 너무 극단적이잖아. 아버지와 사이가 완전히 틀어진 거야?"

제이미는 눈살을 찌푸렸다. 스파이더가 알지 못하는 것들이 너무 많았다. 사실 스파이더에게 모든 걸 털어놓지 않고 그를 이 일에 끌어들이는 것 자체가 치사한 짓이었다. 하지만 많이 알수록 상황은 더 나빠진다. 스파이더마저 위험에 빠뜨릴 수는 없었다. 그래서 스파이더가 이것저것 묻는다 해도 제이미는 대답할 수 없었다. 하지만 지금 스파이더에게 그것을 부탁하려면 뭐라도 말해야만 했다.

"응, 완전히 틀어져 버렸어. 날 때렸거든. 그리고…… 아무튼 난 도망쳐야만 해. 오늘 저녁에 한 친구와 함께 북쪽으로 이동할 거야."

"누군데?"

"그건 묻지 마."

스파이더의 얼굴에 호기심이 어리는 것을 보고 제이미가 급히 말을 이었다.

"제발 묻지 말아줘. 넌 모를수록 좋은 일이야."

"하지만 넌 지금 상태가 말이 아니야. 누군가는 어떻게 된 일인지 알아야지. 최소한 누가 네 얼굴을 이 지경으로 만들었는지, 그것만이라도 말해줄 수 없어? 네 아버지야?"

"아니야. ……다른 사람 짓이야."

제이미는 한숨을 내쉬었다. 만일 여기서 두 남자에 대해 조금이라도 털어놓는다면 스파이더는 모든 걸 알아차릴 테고, 결국 자신과 소녀의 관계도 알아차릴 것이다. 제이미의 머릿속에 키 큰 남자의 말을 떠올렸다. 제이미는 스파이더의 가족을 가만두지 않겠다고 했다. 에이미와 베키의 목숨이 그들의 손에 달렸다고 생각하니 입을 다물 수밖에 없었다. 제이미는 고개를 가로저었다.

"넌 모르는 게 상책이야. 제발 알려고 하지 마. 자꾸 캐묻지도 말고. 혹시 누군가가 물어봐도 날 못 봤다고 해, 알았지? 경찰을 불러서도 안 돼. 넌 지금부터 아무것도 모르는 거야, 알았지? 그래야 너한테도 좋아."

제이미는 말을 마치고 다시 한번 숨을 깊이 들이마셨다.

"그런데 스파이더…… 다른 부탁이 있어…… 지금까지 했던 얘기와는 전혀 다른 거야. 있잖아, 스파이더. 난…… 다른 식으로 네 도움이 필요해. 네가 꼭 도와줘야만 해."

스파이더가 깍지 낀 두 팔로 무릎을 감싸 가슴께로 끌어당겼다.

"뭘 도와줘야 하는데?"

제이미는 전등 불빛에 드러난 친구의 얼굴을 살폈다. 스파이더의 얼굴은 아주 평온하고 침착하고 강해 보였다. 제이미는 두려웠다. 그 말을 꺼내야 할 그 순간을 정말 참기 어려웠다. 하지만 달리 돌아갈 방법도 없었다.

"어떻게 말해야 할지……. 하지만 지금 내가 의지할 사람이라곤 너밖에 없어. 이건 아버지나 어머니께도 부탁할 수 없는 일이야. 하지만 내가 돌봐주려고 하는 그 친구는……."

제이미는 그 소녀에 대한 실마리를 주게 될까 봐 망설였다.

"내가 말한 그 친구는 나보다 훨씬 더 큰 어려움에 처해 있어. 만일 내가 도와주지 않으면 그 앤…… 아마 죽고 말 거야."

제이미는 스파이더가 말하길 기다리면서 잠시 말을 멈췄다. 하지만 스파이더는 아무 말도 하지 않았다. 제이미는 할 수 없이 눈을 내리깔고 천천히 말을 이었다.

"난 지금…… 돈이 필요해. 그것도 아주 많이. 나나 그 친구의 힘으로는 도저히 해결할 수 없어. 그 친구를 뒤쫓는 사람들이 있어. 그 돈을…… 그들에게 줄 거야……."

제이미는 스파이더를 쳐다볼 수조차 없었다. 제이미는 시선을 내리깐 채로 말을 멈췄다. 스파이더가 말했다.

"얼마나 필요한데?"

제이미가 스파이더를 올려다보았다. 제이미는 한순간 망설였다. 다른 대답을 할 수 있다면…… 그 질문에 다른 답을 할 수만 있다면. 그러나 아무리 애를 써봐도 다른 답은 떠오르지 않았다.

"그게…… 멋진 스포츠카를 살 수 있을 만큼."

스파이더는 그 말에 아무 말도 하지 않고 오랫동안 제이미의 눈을 바라봤다. 마침내 스파이더가 침대 등받이에 몸을 기대며 입을 열었다.

"언제 필요해?"

"돈은 꼭 갚을게. 무슨 수를 써서라도. 물론 시간이 좀 걸리겠지만……."

"언제 필요하냐고."

스파이더의 목소리는 차분했다. 거의 모든 걸 해탈한 듯한 목소리였다. 제이미는 심호흡을 했다.

"오늘."

스파이더가 잠깐 동안 눈을 깜빡거리더니 말했다.

"돈은 방과 후에야 찾을 수 있어. 하지만 아무한테도 들키지 않고 너와 만나긴 어려울 것 같아. 네 부모님은 네가 사라진 걸 알자마자 경찰을 부를 거야. 그럼 경찰이 학교 주위를 돌아다닐 테고 다른 사람들도 널 찾겠지. 당연히 나한테도 물어볼 테고 말이야. 내 일거수일투족도 감시할 거야. 자, 이제 우리는 어디서 만나면 되지?"

제이미는 열심히 머리를 굴렸다. 그러나 그 와중에도 아무 것도 묻지 않고 침착하게 대응하는 스파이더가 몹시 놀라웠다. 지금껏 열심히 일해서 모은 돈을 몽땅 잃어버리게 됐는데 조금도 화내는 기색이 없었다. 스파이더는 그저 담담하게 받아들이고 있었다. 제이미로서는 상상조차 할 수 없는 일이었다. 제이미는 차라리 스파이더가 화를 냈으면 했다. 제이미는 스파이더의 팔을 살며시 잡았다.

"미안해. 정말 미안해. 꼭⋯⋯."

"됐어, 신경 쓰지 마. 내가 어디로 찾아가면 돼?"

어디서 만나야 할까? 분명한 것은, 스파이더를 만날 장소가 순환도로 옆 로터리와는 멀리 떨어진 곳이어야 한다는 점이었다. 그때 제이미의 머릿속에 한 장소가 떠올랐다.

"건강식품점 옆 작은 골목 알지? 거기서 만나면 어떨까? 그 골목 끝에 있을게. 모퉁이를 돌아서 가면 사람들 눈을 피할 수 있어."

"괜찮겠어? 그 근처는 부랑자들의 소굴이야."

제이미가 눈살을 찌푸리며 중얼거렸다.

"그들도 나처럼 그림자인 걸, 뭐."

"뭐라고?"

스파이더가 되물었다. 제이미는 고개를 저으며 대답했다.

"아무것도 아냐. 그냥 그 골목에서 만나. 괜찮을 거야."

"5시쯤에나 돈을 가져갈 수 있을 거야."

"좋아. 5시에 만나기로 하자."

"현금으로 필요하지?"

그 말에 제이미의 가슴이 다시 한번 뜨끔거렸다. 가슴속 깊은 곳에서 크나큰 죄책감이 밀려왔다. 제이미는 스파이더를 뚫어지게 쳐다봤다.

"응, 봉투에 넣어서. 제길. 내가 이렇게 뻔뻔하다니…… 미안해, 스파이더. 정말 미안해. 그런데 혹시 사람들이 나에 대해 물으면 뭐라고 할 거야?"

"그냥 못 봤다고 하지 뭐."

"그 돈에 관해서는 뭐라고 할 건데?"

"무슨 돈?"

"스파이더…… 화났니?"

"그래, 화났어."

하지만 스파이더의 목소리는 담담했다. 분노의 기색은 전혀 느껴지지 않았다. 그러나 제이미는 그 돈을 잃는다는 게 스파이더에게 어떤 의미인지 너무도 잘 알고 있었다.

"네가 사려던 그 차는 어떻게 하지. 부모님한텐 뭐라고 할 거야?"

"생각해 보니 그 차가 별로 맘에 들지 않는다고 하지 뭐. 그렇게 서두르면서 차를 사고 싶지 않다고."

제이미는 다시 고개를 바닥으로 떨어뜨렸다.

"나 진짜 나쁜 놈 같다."

"나쁜 놈 아니야. 그냥 골칫덩어리일 뿐이지."

스파이더가 침대에서 훌쩍 내려오면서 물었다.

"뭐라도 좀 먹었어?"

"아니, 별로."

"가방에 먹을 게 있긴 한 거야?"

"아니."

"돈은?"

"없어."

스파이더가 가만히 제이미를 쳐다봤다. 스파이더의 눈빛이 한결 부드러워졌다.

"내가 아래층에 내려갔다 올 동안 여기 있어. 얼른 뭐라도 만들어 올게."

스파이더가 살며시 방을 나갔다. 제이미는 바로 옆집, 자기 집에서 무슨 소리가 들릴지 잠깐 동안 귀를 기울였다. 하지만 아무 소리도 나지 않았다. 잠시 후 방문이 열리고 스파이더가 비닐봉지 하나를 들고 들어왔다. 그러고는 문을 닫고 침대에 앉았다.

"이거라도 좀 먹어."

스파이더는 샌드위치 몇 개를 손에 쥐어주었다. 제이미는 고마운 마음으로 그것을 받았다. 스파이더가 잠시 제이미를 지켜보다가 다시 말을 꺼냈다.

"생각해 봤는데 네가 직접 음식을 사는 게 좋을 것 같아. 나 요즘 저녁을 별로 먹지 않았거든. 오늘도 롤빵 몇 개와 케이크, 사과만 조금 먹었을 뿐이야. 그런데 지금 너무 많은 음식을 가져오면 부모님이 의심하면서 캐물을지도 몰라. 그러다 보면 결국 내가 널 만났고 도와줬다는 걸 알게 되겠지. 그러니까,"

스파이더가 침대 옆 서랍을 열면서 말을 이었다.

"받아, 돈이야. 얼마 안 되지만 두 사람에게 필요한 하루 이틀분의 음식을 살 수 있을 거야. 부탁한 돈은 오늘 오후에 가져다줄게."

제이미는 샌드위치에서 눈을 떼고 스파이더를 쳐다봤다. 다시 한번 죄책감이 물밀듯 밀려왔다.

"어서 받아."

스파이더가 말했다. 제이미가 계속 머뭇거리자 그는 팔을 뻗어 제이미의 주머니에 돈을 집어넣었다.

"그런데 음식은 오늘 아침 일찍 사는 게 좋을 거야. 소문이 인근에 퍼져나가기 전에 말이야. 그리고 사람들이 알아볼 만한 곳에는 절대 가선 안 돼. 재빨리 음식을 산 다음에 오랫동안 숨어 있을 수 있는 곳을 찾아봐. 버스 정류장을 지나면 미니 마켓이 있는데 그곳은 어때? 혹시 가본 적 있어?"

"아니."

"좋아, 그럼 거기서 사면 되겠다. 운이 좋다면 졸고 있는 계산대 직원만 상대하면 될 거야. 오늘은 어디로 갈 거야?"

"잘 모르겠어."

"좋아, 누구도 널 보게 해선 안 돼. 가능한 한 누구하고도 마주치지 않는 게 좋아. 경찰은 물론 널 아는 어떤 사람도. 괜히 쏘다니다 보면 자선가인 척하는 사람이 어린 소년 같은 널 보고서 왜 학교에 가지 않느냐고 물어볼지도 몰라. 지금은 어린 티를 내지 않는 게 좋아. 잠깐 있어 봐."

스파이더가 살며시 방을 빠져나가더니 곧 돌아왔다.

"앞으로 숙여 봐."

스파이더가 말했다.

"이게 뭐야?"

"아르니카 연고야. 우리 어머니가 신봉하는 약이지. 어딘가에 살짝만 부딪혀도 이걸 사방에 발라대시거든."

스파이더는 튜브에서 약을 조금 짜냈다. 스파이더의 손가락이 멍든 상처에 닿을 때마다 제이미의 몸이 움찔거렸다. 하지만 제이미는 신음 소리도, 어떤 말도 내뱉지 않았다. 그저 고통을 꾹꾹 누르면서 샌드위치만 먹었다. 스파이더는 상처에 약을 다 바른 다음 몸을 뒤로 젖혔다.

"이게 내가 할 수 있는 최선이야. 이 연고도 챙겨서 나중에 좀 더 발라."

"고마워."

스파이더가 침대 옆 시계를 흘깃 쳐다보았다. 그러고는 잠시 제이미가 음식 먹는 걸 지켜보다가 다시 말했다.

"정말 이것 말고 다른 방법은 없는 거야?"

제이미는 다시 스파이더를 쳐다보며 고개를 가로저었다.

"나도 다른 방법이 있었으면 좋겠어."

스파이더의 말이 옳았다. 미니 마켓에서 제이미를 주목하는 사람은 계산대에 있는 아르바이트 점원밖에 없었다. 게다가 그 점원은 제이미가 물건 값을 치르는 데만 관심이 있었다. 제이미는 사람들을 피해 숨어 있을 최상의 장소로 그 골목을 점찍었다. 그곳이 아무리 불편하고 또 도심과 너무 가깝다 해도 여기저기 돌아다녀 봐야 소용없을 것 같았다. 많이 움직일수록 발각될 가능성만 높아질 뿐이니까.

제이미는 그 골목 벽에 기대 웅크리고 앉았다. 어느새 태양이 높이 떠올랐지만 여전히 날은 춥고 습했다. 여느 때와 마찬가지로 오토바이족들이 자신의 이동 수단을 골목 한적한 곳에 주차시키려고 끊임없이 들락거렸다. 때문에 도저히 마음을 가라앉힐 수 없었다. 그중 몇 사람은 골목 끝에 있는 제이미를 흘깃 쳐다봤다. 하지만 그것뿐이었다. 제이미는 그들이 등장할 때마다 고개를 돌려버렸다.

그곳에는 부랑자들도 있었다. 골목 아래를 어슬렁거리는

게 아마도 다들 쉴 곳을 찾는 것 같았다. 그들은 제이미를 보자 뒤쪽으로 물러났다. 오직 딱 한 사람만이 제이미의 신경을 거슬리게 했다. 늙은 주정꾼이었다. 그는 침을 뱉고 신음 소리를 내며 제이미에게 다가오더니 다시 비틀거리며 뒤쪽 거리로 사라졌다.

거리를 수색하는 경찰들도 없었고 추적의 기미도 보이지 않았다. 마침내 서서히 땅거미가 내렸다. 동시에 날은 점점 더 추워졌다. 그리고 추위와 함께 더 큰 두려움이 몰려왔다.

5시가 되자 골목 입구에서 발자국 소리가 들렸다.

스파이더였다.

스파이더가 바닥에 휴대용 가방을 내려놓았다.

"여기 오래 있을 수 없어. 다들 너를 찾느라 혈안이 됐어. 게 다가 모든 의심의 눈초리가 나한테 쏟아지고 있고. 그래도 미 행당한 것 같진 않아. 하지만 우리 부모님은 내가 뭔가 알고 있 다고 생각하시는 것 같아. 게다가 오늘 아침 문 앞에서 네 아버 지를 만났는데, 대뜸 널 봤냐고 물으셨어."

제이미는 초조한 마음으로 몸을 움직였다. 6시까지 로터리 에 도착해야 하는데, 사정이 그렇다면 거기까지 이동할 일이 걱정이었다. 하지만 지금은 가능한 한 좀 더 많은 정보를 알고 있어야 했다.

"모습이…… 어땠어?"

"네 아버지? 오늘 아침엔 약간 험악해 보였어. 하지만 나중엔 초조해 보이셨고. 화는 다소 누그러지신 것 같던데. 뭐, 경찰을 상대하는 건 그리 어렵지 않았어."

"경찰이라고?"

"뭘 그리 놀라? 경찰이 오늘 학교에 진을 치고 있었다고."

"혹시……."

제이미가 머뭇거렸다.

"우리 어머니도 봤니?"

스파이더가 고개를 저으며 말했다.

"네 아버지 표정도 좋지 않았으니 어머니야 더 하시겠지. 네 아버지는 네가 메모도 남기지 않고 사라진 것 때문에 혹시 자살이라도 한 게 아닐까 걱정하시는 것 같았어."

"그래…… 메모를 남겨뒀어야 했어. 지금이라도 쓸 수 있으면 좋겠는데."

스파이더가 가방 안에 손을 집어넣었다.

"그럴 줄 알고 미리 종이와 봉투를 가져왔지. 부치는 건 내가 할게. 너희 집 우편함에 넣는 대신 우편으로 붙일 생각이야. 네 부모님은 봉투에 찍힌 소인을 보고 네가 아직 여기 있다고 생각할 거야. 어쩌면 걱정을 덜 하실지도 모르지."

제이미는 눈에 한가득 고마움을 담아 친구를 바라보았다.

스파이더는 현실적인 동시에 헌신적인 친구였다.

"네 도움 잊지 않을게."

"그래, 넌 틀림없이 그럴 거야. 자, 어서 쓰기나 해. 빨리 가야되잖아. 나도 곧 떠날 거야."

스파이더가 말했다.

"너희 부모님껜 뭐라고 하고 빠져나온 거야?"

"아무 말도 하지 않았어. 두 분 다 쌍둥이들을 데리고 슈퍼에 가셨거든. 하지만 곧 돌아오시겠지. 그리고 자, 여기 돈. 계좌에 남아 있던 200파운드도 마저 넣었어. 도움이 됐으면 좋겠다."

스파이더는 작별 인사도 없이 봉투부터 불쑥 내밀었다. 제이미는 차마 받아 들지 못하고 그걸 물끄러미 바라보기만 했다.

"자, 어서 받아."

결국 제이미가 봉투를 받아 자신의 배낭 안에 밀어 넣자 스파이더가 재빨리 제이미에게 종이와 펜과 함께, 우표가 붙여진 편지봉투를 건넸다.

"내 등에 대고 써."

스파이더가 돌아서며 말했다.

제이미는 스파이더의 등에 종이를 올려놓고 뭐라 써야 할지 잠시 생각했다. 그러나 말이 쉽게 떠오르질 않았다. 제이미는 부모님께 자신이 죽지 않았다는 걸 알리고 싶었다. 두 분이 아들의 살인자를 찾아 나서지 않도록 말이다. 그리고 또 어머니를 안심시킬 말도 쓰고 싶었다.

그러나 아버지에겐 무슨 말을 어떻게 써야 할지 도무지 알 수 없었다.

"서둘러! 이제 정말 가야 해."

스파이더가 말했다.

"부모님께 더 이상 거짓말 하고 싶지 않거든. 그리고 너무 또박또박 쓰지는 마. 너희 부모님이 네 필체를 알아볼 수 있어 야 하니까."

제이미는 얼른 편지를 적어 내려가기 시작했다. 많은 내용을 쓰진 않았다. 그럴 시간도 없는 데다 펜 끝으로 스파이더의 등을 자꾸만 찔러야 하는 게 신경 쓰였다. 하지만 가장 큰 이유는 무슨 말을 써야 할지 모르기 때문이었다.

다 써놓고 보니 왠지 멜로드라마 대사 같아 썩 맘에 들진 않았다. 하지만 그것이 제이미가 할 수 있는 최선이었다.

저는 잘 있어요. 너무 걱정 마세요. 하지만 더 이상 두 분을 뵐 순 없어요. 저는 제 삶을 찾아 멀리 떠납니다. 부디 절 찾지 말아주세요. 돌아오지 않을 거예요.

죄송해요.

－제이미

"다 됐어?"

스파이더가 물었다.

"응."

제이미는 편지를 봉투 속에 넣고 봉했다.

스파이더가 돌아보았다.

"그 편지봉투에 너희 집 주소를 적어주면 내가 가는 길에 부칠게."

스파이더가 자기 시계를 흘깃 쳐다보았다.

"5시 15분이야. 그 편지는 킹 거리에 있는 우체통에 넣을게. 마지막 우편으로 보낼 거니까 네 부모님은 내일 아침에 받아보시게 될 거야."

"뒤돌아 봐."

스파이더가 돌아섰고 제이미는 봉투에 주소를 적었다.

"됐어."

스파이더가 봉투를 받았다.

"여기 오는 도중에 널 주려고 먹을 것을 좀 샀어. 그 가방에 있을 거야."

제이미는 스파이더를 쳐다보았다.

"고마워. 이 모든 게 정말. 널 결코 잊지 않을게."

스파이더는 평소처럼 반쯤 미소 띤 얼굴로 제이미를 쳐다보았다. 그리고 말없이 손을 뻗어 제이미의 머리를 가볍게 툭 치고는 마침내 그 곁을 떠났다.

제이미는 친구가 떠나는 걸 조용히 지켜보았다. 또다시 죄책감과 두려움이 몰려들기 시작했다. 그러나 이제는 본격적으로 움직일 시간이었다. 제이미는 스파이더가 가져온 음식을 자기가 산 음식과 함께 배낭 안에 쑤셔 넣었다. 그 순간 손가락 끝에 돈 봉투가 만져졌다.

제이미는 경계하는 눈빛으로 주위를 둘러본 다음 그 봉투를 열어보았다. 부탁했던 액수가 정확히 들어 있었다. 게다가 여분의 200파운드까지! 제이미는 그 돈을 빤히 쳐다보았다. 수천 파운드에 달하는 그 지폐 한 장 한 장에 사랑하는 친구의 오랜 꿈이 담겨 있었다. 이젠 사라져 버린 꿈이!

그러나 그 돈은 이제 한 소녀의 목숨을 구하게 될 것이다.

제이미는 200파운드를 세어서 자기 주머니에 넣은 뒤, 남은 돈을 다시 한번 확인했다. 그리고 그 돈 봉투를 가방에 넣고 입구를 꽉 조였다. 그런 다음 거리로 나갔다.

제이미는 좀 전에 스파이더를 기다리면서, 머릿속으로 그 남자와 만날 장소까지 어떻게 갈 것인지 그려보았다.

먼저 큰길로 내려가서 리츠필드 거리를 따라 신호등이 있는 데까지 걸어간 다음, 거기서 구불구불한 길들 중 하나를 택하면 약속한 순환도로에 닿을 수 있었다. 다른 길이 없었다. 하지만 지금은 서둘러야 했다. 약속한 시간이 임박했기 때문이다.

제이미는 조심스레 큰길로 내려간 다음 상점 건물에 딱 붙어선 채 가장자리로만 걸었다. 수업을 마치고 쏟아져 나온 학생들과 퇴근하는 인파로 거리가 북적거렸다. 그곳이 가장 위험한 지점이라는 걸 잘 알고 있었다. 그래서 모자를 푹 뒤집어쓴 채 고개를 숙이고 걸었다.

제이미는 리츠필드 가에 다다르자 아래로 방향을 틀었다. 일단 큰 소란 없이 큰길은 벗어난 셈이었다. 하지만 그 순간 마음은 너무나 초조해졌다. 마침내 제이미는 달리기 시작했다. 배낭이 등 뒤에서 위아래로 춤을 췄다. 제이미는 어서 빨리 그 근처를 벗어나고만 싶었다. 그곳엔 제이미를 아는 사람들이 너무 많이 살고 있었다.

제이미는 도로 끝에 있는 건널목 앞에 서서 횡단보도 신호가 떨어지길 기다렸다. 제이미는 누군가가 자신의 오른쪽 옆에 와 서는 걸 감지했다. 하지만 애써 모른 척하며 모자를 다시 고쳐 썼다.

"밖에 서 있기엔 너무 춥지."

그 사람이 말했다.

제이미는 못 들은 척했다. 아는 목소리는 아니었으나 알든 모르든 그건 중요하지 않았다. 어쩌면 제이미를 아는 사람일 수도 있었다. 아니면 경찰이던가. 목소리가 다시 중얼거렸다.

"머피의 법칙이로군, 안 그래? 파란불을 기다리면 꼭 빨간 불이 켜 있다니까."

그 말에 제이미가 흘깃 옆을 돌아다봤다. 나이가 지긋한 중년 남자가 자신의 옆에 서 있었다. 그와 눈이 마주치자 남자가 윙크를 했다.

"집을 나온 모양이군."

"네?"

남자가 고갯짓으로 제이미의 배낭을 가리켰다.

"상당히 불룩한 걸. 아주 오랜 여행을 떠나려고 짐을 꾸린 모양이야. 아니면 방금 엄청난 보물을 얻었든가."

제이미가 의혹에 찬 눈초리로 남자를 쳐다봤다. 하지만 그 말에 대해 별다른 대꾸는 하지 않았다.

그 남자가 미소를 지었다.

"자, 가지."

"네?"

남자가 제이미를 무심하게 쳐다보며 다시 미소를 지었다.

"파란불이라고."

"아, 네."

그들은 함께 횡단보도를 건넌 뒤 맞은편에서 헤어졌다. 제이미는 곧장 달리지 않고 그 남자가 제과점 쪽으로 사라진 뒤에야 다시 속력을 냈다.

제이미는 앞에 놓인 구불구불한 좁은 길들 중 – 그 길들 중 아무거나 골라도 모두 순환도로로 통했다 – 하나를 택했다. 혹시 그 근처에 사는 누군가가 자신을 알아볼까 봐 초조한 마음으로 미친 듯 내달렸다. 그러나 그곳엔 사람들이 너무 많았고 설사 누군가가 알아본다 해도 이젠 어쩔 수 없었다.

제이미는 파크허스트 도로를 지나 콤튼 도로로 들어선 뒤, 상점들이 늘어서 있는 길 끝까지 나아갔다. 그때까지는 아무 문제가 없었다. 몇몇 사람만이 거리를 돌아다니고 있었고, 제이미가 유령처럼 어둠 속을 스쳐 지나가도 누구도 돌아보지 않았다. 제이미는 상점 거리에서 가능한 한 멀찍이 떨어져 걷기 위해 맞은편 길 가장자리를 따라 첸녹힐 입구까지 갔다.

여전히 제이미의 이름을 부르는 사람은 없었다. 어떤 차도 따라오지 않았다. 제이미는 헐레벌떡 뛰어서 언덕을 오른 다음 펜들 도로로 내려가 순환도로로 향했다. 그러자 저 멀리 앞쪽에 고속도로와 이어져 있는 순환도로가 모습을 드러냈고, 그것을 따라 질주하는 차량들의 불빛이 반짝였다. 여섯 시 십분 전이었다. 잘하면 아슬아슬하게 제시간에 도착할 수 있을 것도 같았다.

제이미는 경계를 늦추지 않고 계속해서 달렸다. 왼편으로 화원이 보였고, 100미터쯤 더 가자 오른편에 놀이터가 나타났다. 그 뒤로 제방 위로 솟은 순환도로가 보였다. 트럭들과 차들이 그 위를 어지럽게 질주하고 있었다.

제이미는 순환도로 아래까지 달려가 담 위로 기어오른 뒤 재빨리 제방 위로 뛰어들었다. 몹시 위험한 순간이었다. 그 도로를 따라 꽤 많은 차량이 질주하고 있었다. 누군가가 제이미를 알아봤을지도 모르는 일이었다. 게다가 벌써 실종 신고를 냈다면 설령 낯선 사람이라 해도 그가 바로 그 사건의 주인공임을 짐작할 수 있을 것이다.

그렇다 해도 위험을 감수할 수밖에 없었지만.

제이미는 순환도로 아래로 내달렸다. 차들이 굉음을 내며 제이미 옆을 지나갔다. 제이미는 이제 거의 기진맥진한 상태였다. 그러나 고속도로 대피소까지는 아직도 거의 1킬로미터나 남았다. 제이미는 젖어진 배낭의 무게를 저주하며 계속 달렸다. 그러나 약속 장소가 가까워지자 이제 곧 마주치게 될 남자에 대한 공포감이 몰려들기 시작했다.

순환도로는 오른쪽으로 구부러지기 시작했고 그 앞에 있는 로터리와 그 위로 뻗어 있는 도로가 한눈에 보였다. 고가도로도 보였고 그 아래서 기다리고 있는 소녀의 모습도 보였다. 제이미는 소녀가 돌 틈에 숨어 있기를 바랐다.

그러나 제이미의 눈은 거기서 머뭇거리지 않고 또다시 앞쪽 도로를 살폈다. 얼마 떨어지지 않은 곳에 바로 그 대피소가 있었다.

대피소 앞에 차가 한 대 세워져 있었다.

제이미는 걸음을 멈추고 숨을 죽였다. 그 남자는 제이미가 달려오는 걸 보지 못했을 것이다. 그 차의 주인이 그 남자라면 말이다. 하지만 차 안에 있는 사람을 알아보기는 힘들었다. 제이미는 지나가는 차들의 불빛이 그 차를 비출 때마다 눈을 가늘게 뜨며 사람의 형체를 확인하려고 했다. 하지만 소용없는 일이었다.

제이미는 자신의 안전을 지킬 방법을 생각해 내기 위해 애쓰며 천천히 앞으로 걸어 나갔다. 그때 문득 한 가지 생각이 떠올랐다. 그리 좋은 생각은 아니었고, 사실 그 방법은 오히려 그 남자의 분노를 불러일으켜 실패로 끝날 확률이 더 높았지만 지금 당장 제이미가 생각할 수 있는 건 그게 전부였다.

그때 트럭 한 대가 덜거덕거리며 그 옆을 지나갔고 트럭의 헤드라이트가 대피소 안에 정차해 있는 차를 환하게 비추었다.

바로 그 순간 제이미는 그토록 두려워하던 남자의 얼굴을 알아봤다.

제이미는 차 문을 두드리지 않고 문에서 몇 걸음 떨어진 자리에 섰다. 그 남자가 제이미를 발견했다. 곧이어 창문이 스르륵 내려갔다.

　"들어와."

　제이미는 움직이지 않았다.

　"들어오라니까."

　제이미는 그 남자가 무슨 짓을 할지 생각하며 그 얼굴을 빤히 쳐다보았다. 땅딸막한 남자가 어디에 숨어 있는지도 궁금했다. 그곳엔 키 큰 남자 혼자뿐이었다. 하지만 한 명이든 두 명이든 지금 그것은 별로 중요하지 않았다. 제이미는 차 뒷문을 열고 몸을 숙여 안을 들여다봤다.

남자는 제이미를 흘깃 쳐다보았다.

"들어와."

제이미는 크게 심호흡을 했다. 그리고 천천히 차에 탄 뒤 문을 닫았다. 남자가 한마디 말도 없이 시동을 걸었다.

제이미는 간신히 용기를 내서 최대한 자신 있는 태도로 말했다.

"만일 날 어디론가 데려간다면 당신은 그 돈을 볼 수 없게 될 거예요."

남자가 어깨 너머로 제이미를 무섭게 노려보았다.

"뭐라고?"

제이미는 두 주먹을 꽉 쥐었다.

'이 남자에게 끌려가면 그걸로 끝장이야.'

그것은 본능적인 직감이었다.

"날 어디로 데려간다면 다신 그 돈을 보지 못할 거라고요."

"뭐? 지금 나하고 장난하자는 거야?"

"아뇨, 장난이 아니에요. 난……."

남자의 눈 속에서 분노의 불꽃이 이글거리는 걸 보면서 제이미는 약간 뒤로 물러섰다.

"돈을 다 가져오지 않았어요. 절반은 도로 아래에 두었어요. 여기서 몇 미터밖에 떨어져 있지 않아요. 당신이 그 소녀를 더 이상 괴롭히지 않고 자유롭게 놓아주고 또 나를 이 차에서 안전하게 나가도록 해준다면 거기가 어딘지 말해주겠어요."

남자가 잠시 동안 제이미의 얼굴을 살폈다. 가까이에서 마주 본 남자의 얼굴은 생각보다 훨씬 더 음흉하고 위협적이었다. 남자는 시동을 끄지 않은 채 손을 내밀며 말했다.

"돈 내놔."

제이미의 손이 덜덜 떨렸다. 하지만 제이미는 애써 마음을 다잡고 그 남자를 똑바로 쳐다보았다.

"소녀를 괴롭히지 않고 가만히 내버려두겠다고 약속하면요. 그리고 나도요."

남자가 한쪽 눈썹을 추켜올리더니 몸을 앞으로 기울여 시동을 껐다. 그리고 몸을 홱 돌려서 순식간에 제이미의 목을 움켜잡고 제이미의 머리를 뒷 창문 쪽으로 밀어젖혔다.

"윽!"

제이미가 고통스러운 신음을 내질렀다. 남자가 제이미의 머리채를 잡고 다시 앞으로 홱 당겼다. 그러고는 또다시 머리를 창문 쪽으로 밀어붙였다. 제이미는 앉은 자리에서 몸부림치며 그의 손아귀에서 빠져나오려고 애썼다. 그러나 그 남자는 너무 강했다.

남자는 제이미의 머리를 움켜잡고 계속해서 앞으로 잡아당겼다 뒤로 젖혔다.

그러더니 갑자기 손을 놓았다. 그리고 험악한 얼굴을 제이미에게 바싹 들이댔다.

"잘 들어, 제이미."

남자가 마치 독을 내뿜듯 말했다.

"넌 지금 이런저런 조건을 붙일 처지가 아냐. 우리 한번 솔직히 말해보자. 설사 내가 그렇게 약속한다 해도 과연 내가 그 약속을 지킬지 어떻게 알지? 내가 약속을 지킬 거라고 네가 믿어주는 건 무척 고마운 일이지만, 나 자신도 나를 믿을 수가 없단다. 제이미, 지금 당장 네가 생각해야 할 문제가 뭔지 알아? 그건 말이야, 내가 몹시 화가 나서 원래 계획했던 곳이 아니라 바로 여기서 널 죽일 수도 있다는 거야. 난 네 돈을 몽땅 빼앗은 다음 나가서 나머지 돈을 찾을 거야. 그리고 그 돈을 찾고 나서도 그 소녀를 가만두지 않을 거야. 끝까지 추적할 거란 말이지. 그래서 결국 찾아내 너처럼 죽이고 말 거야. 그 앤 그리 멀리 가진 않았을 거야. 그 애가 남긴 흔적이 아직 따끈따끈하거든. 게다가 넌 내 동료를 완전히 잊어버리고 있나 보군. 난 어떻게 한다 해도 내 친구는 어쩔 거지? 더욱이 그 친구는 지금 아주 고약한 일을 벌이고 있지. 그 친구가 약속을 지킬 거라는 건 누구도 장담 못해."

남자가 잠시 말을 멈추고 제이미의 표정을 살피더니 싸늘한 미소를 흘렸다.

"그럼 이제 네가 가진 돈 좀 볼까. 그러고 나서 다시 얘길 해

보자고."

그 시점에서 반항하는 건 어리석은 짓이었다. 또 그 남자의 말은 모두 사실이었다. 제이미의 어떤 말도 그 남자에겐 통하지 않았다. 가진 돈을 모두 내주고 요행을 바라는 수밖에 다른 방도가 없었다.

"가지고 있는 거⋯⋯ 다 드릴게요."

제이미가 말했다.

그러자 그 남자가 몸을 약간 뒤로 젖혔다. 그러나 여전히 제이미와의 거리는 가까웠다. 제이미는 잠깐 동안 망설이다 배낭을 열고 돈을 꺼냈다. 그러면서 다시 한번 자신이 정말 엄청난 짓을 하고 있다고 생각했다. 스파이더가 그렇게 고생해서 번 돈을 이따위 인간한테 내줘야 하다니! 그 돈을 받고도 여전히 소녀를 쫓아다닐 악독한 인간에게!

그러나 지금으로서는 그 돈이 자신의 목숨을 구해주기를 바랄 뿐이었다.

제이미는 지폐를 꺼냈다.

남자는 그걸 받아들고 천천히 한 장 한 장 세기 시작했다.

"나머진 어디 있지?"

"우선 날 차에서 나가게 해줘요."

남자는 말없이 제이미를 노려보았다. 어떻게 해야 좋을지 생각하는 것 같았다. 틀림없이 그는 제이미를 놓치고 싶지 않을 테고, 기회만 된다면 당장이라도 죽이고 싶을 것이다. 하지만 나머지 돈도 탐이 나는 게 분명했다. 제이미는 그를 위협할 만한 게 뭐가 있을까 생각하며 계속해서 머리를 굴렸다.

"당신이 날 이 차에서 나가게 해주고 또 그 소녀와 나를 두 번 다시 괴롭히지 않는다면 나머지 돈이 어디 있는지 말해줄게요. 그리고 동영상에 관해서도 경찰한테 말하지 않을 게요."

남자가 눈살을 찌푸렸다.

"무슨 동영상?"

"당신과 당신 친구에 관한 영상이요."

남자가 코웃음 치며 말했다.

"너에겐 어떤 동영상도 없어. 어디서 속임수를 써?"

"그건 내가 찍은 게 아니에요."

제이미가 어렵게 생각을 짜내며 말했다.

"우리 학교에 다니는 어떤 학생의 부모님이 직접 찍은 거라고요."

남자가 여전히 못 믿겠다는 듯 의혹에 찬 눈초리로 그를 쳐다보았다. 제이미가 급히 말을 이었다.

"며칠 전 당신이 교문 앞에서 나한테 말을 걸 때 운동장에서 한창 네트볼 시합이 벌어지고 있었어요. 그때 선수 부모님들 중 한 명이 자기 딸의 모습을 비디오로 찍었어요. 그리고 거기에 나와 당신들의 모습이 그대로 찍혔어요. 그분이 내게 말해주더군요. 그 동영상을 직접 보진 못했지만 그분의 말은 사실이겠죠."

제이미는 허점투성이인 이 말을 남자가 믿어줄지 의심스러웠다. 그러자 더 많은 생각들이 불쑥 머릿속에 떠올랐고 그는 지체하지 않고 입을 열었다.

"그리고 교장 선생님도 당신들을 봤어요. 당신들이 가고 난 뒤 교장 선생님이 나오시더니 나한테 당신들이 누구냐고 물으시더군요. 교장실 창문에서 죽 지켜보고 계셨나 봐요. 당신들이 수상해 보인다고 했어요. 뿐만 아니라 마을 사람들도 당신들에 관해 수군거리고 있다고요. 당신들이 그 소녀에 관해 묻고 다니고, 나중에 보상금을 줄 테니 그 애를 보면 연락하라고 전화번호를 주고 다닌다고 말이에요."

"그런 건 죄가 아니야."

제이미는 다시 생각을 짜내려고 애썼다. 남자의 말대로 그 것은 범죄가 아니었다. 그것은 제이미도 알고 있었다. 다만 이 남자가 돈만 뺏고 사라지는 게 최선이라고 여기게 만들고 싶었다. 제이미는 입술을 깨물면서 말했다.

"만약 그 소녀와 내가 떠나도록 내버려둔다면 당신이나 이 모든 일에 관해서는 누구한테도 말하지 않을게요."

그리고 잠시 말을 멈춘 뒤 다시 덧붙였다.

"그리고 나는 당신이나 당신 친구와는 달라요. 난 약속한 건 꼭 지켜요."

남자가 말없이 제이미를 훑어보았다. 제이미는 똑같이 그 눈빛을 마주 보려고 했으나 쉽지 않았다. 그 눈빛이 너무 섬뜩했기 때문이다. 정말로 그는 몹시 위험한 인물인 것 같았다.

갑자기 남자가 말했다.

"차에서 내려."

두 번 말할 필요도 없었다. 제이미는 그 즉시 차 문을 열고 밖으로 튀어나와 잽싸게 배낭을 끌어냈다. 달리는 자동차들의 굉음이 고막을 찢을 듯 귓속으로 밀려들었다. 그러나 제이미에겐 그 소리가 마치 환영의 팡파르처럼 들렸다. 그때 남자가 운전석 차 문을 열고 황급히 뛰쳐나왔다.

"나머지 돈은 어디 있지?"

제이미는 차도 아래를 가리켰다.

"이 길을 따라 약 50미터쯤 내려가면 돼요. 담장이 점점 높아지는 도로 바로 뒤편에 문이 하나 있어요. 그 문 근처에 큰 돌이 있는데 그 돌 밑에 넣어두었어요. 봉투 속에 넣어서요."

남자가 손가락으로 제이미를 가리켰다.

"내가 돌아올 때까지 넌 여기서 기다리고 있어."

"돈은 분명히 거기 있어요."

"얌전히 있는 게 좋을 거야."

남자의 얼굴이 갑자기 돌변했다. 냉담함 대신 돈을 향한 탐

욕의 불꽃이 얼굴에 피어올랐다. 제이미는 아무 말도 하지 않았다. 오직 거기서 달아나야 한다는 생각뿐이었다. 제이미는 남자가 사라지자마자 필사적으로 내달릴 작정이었다. 그러나 동시에 그럴 수 없다는 걸 깨달았다. 남자의 지시 때문이 아니라 그 남자가 나머지 돈을 갖고 완전히 사라지는 걸 확인해야만 했기 때문이다.

남자는 차를 버려두고 급히 도로로 내려갔다.

제이미는 달아나기에 더 좋은 위치를 확보하려고 주춤주춤 뒤로 물러나기 시작했다. 하지만 그럴 필요가 없었다. 남자가 봉투를 집어 들고 쏜살같이 다시 차로 돌아왔으니까. 그는 운전석에 앉더니 봉투 속의 돈을 세어보았다.

그리고 다음 순간, 남자는 잽싸게 시동을 켜더니 어느새 눈앞에서 사라졌다.

제이미는 잠깐 동안 그 자리에 멍하니 서 있었다. 그러면서 혹시 그 차가 다시 나타날까 봐 초조해하며 기다렸다. 하지만 그 차도 땅딸막한 남자도 보이지 않았다. 제이미는 잠시 더 주위를 살핀 뒤 도로를 가로질러 로터리 반대편으로 내려갔다. 그리고 고가도로 쪽으로 걸어가기 시작했다.

겨우 도착한 곳은 자동차 소음이 한층 더 심한 것 같았다. 제
이미는 고속도로 진입로 근처에 서서 위험 요소가 없는지 다
시 한번 주위를 살핀 뒤 가장자리를 따라 올라갔다.

소녀가 말한 대로였다. 도로는 서 있는 곳에서 아래로 뻗어
있었고 밑으로 더 내려가자 석판이 콘크리트 지지대들을 따
라 빙 둘러져 있었다. 소녀의 설명대로 마치 주머니처럼 보이
는 곳이었다.

멀리서 한 형체가 어렴풋이 보였다. 그것이 도로 반대편을
향해 잔뜩 몸을 구부리고 있었다.

제이미는 차량의 굉음에 섞여 들려오는 작은 소리를 들었
다. 동시에 먼 곳의 형체가 움직였고 제이미는 그 모습에서 소

녀의 실루엣을 발견했다. 그런데 갑자기 소녀가 석판 위로 푹 쓰러졌다. 제이미는 주머니 모양의 작은 공간으로 급히 내달렸다. 그러고는 소녀 뒤로 다가가 한 손을 어깨에 얹었다. 그러자 소녀가 놀라서 펄쩍 뛰었다.

"진정해, 나야."

제이미가 말했다. 그러자 소녀가 제이미 쪽으로 몸을 돌렸다. 소녀의 얼굴은 고통으로 일그러져 있었다. 제이미가 절망스럽게 얼굴을 찡그리며 말했다.

"대체 그들이 너한테 무슨 짓을 한 거야? 어떻게 찾았지?"

그러자 소녀가 무슨 말인지 모르겠다는 듯 잠깐 동안 그를 빤히 쳐다봤다. 그러더니 곧바로 얼굴을 찡그리면서 배를 움켜잡았다.

"한심한 소리 좀 그만해! 난 지금…… 아기를 낳는 중이란 말이야, 이 바보야."

소녀가 다시 끙끙대기 시작했다.

"맙소사, 2주나 빨리 나오다니! 컴브리아에 도착할 때까지만 참으면 되는데 벌써 나오면 어떡해. 실은 오늘 아침에…… 약간 진통이 왔어. 그러다…… 다시 괜찮아지길래 쉬고 있으려고…… 열두 시부터 여기 와서 널 기다렸어. 그런데…… 갑자기 진통이 또 시작된 거야."

그 말에 제이미가 한 걸음 뒤로 물러섰다.

"구급차를 부를게."

"안 돼!"

소녀가 제이미의 팔을 붙잡았다.

"제발 그러지 마."

"하지만……."

"제발."

소녀가 제이미의 팔을 꽉 붙잡으며 필사적으로 애원했다.

"아기가 곧 나올 거야. 그리고…… 난 정말 무서워."

"하지만 의사가 있어야 돼. 난 뭘 어떻게 해야 하는지 아무 것도 모른단 말이야."

소녀가 제이미를 더 꽉 붙잡았다.

"날 여기 혼자 내버려두지 마."

이미 소녀의 얼굴은 두려움으로 가득 차 있었다. 그 비참한 곳에서 여섯 시간 동안 혼자 외롭게 고통을 견뎌냈던 것이다. 그러나 이제 어둠을 틈타 최악의 상황이 닥쳐오고 있었다. 제이미는 그곳에서 소녀를 도울 수밖에 없었다. 만일 자신의 두려움을 극복할 수 있다면 말이다.

마침내 제이미가 소녀의 손을 잡고 말했다.

"여기 있을게."

소녀의 눈빛이 고마움으로 반짝였다. 하지만 고맙다는 말을 할 틈도 없이 또다시 진통이 시작됐다. 소녀가 신음하면서 석판 위로 몸을 구부렸다. 제이미는 잡고 있던 손을 놓고 한 팔로 소녀의 어깨를 감싸안았다.

"괜찮을 거야."

아무 대답이 없었다. 신음 소리만 들릴 뿐이었다. 그리고 다시 한번 조용한 시간이 찾아왔다. 소녀는 바닥에 털썩 주저앉아 등을 벽에 기댄 채 멍하니 앞을 바라보았다.

"춥지?"

"응."

"늘 갖고 다니던 담요, 아직도 있어?"

"응, 내 가방에."

제이미는 담요를 가져와 소녀의 어깨를 덮어주었다. 소녀는 덜덜 떨며 제이미를 쳐다보았다. 소녀는 너무도 나약해 보였다. 그러나 제이미의 눈에는 소녀가 몹시 아름다워 보였다. 곧이어 다시 한번 진통이 시작됐다. 진통과 휴식이 주기적으로 반복되는 가운데 통증의 강도는 점점 더 심해졌다.

한 시간이 흘렀다. 진통은 더 심해지고 횟수도 더 잦아졌다. 소녀는 진통이 올 때마다 통증을 덜어보려고 끊임없이 몸을 움직였다. 제이미는 가지고 있던 손수건으로 소녀의 이마를 닦고 격려의 말을 중얼거리면서 무력하게 소녀를 지켜보았다. 제이미는 그 고통을 덜어줄 수 없어서 괴로웠다. 갑자기 소녀가 신음을 크게 내뱉더니 웅크린 자세에서 악을 쓰며 제이미의 어깨를 움켜잡았다.

"살려…… 줘!"

제이미는 두 손으로 소녀의 허리를 잡고 꽉 붙들었다.

"힘내! 거의 다 됐어!"

제이미가 말했다. 소녀가 비명을 지르기 시작했다. 소녀의
손가락이 제이미의 어깨를 파고들었다. 어찌나 힘이 센지 그
도 소녀처럼 비명을 지르고 싶을 정도였다. 제이미는 아이를
낳다 죽은 여자들에 관한 얘기를 떠올리며 공포에 사로잡혀
소녀를 지켜보았다. 그런 다음 아래를 내려다보았다.

다리 사이로 아이의 머리끝이 보이기 시작했다.

"나온다! 아기가 나오고 있어!"

제이미가 소리쳤다. 소녀는 아래를 보지 않았다. 다만 전처
럼 그를 꽉 붙잡고 힘겹게 숨을 몰아쉬고 있을 뿐이었다.

"자, 어서 힘을 줘봐!"

소녀는 또다시 비명을 질러댔고 제이미를 전보다 더 꽉 움
켜잡고 있는 힘껏 아기를 밀어냈다. 그런 다음 시큼한 한숨과
함께 제이미의 가슴팍으로 털썩 쓰러졌다.

제이미는 잠시 동안 소녀를 안고 있다가 아래를 보기 위해
천천히 뒤로 물러났다.

아기의 머리는 나왔으나 몸은 아직 나오지 않은 상태였다.
제이미는 소녀를 다시 쳐다봤다. 소녀는 마치 잠을 자려는 것

처럼 제이미의 어깨에 머리를 기댄 채 계속 가쁜 숨을 몰아쉬고 있었다.

"자, 한 번만 더 힘을 내."

제이미가 말했다. 소녀가 다시 한번 힘을 주자 이번에는 아기의 몸이 밖으로 쑥 나왔다.

제이미는 아래로 손을 뻗어 한 손을 아기 엉덩이 밑에 받쳤다. 미끈거리는 아기의 몸. 아주 작지만 왠지 거대해 보이는 존재! 드디어 아기가 울음을 터뜨렸다.

소녀는 움직일 수도, 말할 기운도 없어 보였다. 제이미는 소녀를 다시 쳐다봤다.

"내가 아기를 받았어! 아기는 괜찮아."

소녀는 아무 말도 하지 않았다. 다만 마른침을 꿀꺽 삼키며 제이미를 꽉 붙들 뿐이었다. 아기는 계속 울어댔다. 제이미는 왜 소녀가 손을 뻗어 아기를 받지 않는지 의아해하면서 잠깐 동안 기다렸다. 잠시 후 갑자기 소녀가 신음 소리를 냈다.

제이미는 아기가 손에서 미끄러지는 걸 느꼈다.

깜짝 놀란 제이미는 아기를 붙든 채 한 발짝 뒤로 물러났다. 그러고는 아기의 몸에 매달려 있는 무언가를 보고 몸을 움찔했다. 소녀가 마침내 입을 뗐다. 기진맥진한 탓에 목소리가 모깃소리만 했다.

"태반이야. 저걸 치워야 해. 이제 나한테 아기를 줘."

제이미는 아기를 들어 올려 소녀의 품으로 건넸다. 제이미는 여전히 탯줄 끝에 달려 있는 태반에서 시선을 떼지 못했다. 소녀는 아기를 팔에 안고 달래듯이 흔들었다. 그런 다음 제이미를 보며 말했다.

"안 잘랐니?"

제이미는 어리둥절한 표정으로 소녀를 바라보다가 잠시 후에야 소녀가 무슨 말을 하는지 알아차렸다. 소녀도 제이미를 보면서 지친 웃음을 터트렸다.

"이것 봐, 남자아이야. 난 늘 남자아이를 원했어."

소녀는 셔츠 단추를 풀러 아기의 입을 가슴에 갖다 댔다.

"아직 젖이 나오지 않는단다. 가엾은 내 아들."

제이미는 아무 말도 하지 않았다. 이상하게 뿌듯함이 느껴졌다. 하지만 여전히 태반이 눈에 거슬렸다. 소녀는 아기를 안은 채 석판에 기대더니 무너지듯 푹 주저앉았다.

소녀는 완전히 지쳐 있었다.

제이미는 잠시 소녀를 지켜보며 자신이 할 수 있는 게 무엇인지 생각했다. 그러자 땅바닥에 널브러져 있는 담요가 눈에 들어왔다. 제이미는 얼른 그걸 주워 소녀의 몸을 덮어주었다.

"고마워."

소녀가 담요로 재빨리 아기를 감싸며 말했다.

소녀의 눈은 고통에 지쳐 반쯤 풀려 있었으나 최소한 아기는 울음을 그쳤고 그 대신 젖을 빨려고 작은 입을 옹알거렸다.

제이미가 소녀에게 더 가까이 다가가 물었다.

"이제 뭘 해야 되지?"

소녀는 한참 안간힘을 쓰더니 겨우 입을 열었다.

"먼저 아기를 씻긴 다음 얼어 죽지 않도록 옷을 입혀야 해. 그리고 탯줄하고 태반을 치워야지."

제이미는 다시 아래를 내려다보았다.

"이걸 어떻게 처리해?"

소녀는 심호흡을 한 뒤 천천히 몸을 일으켜 똑바로 앉았다.

"책을 보고 시골 여인들이 쓰던 방식을 익혀두긴 했는데 잘 모르겠어. 과연 내가 그렇게 할 수 있을지……."

소녀는 여전히 힘겹게 숨을 내뱉고 있었다.

"내 가방 좀 줄래? 그 안에 아기한테 필요한 게 들어 있어."

"기저귀 같은 것 말이야?"

"맞아. 아기 옷도 있고."

제이미가 천 가방을 건네주자 소녀가 그 안에서 실을 꺼냈다. 그런 다음 제이미를 돌아보며 말했다.

"난…… 내 손으로 이걸 하고 싶어. 기운을 좀 차린 다음에."

"정말이야?"

"응, 그러고 싶어. 그건 그렇고, 나 지금…… 몸을 좀 닦아야 할 것 같아."

소녀가 제이미를 쳐다보며 말했다. 제이미는 소녀의 말뜻을 충분히 이해하고 자리에서 일어나며 말했다.

"저쪽에 가 있을게. 도움이 필요하면 소리쳐 부르기만 해."

제이미는 석판 바깥쪽으로 걸어가 추위에 얼은 두 손을 호호 불며 로터리 아래를 물끄러미 바라보았다. 그 아래로 차들이 섬뜩한 불빛을 발하며 어둠을 뚫고 지나가고 있었다. 어떤 차들은 고속도로 쪽을 향해 달려가고 있었고, 어떤 차들은 순환도로를 따라가고 있었고, 또 어떤 차들은 애쉬포드로 되돌아가고 있었다. 제이미의 마음은 어느새 그 차들을 따라 부모님과 고향에 남겨두고 온 것들에게 달려가고 있었다.

제이미는 한참 동안 소녀 쪽을 돌아보지 않았다. 적당한 시간이 흘렀다고 생각됐을 때 흘깃 뒤를 돌아다봤더니 소녀가 옷자락을 반듯하게 편 채 벽에 기대 앉아 있었다. 담요에 쌓인 아기가 소녀의 가슴에 푹 안겨 있었다.

제이미는 소녀 쪽으로 건너가 그 곁에 무릎을 꿇고 앉았다.

"괜찮아?"

소녀가 올려다보았다.

"그렇게…… 편하지는 않아. 하지만 곧 괜찮아질 거야. 아기 몸이 얼기 전에 옷을 입혀야 돼. 날 좀 도와줄래?"

"물론이지."

제이미는 더 가까이 다가갔다.

"그…… 태반은 치웠어?"

"응."

제이미가 망설이면서 물었다.

"어떻게?"

"우선 이로 탯줄을 끊고 실로 탯줄 끝을 묶었지."

제이미는 놀라서 소녀를 빤히 쳐다보았다.

"그래서 어디에……?"

"그냥 버렸어."

제이미가 얼굴을 찡그렸다.

"아기가 아파하진 않았어?"

그 말에 소녀가 고개를 떨구었다. 그래서 제이미는 지금 이런 질문을 할 때가 아니라는 걸 깨달았다. 제이미는 재빨리 분위기를 바꿨다.

"아무튼 아기는 괜찮은 것 같아. 엄마도 그렇고. 자, 이제 아기한테 옷을 입혀야지."

소녀는 몸을 움직이려다가 잠깐 동안 그대로 멈춰 섰다. 그런 다음 다시 천 가방 안에 손을 집어 넣어 면 수건과 부드러운 천을 꺼내 아기를 닦기 시작했다.

"옷은 내가 꺼낼게."

제이미가 말했다.

그러고는 천 가방을 뒤져 장갑, 바지, 후드가 달린 아기 옷과

신발, 양말, 조끼, 내복, 작은 모자 등을 꺼냈다. 소녀가 천 가방에서 기저귀를 꺼내다가 또다시 멈칫했다.

"괜찮아?"

제이미가 물었다.

소녀는 대답도 하지 않고 제이미를 쳐다보지도 않았다. 소녀의 얼굴은 피로에 절어 있었다. 제이미는 손을 뻗어 소녀의 손에서 기저귀를 빼냈다.

"내가 할게. 사람들이 하는 걸 본 적이 있어."

하지만 소녀는 기저귀를 다시 가져갔다.

"내가 할게."

소녀가 말했다.

결국은 둘이 함께 아기의 기저귀를 갈았다. 어설픈 손놀림으로 기저귀를 벗기고 조심스럽게 새 기저귀를 채운 다음 아기 옷을 입혔다. 그러고는 아기의 몸을 담요로 꽁꽁 싸맸다. 소녀는 아기를 안은 채 벽에 등을 기댔다. 제이미는 잠깐 소녀를 지켜보다 배낭을 뒤져 샌드위치를 하나 꺼내 소녀에게 건넸다. 소녀는 아기를 안고 그걸 받아 들더니 고개를 끄덕여 고마움을 표시했다. 두 사람은 함께 석판에 등을 기대고 앉아 말없이 샌드위치를 먹었다.

제이미는 소녀가 샌드위치를 다 먹을 때까지 기다린 다음 다시 말을 꺼냈다.

"그 남자들한테 돈을 갚았어."

그 순간 소녀가 깜짝 놀라 제이미를 돌아보았다.

"뭐라고?"

"돈을 다 갚았다고. 키 큰 남자한테 줬어. 여기 오기 직전에. 학교 쓰레기통에서 너와 헤어진 다음에 그 남자들에게 붙잡혔어. 그 남자들은……."

소녀가 제이미의 팔을 잡으며 말을 가로막았다.

"도대체 너한테 무슨 짓을 한 거야?"

"이젠 됐어, 괜찮아."

"대체 무슨 일이 있었던 거냐고!"

"키 큰 남자가 날 때렸어. 난 그들에게 만일 널 괴롭히지 않고 가만 내버려둔다면 그 돈을 대신 갚겠다고 말했어. 그들로부터 약속을 받아내 봤자 별 소용없다는 걸 알지만, 그래도 다짐을 받아내고 싶었어."

"설마 진짜 그 남자들한테 돈을 준 건 아니지?"

소녀의 얼굴 위로 도무지 믿을 수 없다는 표정이 스쳐 지나갔다. 제이미는 스파이더를 생각하며 얼굴을 찡그렸다.

"나한테 친구가 하나 있어. 아주 좋은 친구."

제이미가 입술을 깨물었다.

"지독하게 좋은 놈이지. 간절하게 원하던 걸 위해서 오랫동안 돈을 저축해놨는데 내가……."

제이미는 거기에서 말을 멈췄다. 자세한 얘길 할 때가 아닌 것 같았다. 그래봐야 소녀에게 죄책감만 안겨줄 테니까. 그리고 더 이상 그 얘기를 꺼내고 싶지도 않았다.

"그 친구가 나한테 돈을 빌려줬어. 네 돈을 다 갚을 만큼 큰 돈을 말이야. 그리고 아까 저 아래 도로에서 키 큰 남자를 만나서 돈을 줬지."

"다른 남자는 어디 있었어?"

"모르겠어. 그 남자는 안 보이던데. 난 키 큰 남자한테 돈을 줬는데 돈을 받자마자 차를 타고 가버렸어."

소녀는 할 말을 잊은 듯 제이미를 멍하니 쳐다보았다. 잠시 후 제이미는 소녀가 울고 있다는 걸 깨달았다.

제이미는 조금 망설인 뒤 한 팔을 소녀의 어깨에 두르고 자신 쪽으로 끌어당겼다. 그러자 소녀는 어색한 듯 몸을 움직였지만 이내 마음을 열었다는 듯 제이미를 향해 몸을 돌렸다. 제이미는 소녀를 좀 더 당겨 안았고, 소녀는 아기를 안은 채 제이미의 목에 얼굴을 묻었다.

"미안해. 이럴 생각이 아니었는데……."

소녀가 훌쩍거렸다.

"여태껏 누구도…… 나를 이렇게 감싸준 적이 없었어. 이렇게 많은……."

제이미는 소녀의 팔을 어루만졌다.

"괜찮아. 걱정하지 마. 우린 이렇게 함께 있잖아. 우린 지금 서로를 돕고 있는 거야."

"난 널 돕고 있지 않아. 어떻게 내가 널 도울 수 있겠니?"

제이미는 혹시 말을 실수해 소녀에게 상처라도 입힐까 봐 대답을 하지 못하고 잠깐 머뭇거렸다. 사실 소녀가 제이미에게 준 것도 많았다. 너무 많아 말로는 다 표현할 수 없을 정도였다. 게다가 소녀를 향한 어떤 마음은 그 자신도 잘 이해할 수 없는 것이었다. 제이미는 소녀의 온기와 부드러움, 코밑을 간질이는 머리카락, 그리고 소녀의 목소리에 사로잡혀 있었다. 하지만 그 모든 것들보다 더 제이미의 마음을 끄는 것은 이 불가사의한 소녀의 정체였다.

제이미는 가능한 한 소녀의 마음을 다치지 않게 하려고 애쓰면서 우물우물 말을 더듬었다.

"사실 난 너에게 힘을 얻고 있어. 왜냐하면…… 지금 너와 나는 아주 비슷하기 때문이야. 그리고 난…… 내가 지금 뭘 하고 있는지, 어디로 가고 있는지 전혀 갈피를 못 잡겠어. 그러니 지금 내게 넌 정말 소중해. 넌 말하자면…… 내 친구나 마찬가지야."

제이미는 그 말을 끝으로 고개를 돌렸다. 목덜미 아래쪽에서 소녀의 부드러운 머리카락이 느껴졌다. 제이미가 다시 입을 열었다.

"난 정말…… 네가 걱정돼."

완전히 횡설수설이었다. 제이미는 입을 열수록 어설픈 말만 나올 뿐이라는 걸 깨달았다. 제이미는 곧 입을 다물었다. 괜한 말로 다정한 분위기만 망쳐놓았다고 생각했다.

그러나 소녀는 고개를 들어 제이미를 쳐다봤다. 그런 다음 제이미의 입에 부드럽게 입을 맞췄다.

"고마워."

소녀가 말했다. 그리고 다시 자신의 두 팔로 아기를 부드럽게 감싸 안았다.

극심한 추위에도 불구하고 두 사람 다 잠이 들었다. 소녀가 아기를 끌어안은 채 옆으로 돌아누웠다. 제이미는 소녀와 등을 맞대고 있다가, 다시 반대쪽으로 돌아누워서 소녀와 아기를 위해 팔을 내주었다. 제이미는 소녀의 머리를 자신의 팔 위에 조심스럽게 올려놓은 다음 담요를 덮어주었다.

잠시 후 아기가 자지러지게 울음을 터트렸다. 두 사람 다 아기 울음소리에 놀라 눈을 떴다. 주위는 여전히 캄캄했다. 차들이 지나가는 소리는 많이 잦아들었지만 여전히 주위는 시끄러웠다. 추위도 점점 더 심해졌다.

소녀가 몸을 조금씩 꿈틀거리더니 셔츠 단추를 풀었다. 물론 여전히 제이미의 팔 위에 머리를 올려놓은 채였다. 소녀는 제이미의 팔을 애써 밀어내려고 하지 않았다. 그러나 곧이어 제이미가 팔을 빼내며 소녀를 향해 물었다.

"좀 어때?"

"몸이 좀 따뜻해졌어."

제이미는 아기를 넘겨다보았다.

"아기는?"

소녀는 아기를 가슴께로 끌어당겼다.

"배고픈가 봐."

젖을 물리자 아기가 조금씩 울음을 그치기 시작했다. 제이미는 약간 당혹스러운 기분으로 그 광경을 힐끔거렸다. 그러다 불쑥 이런 질문을 생각해 냈다.

"아기 이름은 뭐라고 할 거야?"

소녀는 말이 없더니 돌아누워 제이미를 빤히 쳐다보았다.

"네 이름은 뭐야?"

그 순간 제이미의 머릿속에 '둘 사이의 약속'이 떠올랐다. 그러나 그 약속을 따지기에 둘의 관계는 이미 너무 많이 달라져 있었다.

"제이미."

제이미가 대답했다.

소녀는 다시 아기를 바라봤다. 그리고 아기에게 입을 맞추면서 이렇게 말했다.

"그럼, 애를 제이미라고 부르자."

제이미의 눈이 휘둥그레졌다. 그런 소리를 아무렇지도 않게 하는 태도가 더 놀라웠다. 그때 제이미는 깨달았다. 이제 소녀가 완전히 자신을 신뢰하고 있음을. 그래서 제이미는 용기를 냈다.

"너…… 네 이름은 뭐야?"

소녀는 여전히 아기를 바라보고 있었다. 하지만 제이미의 질문을 거부하지 않았다.

"애비."

그 대답이 전부였다. 어떤 설명도 질문도 덧붙이지 않았다.

그러나 제이미는 가슴이 벅차올랐다. 애비, 그것이 소녀의 진짜 이름이었다. 그 대답을 듣는 순간 제이미는 이 세상에서 가장 값진 선물을 얻은 것만 같았다.

새벽 3시, 애비가 다시 말했다.

"이렇게 추운 곳에서 더 이상 잘 수 없어. 아기가 걱정돼. 차라리 움직이는 게 나을 것 같아."

제이미는 기지개를 켜고 눈을 비볐다.

"우리가 가야 될 곳이 컴브리아 어디쯤이야?"

"음…… 카트멜 펠이라는 데야. 주소를 적어뒀는데."

"그럼 널 도와줄 사람들은……."

"한 번도 만난 적 없어. 말했잖아, 내 친구의 친구들이라고. 하지만 그 사람들이 내가 머물러도 좋다고 했어."

애비는 제이미의 걱정거리를 눈치챈 것 같았다.

"걱정 마. 널 내치지 않을 거야. 나와 함께 먼 길을 헤쳐왔다는 걸 알면 절대 외면하지 않을 거야. 하지만 그곳에 도착하기 전까지는 물어볼 수 없어. 전화가 안 되거든."

제이미는 시선을 돌렸다. 지금 제이미는 다른 걱정을 하고 있었다. 애비는 그 생각마저도 눈치챈 것 같았다.

"제이미, 나와 함께 가지 않아도 돼. 만약 집으로 돌아가서 네 문제를 해결하고 싶다면 말이야."

제이미는 단호하게 고개를 흔들었다.

"난 컴브리아로 갈 거야. 정말이야, 그러고 싶어. 이제 막 아기를 낳은 널 두고 혼자 떠날 순 없어."

애비는 제이미를 잠시 쳐다보더니 부드럽게 미소 지었다.

"그래, 그럼 같이 가자."

소년과 소녀는 배낭을 완전히 비우고 널브러진 물건들은 천 가방에 쑤셔 넣었다. 애비는 기저귀를 간 다음, 아기를 담요에 싸서 배낭 안에 조심스럽게 넣었다. 그리고 그 상태로 배낭을 팔에 안은 뒤 한 손으로 아기의 목을 받치고 아기 팔을 하나씩 배낭끈 밑으로 집어넣었다. 그런 다음 배낭을 앞으로 멨다. 애비는 아기가 가슴에 닿도록 배낭을 바짝 끌어당겼다. 그러고는 다시 한 손으로 아기 목을 받쳤다. 그 상태로 애비와 제이미는 고속도로 진입로로 내려갔다.

제이미는 애비의 얼굴을 물끄러미 쳐다봤다. 몸동작이 아주 조심스러웠다. 발걸음은 신중했고 얼굴에는 단호함이 서려 있었다. 애비는 자신이 제이미에게 짐이 되는 걸 원치 않는 듯했지만 제이미는 애비가 몹시 불편한 상태라는 것을 단번에 알 수 있었다.

마침내 두 사람은 진입로에 이르렀다. 제이미는 고개를 돌려 차량들을 살펴봤다. 달려오는 차들을 향해 한 손을 뻗어서 태워달라는 시늉을 해보기도 했다. 애비가 그에게 다가와 이렇게 말했다.

"내가 해볼게. 차를 세울 거라면 여자 혼자 있는 게 나아. 넌 저쪽에 가서 아기와 함께 있어. 헤드라이트 불빛에 노출되지 않도록 뒤에 멀찍이 떨어져 앉아 있어."

"지금 앉아 있어야 할 사람은 내가 아니라 바로 너야."

"어쩔 수 없어. 지금은 내가 서 있는 게 나아."

애비가 제이미를 쳐다보며 말했다.

"빨리 가, 빨리. 그냥 내 말대로 해. 나도 서 있다가 정 못 견디겠으면 여기 앉을게."

그렇게 말하면서 제이미에게로 다가갔다.

"한 손으로 아기 목을 받치고 있어야 해. 무슨 일이 있어도 손을 떼서는 안 돼, 알았지? 아기는 머리를 못 가누거든."

제이미는 마지못해 아기를 받았고 애비가 차량을 세우는 동안 배낭을 안고 도로에서 물러나 있었다. 아기가 울음이라도 터트릴까 봐 마음을 졸였으나 고맙게도 작은 생명은 제이미의 가슴속에서 새근새근 잠들어 있었다. 제이미는 애비가 한 팔을 뻗은 채 도롯가에 서 있는 걸 지켜봤다. 애비의 몸이 피로와 싸우느라 이리저리 흔들렸다. 마침 소형 트럭 한 대가 멈춰 섰다.

애비는 문을 열고 운전사에게 뭐라고 말하기 시작했다.

제이미는 그 모습을 보고 급히 아기를 안고서 그쪽으로 뛰어갔다. 약간 졸린 표정의 남자가 그들을 돌아다봤다. 운전사는 제이미가 나타나자 조금 놀란 듯한 표정을 지어 보였다.

"아니, 둘이잖아. 좀 전엔 못 봤는데."

"괜찮죠?"

애비가 말했다.

남자는 썩 내키지 않는다는 표정이었으나 할 수 없다는 듯 어깨를 으쓱했다.

"목적지까지 태워다 줄 수는 없어. 고속도로 출구나 주유소가 보이면 거기 내려주마."

"그거면 됐어요."

애비가 그렇게 말하고는 차 안으로 들어가려고 했다.

그때 제이미가 소녀의 앞을 가로막았다.

"내가 중간에 앉을게. 여기 배낭을 받아."

제이미는 자신이 왜 운전사를 경계하는지 알 수 없었다. 별로 위협적인 외모도 아닌데. 하지만 애비가 그 남자 옆에 앉는 게 싫었다. 애비는 아무 대꾸 없이 순순히 배낭을 받아 들고는 제이미가 먼저 올라타게끔 기다렸다.

"보다시피, 안이 좀 엉망이야."

남자가 말했다.

"그 너저분한 파이프 같은 것들은 밖으로 던져버리거나 뒤로 밀쳐두면 돼."

제이미가 차에 올라타서 파이프들을 옆으로 밀었다. 애비는 그 옆에 앉아 한 팔로 아기 머리를 받친 채 아기가 든 배낭을 조심스럽게 무릎에 놓았다. 그리고 남자의 눈치를 살피며 제이미에게 몸을 기댔다. 둘을 흘끔거리던 남자가 못마땅한 표정으로 말했다.

"아기가 있다는 말은 안했잖아."

"죄송해요."

애비가 말했다. 남자는 불편한 기색이 역력했다. 조금만 담그려고 했는데 미끄러지는 바람에 연못에 두 발이 다 빠진 듯한 표정이었다. 하지만 그는 계속해서 차를 몰았다.

"시끄럽게 울어대진 않겠지?"

"조용할 거예요. 깊이 잠들었거든요."

"나도 그 심정을 좀 알지. 난 알렌이야."

"난 사라예요. 이 친구는 톰이고요."

애비가 말했다.

"애 이름은?"

"스티븐이요."

제이미는 애비가 잠들지 않기 위해 애쓰는 모습을 바라봤다. 제이미는 남자가 너무 많은 질문을 하지 않길 바랐다. 하지만 남자는 곧바로 다음 질문을 던졌다.

"그래, 하는 일이 뭐지, 톰?"

제이미는 잠자코 있었다. 자신이 톰이라는 걸 잠깐 동안 잊어버리고 있었던 탓이다. 애비가 슬쩍 제이미의 옆구리를 찔렀다.

"저어…… 그냥…… 학생이에요."

"전공은?"

"아직…… 결정하지 않았어요."

"그래? 그럴 수 있나?"

애비가 재빨리 대화에 끼어들었다.

"톰은 중퇴했어요. 나와 결혼하려고요."

남자가 실없이 웃으며 이렇게 대꾸했다.

"아, 알 만해."

그러고는 다시 아기를 흘깃 넘겨다보았다.

"사고를 쳤다 이 말이군. 그렇지?"

"괜찮아요. 우린 결혼할 거니까요."

애비가 말했다.

"그러기엔 좀 어려 보이는데? 둘 다 몇 살이지?"

"열여덟 살이요."

갑자기 남자가 하품을 했다.

"아무튼 잘 되길 빈다. 난 스무 살에 결혼했지. 물론 결혼하기에는 어린 나이였지만 여자 친구를 임신시키진 않았어."

그리고 고개를 흔들며 다시 말했다.

"물론 그 후에 네 놈이나 태어났지만 말이야."

남자가 다시 하품을 했다.

"내가 두서없이 주절거려도 신경 쓰지 마. 난 잠들지 않기 위해 너희를 태운 거니까. 밤새 운전을 했어. 앞으로도 몇 시간 동안 더 가야 해. 그러니까 나한테 자꾸 말을 걸어주는 게 좋아. 그게 날 도와주는 거야."

그래서 제이미와 애비는 – 정확히 말하면 제이미가 – 쉴 새 없이 남자에게 말을 걸었다. 제이미는 애비가 필사적으로 잠과 싸우고 있다는 걸 알았다. 물론 자신도 피곤했지만 제이미는 애비에게 쉴 틈을 줘야 한다고 생각했다. 게다가 정신이 혼미한 탓에 무심코 자신들의 정체를 말해버릴지도 몰랐다.

제이미는 애비가 쉬는 동안 억지로 남자와 대화를 주고받았다. 제이미는 주로 그 남자의 인생과 가족에 대한 질문을 던졌고, 자신이 그러한 질문을 받았을 때는 애비 그리고 아이와 함께하는 삶을 상상하면서 대답했다. 그리고 그렇게 말을 꾸며

내는 동안, 그것이 현실로 이루어지기를 바란다는 것을 깨달 았다.

그러나 제이미가 머릿속으로 떠올린 유쾌하고 꿈같은 삶은 그의 것이 아니었다. 또 애비의 것도 아니었다. 그들의 삶은 여 전히 불확실한 저울 끝에 매달려 있었다. 차가 집에서 멀어질 수록 제이미의 마음속에서 한 가지 생각이 점점 크게 부풀어 올랐다.

제이미는 지금 달아나는 중이었다. 해결하지 못한 문제를 피해 역시 해결할 수 없는 미래로 달아나는 중이었다.

마침내 남자가 입을 다물었다. 제이미는 애비를 돌아봤다. 애비는 제이미의 어깨에 머리를 기대고 두 팔로 배낭을 끌어 안은 채 잠들어 있었고, 아기도 깊이 잠들어 있었다. 그 모습을 바라보던 제이미의 두 눈도 조금씩 감기기 시작했다.

얼마 후 한 목소리가 제이미의 귓전을 울렸다. 라디오 방송.

"6시 뉴스를 알려드리겠습니다. 경찰은 여전히 애쉬포드에 서 가출한 열여섯 살짜리 소년을 찾고 있습니다. 제이미 윌리 엄스가 마지막으로 목격된 곳은……."

제이미가 눈을 번쩍 뜨고 반사적으로 애비를 돌아봤다. 소 녀는 여전히 잠들어 있었다. 아기도 마찬가지였다. 제이미는 오른쪽을 힐끗 쳐다보았다.

남자는 무관심한 얼굴로 뉴스를 듣고 있었고, 곧이어 음악

방송이 나올 때까지 계속 채널을 돌려댔다. 제이미는 하품을 하고 다시 눈을 감았다. 그러나 제이미의 생각은 그가 달려가고 있는 북쪽이 아니라 자꾸만 뒤로, 뒤로 물러서고 있었다. 이전의 삶으로 끊임없이 되돌아가고 있었다.

남자는 그들을 고속도로 휴게소에 내려주었다. 제이미는 스파이더가 찔러준 돈 중 일부로 아침 식사거리를 샀다. 애비는 잠을 자고 난 뒤 약간 기운을 차린 것처럼 보였다. 여전히 걸음걸이가 불편해 보였지만 그래도 앞으로 나아가려고 애를 쓰고 있었다. 그들은 함께 아기 기저귀를 갈고 고속도로 진입로까지 걸어갔다.

한 시간 뒤에도 그들은 여전히 걷고 있었다. 그러다 이번에는 대형 트럭 운전사를 만났다. 그 역시 장거리 운행에 동반되는 졸음을 막기 위해 대화할 사람을 찾고 있었다. 제이미는 그 남자에게도 앞선 운전자에게 했던 질문을 똑같이 던졌고 그와 얼마 동안 이야기를 주고받았다. 그러나 그 남자와 동행한 거리는 고작 60킬로미터였다. 그들은 다시 차를 기다렸고 곧 몇몇 학생들을 태운 캠핑카의 도움을 받을 수 있었다. 그들은 차 안에서 학생들과 음식을 나눠 먹었다. 다행히 질문 세례를 받지 않고, 둘은 그들과 함께 다시 30킬로미터를 움직였다.

또다시 기다리고 차를 얻어 타는 일이 되풀이됐다. 그동안 끊임없이 비가 내렸다 그쳤다를 반복했다. 저녁 열 시쯤이 되어서 그들은 한 산림감시원을 만나 닳아빠진 랜드로버를 신은 그의 아들과 함께 컴브리아의 숲길을 통과하고 있었다. 그리고 자정이 다 돼서야 황량한 시골 마을 사거리에 도착했다.

애비는 완전히 기진맥진한 상태였다.

제이미는 애비의 얼굴을 살폈다. 그 역시 피곤하긴 마찬가지였으나 애비에 비하면 아무것도 아니었다. 하지만 싫으나 좋으나 거기서부터는 걸어갈 수밖에 없었다. 그 황량한 곳에서 차를 얻어 탈 가능성은 거의 없었기 때문이다.

제이미는 아기를 내려다보았다. 자신의 가슴에 안겨 배낭 안에서 곤히 잠든 아기. 아기를 안고 가는 경험은 새롭고도 낯설었다. 그때 애비가 천 가방을 바닥에 떨어뜨렸다. 제이미는 애비가 몸을 굽히기 전에 잰걸음으로 걸어가 애비가 바닥에 떨어뜨린 천 가방 쪽으로 손을 뻗었다.

"내가 주울게."

애비가 제이미를 쳐다봤다.

"제이미, 난 더 이상 갈 수 있을지 자신이 없어."

"우리…… 얼마나 더 가야 되지?"

애비가 점퍼 주머니에서 메모지 한 장을 꺼내 들고는 실눈을 뜨고 들여다보았다. 그러고는 도로 표지판을 쳐다봤다.

"대략 12킬로미터 정도 더 가야 해. 일단 이 길을 따라서 8킬로미터 정도 더 내려간 뒤 교차로에서 오른쪽으로 가다 보면 한 농장이 나올 거야. 그 골목을 죽 따라가면 그 집이 나와."

그 말을 하며 애비는 지친 몸을 표지판에 기댔다.

"하지만 얼마나 힘이 남아 있는지 모르겠어."

제이미는 한 팔로 애비의 몸을 감싸안았다.

"들어봐, 우린 아주 천천히 갈 거야. 그리고 필요하면 어디서든 멈추고 쉬면 돼. 하지만 어쨌든 끝까지 가야 해. 우린 반드시 해낼 수 있을 거야. 아기를 생각해야지."

애비가 숨을 깊이 들이마셨다.

"그래서 이렇게 계속 걸어가자고?"

제이미 역시 12킬로미터를 더 걸어야 한다는 사실이 두려웠다. 그러나 제이미는 자신의 두려움을 애써 감추며 애비를 바라보았다. 그리고 간신히 미소를 지었다.

"이것 말고는 다른 계획이 없어."

어둠을 헤치고 걸어야 하는 길은 끝이 없어 보였다. 두 사람 다 거의 말을 하지 않았다. 이따금씩 한두 마디 정도만 주고받을 뿐이었다. 그것도 주로 괜찮냐는 질문이었다.

제이미는 자기가 계속 아기를 안고 천 가방을 들고 가겠다고 했으나 애비가 단호히 거절했다. 애비는 기어코 아기를 건네받았고, 그 순간 아기가 울음을 터뜨렸다. 그들은 잠깐 동안 발걸음을 멈추고 길 가장자리에서 아기의 기저귀를 갈았다. 그런 다음 다시 어둠 속을 터벅터벅 걷기 시작했다.

시간이 흐를수록 공기가 점점 더 차가워졌다.

제이미는 다시 한번 애비를 쳐다봤다. 고개를 바닥으로 떨군 채 힘겹게 걷고 있던 애비는 걷는 속도도 점점 느려졌다. 마치 한 걸음씩 떼놓을 때마다 온갖 힘을 쥐어짜는 기분이었다. 마침내 그들 앞에 교차로가 모습을 드러냈다.

제이미가 애비를 돌아보았다.

"여기서 오른쪽으로 도는 거야?"

"응."

"그 집으로 이어지는 길이 여기서 얼마나 멀어?"

"모르겠어. 너무 멀지 않았으면 좋겠는데."

그러나 한 시간이 지나도 그 길은 나오지 않았다. 그들은 안간힘을 써가며 다시 삼십 분을 더 걸었다. 그러자 마침내 헛간들이 모여 있는 곳이 나타났다.

"만약 저게 그 농장이라면 골목길은 그다음에 나올 거야."

애비가 말했다.

"혹시 농장 이름이 뭔지 알아?"

"응, 하지만 기억이 안나."

애비가 다시 메모를 꺼냈다.

"너무 어두워서 읽을 수가 없어."

"내가 한 번 볼게."

애비가 메모를 건넸다. 제이미는 어둠 속에서 눈을 찡그리며 글자를 읽기 위해 안간힘을 썼다.

"아마도…… 음…… 벡…… 벡……."

"벡사이드 농장이야. 이제 기억났어."

"좋아, 그럼 그 농장이 맞는지 확인해 보자."

그들은 헛간을 지나쳐 더 많은 건물들이 있는 곳으로 다가 갔다. 그리고 거기서 비로소 농장 입구처럼 보이는 것을 찾아 냈다.

안쪽에서 개 짖는 소리가 들렸다. 제이미는 농장 입구로 다 가가 문패를 확인했다.

"벡사이드 농장 맞아! 자, 이제 어서 가자. 사람들이 나오면 우릴 도둑놈으로 오해할지도 몰라."

둘은 농장을 지나쳐 앞으로 계속 걸었다. 그 길 아래로 1킬 로미터쯤 내려가자 목적지를 알리는 작은 표지판과 함께 골 목길이 나타났다.

애비가 빠른 걸음으로 다가가 표지판의 글자를 읽었다.

"밀 댐 여인숙."

"거기가 목적지야?"

애비가 고개를 끄덕였다.

"좋아, 거의 다 왔으니 마지막으로 한 번만 더 힘을 내자."

하지만 그 야심한 밤에 지칠 대로 지친 몸을 이끌고 한 걸음 더 내딛기란 생각보다 힘든 일이었다. 그러나 그들은 서로를 의지 삼아 마지막 힘을 짜냈다. 그리고 그 골목 끝, 마침내 헛 간과 창고들이 있는 커다란 집이 모습을 드러냈다. 새벽 5시 였다. 제이미는 아기와 천 가방을 붙든 채 흐릿한 눈을 들어 그 집을 바라봤다. 작은 불빛 하나도 켜져 있지 않았다.

애비는 문에 몸을 기댔다.

"이 시간에 사람들을 깨우는 건 무례한 짓이지만 난 더 이상 서 있을 수 없어."

그 말이 끝나자마자 애비가 힘껏 벨을 눌렀다.

그러나 밖에서는 벨 소리가 들리지 않았다. 제이미는 벨이 고장 난 게 아닐까 하고 잠깐 동안 의심했다. 하지만 잠시 후 창문을 통해 불빛이 비치더니 누군가가 계단을 내려오는 모습이 보였다.

현관문이 열리고 잠옷을 입은 아주머니가 나왔다.

아주머니의 나이는 쉰 살가량 되어 보였다. 키가 크고 체격이 좋은데다 강하고 유능해 보이는 인상이었다. 아주머니는 새벽 5시에 깨어난 게 지극히 자연스러운 일인 양, 매우 침착하게 두 사람을 살폈다.

"무슨 일이죠?"

새벽에 어울리지 않는 아주 유쾌한 목소리였다. 제이미는 한눈에 아주머니가 절대 해를 끼칠 사람이 아니라는 것을 직감했다. 그래서 애비가 자신들을 소개하도록 내버려두었다.

"저…… 여기 주소를 받고 왔어요. 죄송해요, 이렇게 이른 시간에 불쑥 나타나서."

그러자 부인이 별일 아니라는 듯 어깨를 으쓱해 보였다.

"늘 있는 일인데 뭐."

갑자기 부인이 애비를 유심히 살펴봤다.

"혹시…… 쥬드 친구 아니니?"

"네, 맞아요."

"그럼, 네가 애비?"

"네."

부인이 미소를 지었다.

"우린 며칠 동안 널 기다렸어. 혹시 무슨 일이 생긴 건 아닌지 걱정했었는데 잘됐구나. 하도 소식이 없길래 우린 너 혼자 알아서 하나 보다 생각했었지."

"얘는 제이미예요."

"반갑다, 제이미."

"안녕하세요."

아주머니는 좀 전처럼 차분하게 제이미를 훑어보았다. 아주머니는 모든 걸 초탈한 듯한 여유로운 분위기를 풍겼다. 마치 세상에 놀랄 일이 거의 없는 사람처럼 보였다. 부인의 시선이 제이미의 얼굴을 지나쳐 제이미가 가슴에 안고 있는 배낭 쪽으로 향했다.

"그러니까……."

부인이 아기의 머리끝을 넘겨다보면서 말을 이었다. 아기는 곤히 잠들어 있었다.

287

"너희 셋 말고 내가 알아야 할 일행이 또 있니?"

"죄송해요."

애비가 말했다.

"미리 말씀드리지 못했어요. 하지만 전화 연락이 안 돼서 어쩔 수 없었어요."

부인이 다시 미소를 지었다.

"맞아, 그랬을 거야. 여기선 다들 전화에 신경을 안 쓰거든. 그건 그렇고, 난 사비타라고 해. 안으로 들어오렴."

아주머니가 제이미와 애비를 집 안으로 안내했다. 사비타 아주머니는 방들을 지나칠 때마다 전등 스위치를 하나씩 올렸다. 제이미는 주위를 둘러보았다. 너무 눈이 부셔 방 안을 자세히 볼 수 없었다. 그러나 한눈에 보기에도 소박하고 깨끗한 곳이란 걸 알 수 있었고, 편안하고 밝은 분위기가 느껴졌다.

사비타 아주머니가 주방으로 들어가더니 곧 그들 앞에 다시 나타났다.

"자 그럼, 먹는 것, 씻는 것, 자는 것 중 제일 먼저 뭘 할래?"

제이미가 애비를 마주 봤다. 그리고 둘은 한목소리로 대답했다.

"먹는 거요."

"좋아."

사비타 아주머니가 배낭 안에 곤히 잠들어 있는 아기를 힐끗 보며 말했다.

"아기는 지금 방으로 데리고 가봐야 소용없겠어. 너무 곤히 잠들어 있거든. 쿠션을 몇 개 대서 눕히는 게 좋겠어."

그러더니 쿠션 몇 개를 가져와 주방 끝에다 간이침대를 만들었다. 제이미는 그곳에 아기를 조심스레 내려놓은 뒤 의자에 털썩 주저앉았다. 애비도 제이미의 옆에 주저앉았다. 둘 다 한참 동안 아무 말도 하지 않았다.

아주머니는 요리를 시작했다. 머지않아 토스트, 버섯, 구운 콩 냄새가 주방에 가득 퍼졌고, 그 향기로운 냄새들이 굶주린 여행자들의 식욕을 한껏 자극했다. 식탁이 차려지자마자 그들은 정신없이 음식을 입안에 쑤셔 넣기 시작했다. 아주머니가 차가 담긴 머그잔 두 개를 식탁에 내려놓으며 말했다.

"난 가서 너희가 머물 방을 정해야겠구나."

그 말을 끝으로 사비타가 주방을 나가자 제이미가 애비를 쳐다봤다.

"저기, 애비. 방…… 말인데, 사비타 아주머니는 아마도 우리가……."

애비가 고개를 들고 그를 똑바로 쳐다봤다.

"날 떠나지 마, 제이미. 아직은."

소녀는 제이미의 마음을 읽어내려는 듯 한동안 그의 눈동자를 물끄러미 들여다보았다. 제이미는 조금 당황스러웠지만 애써 웃으며 말했다.

"물론이지. 난 떠나지 않아. 네가 원하지 않는다면."

그러자 애비가 미소로 화답했다. 몹시 지치고 애처로워 보이는 미소였다.

사비타 아주머니가 다시 주방으로 돌아왔다.

"방은 준비됐다. 음식을 좀 더 줄까?"

둘은 동시에 고개를 가로저었다.

"됐어, 그럼 올라가자."

사비타가 말했다. 사비타는 주방을 나와 계단으로 올라갔다. 애비가 아직도 곤히 잠들어 있는 아기를 안고 그 뒤를 따랐다. 제이미는 이곳이 도대체 어떤 곳일까 궁금해하며 마지막으로 그 뒤를 따랐다. 애비의 말대로 그곳은 피신처였다. 하지만 공짜로 머무를 수 있을 것 같지는 않았다. 누구든 그것에 합당한 값을 치러야 할 것 같았다.

그들은 2층 복도를 따라 걷다가 다시 계단을 통해 3층으로 올라갔다. 그런 다음 또 복도를 따라 걸었고, 마침내 그 끝에 있는 커다란 침실 방 앞에 섰다.

"세면대는 저쪽에 있단다."

아주머니가 말했다.

"화장실은 복도 맨 끝에 있고 욕실은 그 옆이야. 내 도움이 필요하면 2층으로 연락해. 내 방은 2층 계단 끝에 있단다. 그럼 둘 다 깨끗이 씻고, 원하는 만큼 실컷 자도록 해."

사비타 아주머니는 살짝 미소를 지으며 말했다.

이내 아주머니가 떠나자 제이미가 방 주위를 둘러보았다. 어색하기만 했다. 방에는 두 개의 싱글 침대가 있었지만 거의 하나처럼 딱 붙어 있었다. 제이미는 그걸 다시 떼어놓아야 할지 말지 선뜻 판단이 서질 않았다.

하지만 애비는 그것에 별 관심이 없는 듯했다. 서둘러 아기를 침대에 눕힌 다음 스스럼없이 점퍼, 셔츠, 스커트 그리고 양말을 차례차례 벗었다. 애비의 옷가지들이 바닥에 허물처럼 흐트러졌다. 그런 다음 아기를 배낭에서 꺼내 두 팔에 안고는 살짝 얼렀다. 그러고는 그대로 침대 속으로 들어갔다.

"불 꺼, 제이미. 뭐 하는 거야, 빨리 들어오지 않고."

제이미는 약간 어리둥절한 기분으로 전등의 스위치를 끄고 어둠 속에서 바지를 벗었다. 그러고는 한쪽 침대로 들어갔다. 방은 아주 따뜻했다. 굳이 잠옷이 필요할 것 같지 않았다. 그는 침대의 시트를 끌어내리고 좀 더 몸을 이불 속에 파묻었다.

애비가 제이미 쪽으로 돌아누웠다. 그리고 제이미가 좀 더 자신 쪽으로 다가올 수 있도록 아기를 가슴팍으로 바싹 끌어당겼다. 그러고는 스르륵 눈을 감았다. 이미 반쯤은 잠에 빠져든 것 같았다. 애비가 중얼거리며 인사를 건넸다.

"잘 자."

"잘 자."

제이미가 대답했다. 그러나 쉬이 잠이 오질 않았다. 분명히
지치고 피곤한 상태였는데 시간이 지날수록 정신은 점점 더
말똥말똥해졌다. 거의 하루 종일 잠을 잘 수 있기를 원했는데
잠이 오지 않다니 이상한 일이었다. 더구나 추위에 떨며 어둠
속에서 그토록 먼 거리를 헤쳐 왔는데…… 하지만 지금 제이
미가 생각할 수 있는 건 애비와 아기가 자신의 옆에 있다는 사
실뿐이었다.

애비와 아기, 둘 다 곤히 자고 있었다. 아기는 엄마 가슴에
묻혀 새근새근 고른 숨을 내뱉고 있었고, 애비는…….

제이미는 어둠 속에서 애비의 얼굴을 하나하나 뜯어봤다.

신비로움으로 가득 찬 얼굴이었다. 애비 주변에서 독특한
체취가 느껴졌다. 거리의 냄새가 아닌 – 애비는 분명 그 냄새
를 씻어낼 기력조차 없었을 것이다 – 또 다른 냄새였다. 너무
따스한 체취여서 영원히 그곳에 누워 있고 싶었고 그 체취를
공기처럼 마시고 싶었다. 제이미의 눈에는 지금 애비의 모습
이 그 어느 때보다 아름답게 보였다.

그리고 얼마 후 그 역시 깊은 잠에 빠져들기 시작했다.

얼마나 지났을까, 제이미는 애비의 손이 몸에 닿는 걸 느끼
며 눈을 떴다. 이른 아침이라 희끄무레하긴 했어도 나름 청명

한 빛이 창을 통해 들어오고 있었다. 애비는 여전히 눈을 감은 채 미동도 없이 누워 있었다. 아기도 여전히 둘 사이에 눕혀져 있었다. 하지만 애비는 그 자세로 조심스럽게 손을 움직여 제이미의 손을 잡았다. 그러고는 부드럽게 팔을 끌어당겨 자신의 어깨 위에 올려놓았다.

여전히 애비는 말이 없었다. 눈을 떠서 제이미를 보지도 않았다. 겉모습만 보면 여전히 깊이 잠들어 있는 것 같았다. 제이미는 팔을 애비의 어깨 위에 그대로 걸쳐둔 채 조심스럽게 애비 쪽으로 움직였다. 그러자 한결 자세가 편안해졌다. 애비도 제이미 쪽으로 더 다가왔다. 제이미는 애비의 체취를 들이켜며 나지막하게 숨을 내뱉었다. 손 아래에서 느껴지는 애비의 살결이 너무도 부드러웠다. 아기는 제이미의 가슴에 바싹 붙어 있었다. 제이미는 아기를 물끄러미 바라봤다. 보면 볼수록 아기에 대한 자신의 마음이 점점 커지는 걸 느낄 수 있었다.

그 자세로 그들은 함께 깊은 잠에 빠져들었다.

제이미는 아기의 울음소리에 놀라 다시 눈을 떴다. 이번에는 창문으로 밝은 달빛이 비치고 있었다. 애비의 모습이 보였다. 젖은 머리를 흰색 타월로 감싼 채 진한 청색 치마와 빛바랜 파란 셔츠를 입고 있는 애비. 아기에게 젖을 먹이고 있는 애비.

　제이미는 자리에서 일어나 침대 모서리에 걸터앉았다. 애비가 돌아보며 미소를 지었다.

　"잘 잤어? 사비타 아주머니가 새 옷을 줬어. 너한테도 맞는 옷이 있는지 한번 찾아보겠대. 이 옷들, 나한테 딱 맞진 않지만 오랫동안 다른 옷을 입은 적이 없어서 그런지 새로워. 어때?"

　"근사해."

　"샤워하고 머리 감으니까 너무 좋다. 너도 좀 씻지 그래? 욕실에 있는 샴푸와 비누 그냥 써도 된대. 새 칫솔이랑 타월도 가져다주셨어."

그러고는 애비는 아기를 향해 조그맣게 속삭였다.

"아가야, 사비타 아주머니가 널 위해서도 멋진 걸 많이 준비해 두었단다. 정말이야, 우리 예쁜 아기."

애비는 아기의 이마에 살짝 입을 맞추었다. 제이미는 그 모습을 보면서 이렇게 기묘한 관계가 이 세상에 또 있을까 생각했다. 아기와 애비, 그리고 그 옆에 속옷만 입고 앉아 있는 자신의 모습을 떠올리자 갑자기 어색한 기분이 들었다. 가족이 아니면서도 가족 같은 세 사람.

'일단 샤워부터 하자.'

제이미는 애비가 돌아보지 않길 바라며 침대 시트를 살짝 몸 쪽으로 끌어당겼다. 그때 애비가 다시 제이미를 돌아보며 말했다.

"네가 자고 있는 사이 사비타 아주머니와 긴 얘기를 나눴어. 사비타가 그러더라, 자신의 진짜 이름은 따로 있다고."

"진짜 이름이 뭔데?"

"나도 몰라. 그건 말해주지 않았어. 다만 과거를 잊고 새 출발한다는 뜻으로 이름을 바꿨다고 했어. 여기 있는 사람들은 다 자신만의 상처가 있대. 나처럼."

"여긴 여자들만 있는 거야?"

애비가 고개를 끄덕였다.

"너만 빼고. 그러고 보니 넌 참 행운아다, 그치? 여자들만 있는 곳의 유일한 남자라니. 마치 고대 왕국의 황제 같은 걸."

제이미는 장난기 어린 애비의 말을 들으며 자신도 모르게 눈살을 찌푸렸다.

'내가…… 행운아인가……?'

그동안 묻어두었던 어두운 기억이 다시 떠올랐다.

'당분간 애비는 괜찮을 거야. 여기서 힘을 얻어 다시 세상 속으로 나아가겠지. 그럼…… 이제…… 나는 어떻게 하지?'

제이미는 애써 모른 척했던 과거가 손을 뻗어 자신의 뒷덜미를 낚아채는 걸 느꼈다. 제이미의 심각한 표정을 보고 있던 애비가 짧은 웃음을 터뜨리며 제이미를 위로했다.

"걱정 마, 이곳은 이미 널 받아들였어. 우린 가족이나 다름 없잖아. 그리고 사비타 아주머니는 널 제이미의 아빠라고 생각하고 있어."

"그래…… 다른 얘긴 없었니?"

"응, 뭐. 사비타 아주머니의 얘길 좀 더 들었지. 사비타는 자신의 삶이 너무 고통스러워서 어느 날 새 삶을 시작해야겠다고 결심하고 이곳으로 왔대. 이름까지 바꾸고서. 벌써 20년 전의 일이라고 했어. 물려받은 돈으로 땅을 사고 이 집을 샀대. 도움이 필요한 여성들을 위해서 말이야."

"그럼 이곳에 있는 사람들은 계속 여기서 사는 거야?"

애비는 고개를 저었다.

"아니, 그런 사람도 있지만…… 대부분은 잠시 머물다 간다고 하더라. 사실 이곳은 공식적인 쉼터가 아냐, 공동체에 가깝지. 사비타는 도움이 필요한 여성들을 아무 말 없이 받아주고 그들이 스스로 제 갈 길을 찾을 때까지 돌봐줘. 사람들이 떠나면 또 다른 사람들을 받아들이고. 여기서는 어떤 비용도 지불할 필요가 없대. 그 대신 함께 일을 하는 거야. 채소를 기르고, 가축을 키우고, 자신이 할 수 있는 일을 찾아서 각자의 몫을 하는 거지. 물론 돈이 있다면 기부금을 낼 수도 있지만."

제이미는 자신의 발끝을 내려다보면서 착 가라앉은 목소리로 중얼거렸다.

"그럼 너도…… 언젠가는 이곳을 떠나겠구나."

"으응. 항상 생각하고 있어."

제이미는 다시 한번 자신의 삶과 지금껏 해결하지 않은 채 묻어두었던 문제들에 대해 생각했다. 그리고 애비가 자신에게 어떤 존재인지도 생각했다. 항상 눈앞에서 어른거리고, 돌봐주고 싶고, 곁에 있으면 마음속 한구석이 서서히 따뜻해져오고…… 이런 감정을 뭐라고 불러야 할지 알 수 없었다. 애비를 따라 이곳까지 오게 만든 그 감정이 도대체 무엇일까?

애비가 아기를 안고 제이미에게 다가갔다. 제이미 곁에 걸터앉자 침대가 바다처럼 출렁거렸다.

"제이미, 단지 나 때문이라면 여기 머무르지 마. 넌 돌아가 야 할 곳이 있잖아. 가고 싶다면 언제든 갈 수 있어. 난 네 마음 다 이해해. 사실은 나도…… 너와 같은 처지였거든. 집이 있지 만 제 발로 집을 나왔어. 그러고는 한 번도 돌아갈 생각을 하지 않았어. 물론 시간이 흐를수록 다시는 돌아갈 수 없게 됐지. 난 그때 날 둘러싸고 있는 수많은 문제로부터 도망치고 있었거 든. 하지만 말이야, 지금 생각해 보니 그때 난 내 자신으로부터 달아나고 있던 거였어. 난 집을 나오면 진정한 내 자신을 찾을 수 있을 거라고 생각했지. 하지만 사실은 그 순간부터 나를 잃 어버리고 말았어. 난 그곳을 떠나지 말았어야 했어. 버티며 맞 서야 했어. 비겁하게 도망치지 말았어야 했어."

제이미가 애비를 쳐다봤다.

"그럼 달아나는 게 무조건 잘못이라는 거야?"

"아니, 꼭 그런 건 아니지. 각자 처한 상황이 다르니까. 어떤 경우엔 세상보다 집이 더 위험할 수도 있으니까. 그럴 때는 도 망쳐야지. 하지만…… 우리는 아니잖아. 그리고 대부분은 그 렇지 않아."

"넌 무슨 일이 있었는데?"

그 순간 예전에 했던 '약속'이 떠올랐지만 이번에는 애비가 먼저 입을 열었다.

"그래, 무슨 일이 있었던 걸까. 나도 궁금해, 그때의 나에겐 도대체 무슨 일이 있었던 걸까. 그러니까 난…… 아버지를 피해 도망쳐 나왔어. 더 이상 참을 수 없었거든. 부모님 지갑을 뒤져서 돈을 몽땅 꺼낸 다음 그 길로 집을 나왔지. 칠흑같이 어두운 밤에."

"몇 살이었는데?"

"열네 살."

애비가 작게 한숨을 쉬었다.

"정말 어렸는데, 그 어린 나이에 길거리를 헤맬 생각을 하다니. 난 그때 완전히 엉망진창이었어. 뭘 해야 할지, 어디로 가야 할지 아무것도 몰랐어. 집으로 돌아가고 싶지 않다는 생각만 하면서 무작정 떠돌아다녔어. 아무 데서나 자고 굶고 추위에 떨면서. 그러다 안젤로를 만난 거야."

"안젤로?"

애비의 얼굴에 고통의 빛이 스쳤다.

"그 키 큰 남자 말이야."

애비의 입에서 예상했던 얘기가 나오자 제이미의 가슴 한구석이 찌릿하게 아파왔다. 그러자 애비가 한층 더 고통스러운 얼굴로 제이미를 마주 봤다.

"괜찮니?"

"응……."

애비는 아기의 이마에 입을 맞추고 다시 제이미를 향해 입을 열었다.

"최악의 상황에서 그 남자를 만났어. 돈도 다 떨어지고 먹을 것도 없고 잘 곳도 없었지. 그런데 날 돌봐주었어. 그 사람, 처음엔 아주 친절하고 매력적이었어. 그래서 난 의심 없이 빠져들었지. 심지어 나를 사랑한다고 믿었으니까. 왜 그렇게 어리석었을까? 지금도 그때의 나를 이해할 수가 없어."

애비는 상처 받은 얼굴로 제이미를 바라봤다.

"하지만 그는 날 사랑하지 않았어. 목적을 위해 그러는 척했을 뿐이야. 그리고 마침내 돈 버는 데 날 이용하기 시작했지."

제이미는 고통스럽게 가쁜 숨을 들이켰다. 그 말을 하는 애비의 얼굴도 어둠처럼 깜깜했다.

"어떤 사람들은 정당하게 돈을 벌지만, 어떤 사람들은 다른 사람을 이용해서 돈을 벌기도 해. 내 말, 무슨 뜻인지 알겠니?"

이제 애비의 눈 속에서 강한 분노가 일렁이기 시작했다. 말을 하면 할수록 과거의 모든 고통이 되살아나는 듯했다. 제이미는 애비를 보면서 자신이 지금 어떤 상황에 처해 있는지 알수 있었다. 그리고 애비의 과거와 비교해봤을 때 자신이 겪었던 고통이 얼마나 평범한지도 알수 있었다. 이제 제이미는 자신의 상황을 또렷이 깨달았다.

"아기 아빠는……?"

제이미는 조심스럽게 물었다.

"그 사람 아기야."

애비는 자신도 믿고 싶지 않다는 듯 퉁명스럽게 말을 내뱉었다. 거칠게 행동할수록, 차갑게 말할수록 애비에게서는 오히려 아픔이 묻어났다. 제이미는 자신 앞에 앉아 있는 작은 소녀가 안쓰러워서 감히 쳐다볼 수조차 없었다.

"그럼 그가 너한테 받으려고 했던 돈은……?"

"그 사람 돈도 아니야. 그 돈 모두 내가 벌어다준 거니까. 그리고 내가 가지고 나온 것은 그 수입의 일부분일 뿐이었어. 그는 날 놓아주지 않았어. 협박을 하면서 날 몰아세웠어. 만약 몰래 달아난다면 지구 끝까지 쫓아가서라도 찾아낼 거라고 말했어. 그리고 이전보다 훨씬 더 비참한 삶을 살게 만들 거라고 말했어. 어떤 남자도 날 사랑할 수 없도록 만들어놓겠다고 했어. 물론 그때는 자신의 사랑도 기대하지 말라고 하면서."

갑자기 애비가 자신의 몸을 꽉 끌어안더니 부르르 떨었다.

"아마 그 말은 사실이었을 거야. 그동안 많이 봤거든. 그가 도망치다 붙잡힌 애들을 어떻게 다루는지."

애비는 다시 입을 다물었다. 그러고는 아기를 물끄러미 바라보았다. 애비는 아기의 따뜻하고 부드러운 얼굴을 쳐다보면서 잠시 마음을 진정시키는 것 같았다. 제이미 역시 아무 말도 하지 않았다. 애비의 비밀을 듣는 것은 제이미에게도 힘든 일이었으니까. 그때 애비가 다시 고개를 들었다.

"사실 그 돈은 내 친구 주드를 위한 거였어. 난 그 애가 도망치는 걸 도와줬어. 안젤로가 주드를 심하게 때렸거든. 난 그 애를 도와야 했어. 그리고 깨달았지. 나도 곧 도망쳐야 한다는 것을. 안젤로는 경찰의 추적이 무서워서 그 많은 돈을 집 안에 숨겨놨고 난 그 장소를 알고 있었어. 우리는 기회를 봐서 돈을 훔쳤고 주드와 함께 그 지옥 같은 곳을 도망쳐 나왔어. 돈은 거의 주드에게 줬어. 그 애가 캐나다에서 새 삶을 시작하도록 말이야. 그곳엔 주드를 도와줄 사람들이 있었거든."

"너도 함께 갈 수 있었잖아."

"글쎄…… 그때도 난 여전히 바보였나 봐. 왜 그 긴박한 때 가족과의 문제를 해결해야 한다는 생각을 했는지."

"그럼 다른 한 남자는 누구야? 그 땅딸막한 남자 말이야."

애비의 얼굴이 혐오감으로 일그러졌다.

"비토리오야. 안젤로의 동생이지. 그 남자는 안젤로보다 더 음흉해. 그 형제도 참 웃겨. 서로를 믿지도 못하고 만날 때마다 이를 갈며 싸우는데 꼭 함께 붙어 다니거든."

또 침묵이 흘렀다. 잠시 후에 다시 입을 연 사람은 애비였다.

"애쉬포드에 우리 아버지가 있어. 난 아버지를 만나러 그곳에 갔던 거야. 주드에게 가진 돈의 대부분을 주고 남은 돈이 별로 없었어. 게다가 먹을 것, 차표 등 이것저것 사다보니 금방 지갑이 바닥을 드러냈어. 곧장 이곳으로 올까도 생각했지만 안젤로가 날 쫓아올 거라는 걸 알았어. 그들을 달고 이곳으로 올 수는 없었지. 그래서 아버지에게 부탁하러 간 거야. 도와달라고 말이야, 돈을 빌려달라고."

애비는 잠깐 눈을 감았다 떴다.

"난 며칠 동안 집을 지켜봤어. 우리 가족이 살고 있는 그 집을. 차마 문을 두드릴 용기가 나질 않았지. 얼마나 많이 망설였는지 몰라. 그러다가 보고 말았지, 내 뒤를 쫓아온 그 형제를."

"그래서……?"

"결국 간신히 용기를 내서 문을 두드렸어. …… 우리가 건강식품점 골목에서 만났던 바로 그날 말이야."

"아버지가…… 뭐라고 하셨어?"

"글쎄, 처음에 아버진 날 보고 아무 말도 하지 않았어. 보려고도 하지 않았어. 그러다가 마침내 현관에 서 있는 날 불타는 눈으로 노려보면서 이렇게 말씀하셨지. '나한테 더 이상 딸은 없다. 네 발로 걸어 나갔으니 넌 더 이상 내 딸이 아니다. 이제 우리 집의 희망은 네 동생뿐이다. 도대체 왜 찾아왔니? 혹시 도와달라고 말하려고 왔니? 그렇다면 도와줄 수 없다. 어떤 문제인지는 몰라도 그건 다 네가 저지른 거야. 너 혼자서 해결해라.' 난 결국 도와달라는 말도 못하고 돌아설 수밖에 없었어."

"제기랄."

"그래, 악몽 같았지. 난 그때 생각했어. 두 번 다시 아버지를 보지 않겠다고."

"어머니는?"

"내가 집에 갔을 때 어머니는 안 계셨어. 하지만 어머니도 마찬가지였을 거야. 어머니는…… 조용하신 분이거든. 소란스러운 걸 싫어하시지. 아마 어머니가 아버지와 말싸움을 한 적은 한 번도 없었을 거야."

제이미는 눈살을 찌푸렸다. 꼭 자신의 가족을 보는 것 같아서 마음이 불편했다.

"애비…… 있잖아, 아버지가 네게 큰 잘못을 했니? 그래서 도망쳐 나올 수밖에 없었던 거야? …… 말하기 곤란하면 그냥 아무 말 안 해도 돼."

"아버지는 날 없는 사람 취급했어."

애비는 갑자기 감정이 복받치는지 눈가를 손으로 닦아내기 시작했다.

"태어나던 날부터 줄곧 난 이 세상에 없는 사람이었어. 내 쌍둥이 남동생만이 아버지의 사랑을 독차지했지. 난 아버지의 사랑을 받기 위해 무척 노력했지만 아버지는 눈길조차 주지 않았어. 아버지는 모든 관심을 내 남동생에게만 쏟아부었거든."

"도대체 왜……?"

"우리 아버지는 1등만 좋아하거든. 난 잘하는 게 아무것도 없었으니까."

제이미는 손을 뻗어 애비의 팔을 어루만졌다.

"애비, 내가 보기에 넌 누구보다 완벽해."

"고마워."

애비가 살짝 미소 지었다.

"하지만 우리 아버지는 결코 날 받아들이지 않을 거야."

"네 동생은 뭐가 그렇게 잘났는데?"

애비는 아기를 품에 안고 먼 산을 바라보면서 중얼거리듯 입을 열었다.

"스쿼시…… 데니는 스쿼시를 잘했어."

데니…… 데니라고?

제이미는 며칠 동안 마음속에서 끓어오르는 분노를 억누르려고 애썼다. 하지만 분노의 불길은 갈수록 무섭게 타오를 뿐이었다.

　제이미는 이제 자신이 해야 할 일을 깨달았다. 애비에게는 아무 말도 하지 않았다. 자신에 관한 이야기라든지, 데니에 관한 이야기는 조금도 입 밖에 내지 않았다. 어떤 진실은 독이 될 수도 있다. 이제 애비는 예전보다 더 강해져야 했고, 실제로 점점 더 강해지고 있었다. 친구들의 도움으로 애비는 점점 더 밝아지고 있었다. 일부러 과거를 상기시키는 말을 들려줄 필요는 없었다.

　제이미는 뿌듯한 마음으로 애비를 바라봤다.

애비와 다른 친구들은 여성들만의 깊은 유대감으로 묶여 있었지만 제이미가 특별히 소외감을 느낄 이유는 없었다. 애비가 점점 더 좋아지고 있다는 사실만이 중요했다. 제이미는 감자를 깎고 설거지를 하고 장작을 패고, 다른 사람들과 함께 얘기를 나누었다. 또 가끔은 농장 주위를 산책하면서 자신의 미래를 생각해 보기도 했다. 밤이 되면 애비와 함께 침대에 누워 이런저런 이야기를 나누었다. 이제 아기는 자신만의 작고 귀여운 침대에서 잠이 들었다.

크리스마스가 가까워지고 있었다. 해는 점점 짧아지고 날은 다시 추워졌다. 제이미는 저녁 식사 후에 혼자 들판을 거닐며 밤하늘을 쳐다보았다.

'벌써 크리스마스라니.'

그러고서 제이미는 한참 동안 그곳에 머물렀다. 제이미가 방으로 돌아왔을 때는 이미 모든 불빛이 꺼져 있었고, 애비와 아기는 깊은 잠에 빠져 있었다. 제이미는 얼른 잠옷으로 갈아입고 침대 속으로 들어갔다. 그때 잠든 줄 알았던 애비가 바스락거리는 소리를 냈다. 소녀의 나지막한 목소리가 어둠을 울렸다.

"……내일 아침에 떠날 거니?"

제이미는 자기도 모르게 몸을 움찔했다. 조용히 고개를 돌려 애비를 쳐다봤지만 애비는 제이미를 바라보지 않았다. 그저 똑바로 누워서 천장만 바라볼 뿐이었다.

"알고 있어. 이제 네가 돌아가야 할 때라는 걸. 내가 나만의 문제를 풀고 싶어 했던 것처럼 너 역시 네가 남겨두고 온 문제들을 풀어야 하잖아. 그게 무슨 문제든."

"모르겠어, 사실 난 돌아가고 싶지 않아. 네 곁이 좋아."

"나도 그래······."

애비는 몸을 돌려 제이미의 얼굴을 마주 봤다. 어둠 속에서 애비의 눈이 별처럼 반짝였다.

"하지만 난 매 순간 느껴져. 과거에 사로잡힌 네 마음이. 풀지 않고 내버려둔 문제들 때문에 괴로워하고 있다는 것도."

애비는 잠깐 동안 말을 멈췄다가 다시 담담한 목소리로 이야기를 이어나갔다.

"제이미, 우린 서로 다른 길을 가야 할 사람들이야. 난 한동안 이곳에 머물러 있어야만 해. 사비타 아주머니가 가도 좋다고 하면 그때 다른 곳으로 떠나야겠지."

"네 가족들에게 돌아가려고?"

"아니, 말했잖아. 이제 내게 돌아갈 곳은 없어. 나는 이제 뒤돌아보지 않고 앞으로 나아갈 거야. 나에게는 새로운 가족이 생겼으니까."

애비는 한참 동안 제이미의 눈을, 코를, 입술을 바라봤다.

"제이미?"

"왜?"

"……안아줄래?"

제이미는 한 팔을 뻗어 애비의 등을 감쌌다. 손에 매끈하고 따뜻하고 부드러운 등이 닿았다. 여린 소녀의 등이었다. 그리고 동시에 한 아이의 엄마이자 강한 여자의 등이었다. 슬픔과 눈물로 얼룩졌지만 동시에 따뜻한 희망이 피어나고 있었다. 애비가 천천히 다가와 제이미의 가슴에 얼굴을 묻었다. 제이미는 긴장감과 편안함, 슬픔과 흥분의 물결을 동시에 느꼈다.

애비가 팔을 뻗어 제이미의 등을 어루만졌다. 그들은 그렇게 어둠 속에서 서로를 바라봤다. 서로의 슬픔을 응시했다. 그리고 입을 맞췄다. 길고 부드럽고 수줍은 키스였다. 첫 번째 키스가 끝난 후 그들은 다시 한번 입을 맞췄다. 너무나 자연스러운 입맞춤이라서 제이미와 애비는 자신들이 입을 맞추고 있다는 사실조차 알지 못했다. 마지막 키스는 두 번째 키스보다 더 조심스러웠다. 그리고 애비가 몸을 떼어냈다. 애비는 울고 있었다.

"애비…… 왜 그래?"

애비는 대답하지 않고 계속 울었다.

"애비…… 내가 뭘 잘못했니?"

그러자 애비가 고개를 천천히 흔들었다. 제이미는 떨리는 손으로 애비의 머리카락을 부드럽게 쓰다듬었다. 당황스럽기도 하고 죄책감이 들기도 했다. 애비는 한참을 울고 난 후에 제이미를 보며 말했다.

"너 때문에 운 게 아니야. 나 때문에 울었어. 이곳에 너와 함께 누워 있는 나 때문에. 난 내 인생을 너무 망쳐버렸어. 물론 내가 원한 건 아니었지만…… 그동안 난 아무런 보호도 받지 못했어. 아마 지금 내게 필요한 건 치유의 시간일 거야. 내가 내 자신을 사랑할 수 있게 될 때까지, 누군가에게 의존하지 않고 나로 살아가게 되기까지 아마 많은 시간이 필요할 거야. 그래서 눈물이 났어. 널 좀 더 빨리 만나지 못해서."

"애비……."

"있잖아, 난 가능한 한 빨리 일어설 거야. 어린 제이미가 좋은 집으로 입양되면……."

"애비, 그만. 됐어."

"아니야, 말할래. 내 문제를 말하고 싶어. 내 두려운 감정을 설명할 수 있게 그냥 내버려둬. 있잖아…… 제이미, 난 네가 생각하는 것보다 훨씬 더 널 좋아해. 하지만 내 마음과는 달리 네게 가까이 다가갈 수 없어. 왜냐하면 그동안 너무도 많은 상처를 받았거든. 사람들과의 사이에서 너무 많이 다쳐서…… 그리고 네가 날 미워할까 봐 겁이 나, 또……."

"애비…… 난 결코 널 미워하지 않을 거야."

그러자 애비가 다시 울기 시작했다. 제이미는 애비가 우는 동안 소녀의 머리에 입을 맞췄다.

"그냥 우리 이렇게 누워 있자. 지금 이 순간 뭘 해야 할 필요는 없어. 우리는 둘 다 상처 받았잖아. 그리고 아직은 뭐든지 서투르잖아. 이렇게 서로의 체온을 느끼는 것만으로 충분해. 이렇게 보니까 너 정말 예쁘다. 아니, 아름다워."

애비는 여전히 흐느끼고 있었지만 울음소리는 점점 잦아들었다.

"고마워, 내게 아름답다고 말해준 사람은 네가 처음이야."

"응, 넌 아름다워. 진심이야."

"정말 고마워."

제이미와 애비는 따뜻한 공기의 층을 느끼면서 그렇게 함께 누워 있었다. 잠시 후 제이미가 애비의 눈을 바라보며 말했다.

"애비?"

"응?"

"그런데 나…… 키스는 잘한 거야……? 너무 서투르지."

그러자 애비가 다정하게 웃으면서 제이미를 올려다봤다.

"제이미, 넌 자신에 대해 좀 더 자신감을 가져야 해. 넌 대단해, 무슨 일이든 해낼 수 있어. 그리고 키스는 말이야, 기술이 아니라 친밀감이 중요한 거야. 네가 상대방에게 온 마음을 연다면, 그러니까 그 순간 진실하게 네 자신을 보이고 상대방을 믿는다면 아주 자연스럽게 키스를 하게 될 거야. 하지만 불안하고 자신 없다면……."

제이미는 애비가 또다시 울음을 터트릴 것만 같아서 얼른 애비의 볼을 쓰다듬었다. 그리고 다시 한번 입을 맞췄다. 그리고 이번에는 소녀의 어깨에 입을 맞췄다. 애비가 제이미의 가슴 속으로 파고들었다가 다시 뒤로 물러났다.

애비는 흐르는 눈물을 팔로 쓱 문질렀다. 제이미는 손가락으로 애비의 뺨에 흐르는 눈물을 부드럽게 훔쳐냈다. 이제 두 사람은 어둠 속에서 서로를 꼭 껴안고 누워 있었다.

"제이미?"

"응?"

"고마워."

"천만에. 고마워할 사람은 바로 나야."

"난 네게 해준 게 없는데……?"

제이미는 말실수를 할까 걱정됐지만, 침묵의 시간이 길어지면 애비의 마음이 다칠까 봐 얼른 대답했다.

"넌 내게 자신감을 심어주었어. 그래서 다시 나 자신을 믿을 수 있게 만들어줬어."

그러자 애비가 제이미의 손을 꽉 잡았다. 침묵의 시간이 흘렀다. 꽤 오랫동안 두 사람은 말이 없었다. 제이미는 애비가 잠들었다고 생각했다. 하지만 마지막 순간에 다시 한번 애비가 제이미를 불렀다.

"제이미."

"응?"

"우리 작별 인사는 하지 말자."

제이미가 애비의 눈을 응시했다. 그러자 애비가 다시 조용히 말했다.

"지금은 그냥 날 안아줘."

제이미는 그 말에 다시 한번 애비를 꼭 껴안았다. 그러면서 부드러운 목소리로 속삭였다.

"작별 인사를 하지 말라고?"

"응. 그냥 떠나면 돼."

"그림자처럼?"

애비는 천천히 숨을 들이마신 뒤 다시 천천히 내뱉었다.

"그래. 그림자처럼."

제이미는 잠시 생각했다.

"우린 지금 그림자밖에 될 수 없는 거지?"

애비가 어둠 속에서 제이미를 바라봤다.

"제이미, 우리는 아직 그림자지만 혼자는 아니야. 네 그림자를 볼 때마다 네 곁에 내가 있다는 걸 기억해 줘. 그러면 돼."

어머니와 아버지, 두 분 다 보이지 않았다.

제이미는 현관을 지나 거실을 살펴보면서 부엌으로 들어갔다. 그런 다음 위층으로 올라가 살펴본 뒤 다시 내려왔다.

집 안은 텅 비어 있었다.

왠지 무시무시한 분위기마저 느껴졌다.

집 안은 흠 하나 없이 깔끔했고 쓰레기통도 모두 깨끗했다. 어느 것 하나 흐트러진 게 없었다. 바닥은 깨끗이 닦여 있고 수도꼭지도 반짝반짝하게 빛났다. 장식품들은 먼지 하나 없이 제자리를 지키고 있었고 선반 위의 책들도 가지런했다.

아무도 살지 않는 집 같았다.

물론 제이미네 집은 평소에도 먼지 하나 없이 깨끗했다. 어머니가 완벽에 가까운 깔끔함으로 항상 집 안을 쓸고 닦곤 했으니까. 하지만 이번에는 달랐다. 불안하고 불길한 기운이 집 안을 감싸고 있었다. 게다가 아침 7시 30분인데 아버지도 어머니도 집 안에 없다는 게 뭔가 이상했다.

제이미는 부엌 식탁에 앉아 지난 일들을 곰곰이 돌이켜보았다. 힘들고, 춥고, 고통스러운 시간들이었다. 끊임없이 걷고, 정처 없이 기다리고…… 한밤중에 세 시간 동안 추위에 떨다가 마침내 트럭을 얻어 타고 쉼터에 도착했을 때의 기쁨과 그 순간 온몸을 덮치던 피로감이란.

제이미는 그 모든 일을 다시 한번 떠올렸다. 집을 나간 후 다시 돌아오기까지 겪어야 했던 그 수많은 일들. 이제 제이미는 그 여정의 출발점이 됐던 아버지를 떠올렸다. 말로 다 설명할 수 없을 만큼 길고 깊었던 아버지와의 갈등. 그러나 지금 제이미는 텅 빈 집에 홀로 앉아 있었다.

하지만 배고픔이 맹렬하게 솟구치는 바람에 더 이상 앉아 있을 수만은 없었다. 이내 부엌으로 들어가서 냉장고를 열었다. 그러자 비로소 집에 사람이 살고 있다는 증거가 눈에 들어왔다. 한가득 들어 있는 음식들을 보니 어제 장을 본 게 틀림없었다. 냉동고도 마찬가지였다. 어머니가 만들어놓은 음식이 그곳에도 한가득 있었다. 음식명, 날짜 등…… 각 통마다 깔끔하게 표기가 돼 있었다.

제이미는 빵 바구니를 열어보았다. 그곳에도 먹음직스러운 빵이 가득했다. 제이미는 롤빵을 꺼내서 잼과 함께 정신없이 먹었다.

얼마 후 제이미는 기분 좋은 포만감을 느끼며 자기 방으로 올라갔다. 그곳에서 필요한 물건들을 챙겨 뒷문으로 빠져나갔다. 제이미는 어느새 애쉬포드로 향하고 있었다.

제이미는 스쿼시 클럽 건물을 바라보고 있었다. 오랜만에 마주 보는 체육관은 꽤 낯설었다. 제이미는 자신에게 날아들 질문들과 그에 알맞은 대답들을 생각해 뒀지만 입구에는 아무도 없었다.

'잘됐어.'

제이미는 슬그머니 안으로 들어가 곧장 탈의실로 향했다. 그곳도 텅 비어 있었다. 제이미는 재빨리 옷을 갈아입고 라켓을 들고 화장실로 들어갔다. 안에서 문을 잠근 다음 시간을 확인했다.

9시였다. 제이미는 잠깐 동안 그곳에 서서 애비를 생각했다. 그러자 다시 분노가 부글부글 끓어오르기 시작했다.

시간이 흐르자 사람들의 발소리가 들리기 시작했다. 이제 웃고 떠드는 목소리가 탈의실 안을 가득 메웠다. 제이미는 그곳에 한동안 머물렀다. 그 많은 목소리들을 귀로 듣고, 사람들의 목소리를 구분해 내면서 앞으로 해야 할 일에 정신을 집중했다. 자신이 누구를 만나야 하며, 무엇을 해야 하는지를 생각하기 시작했다. 동시에 자신의 마음속에서 끓어오르는 분노의 기운을 온몸에 새겼다.

더 많은 사람들이 탈의실로 들어왔다. 앤디와 조의 목소리가 들렸고, 또 더 많은 사람들의 목소리가 들렸다. 그리고 마침내 그토록 기다렸던 목소리가 화장실 문을 통해 들리기 시작했다.

제이미는 온몸이 굳는 것 같았다. 그들이 이곳에 있다. 자신에게서 불과 몇 발자국 떨어진 곳에. 제이미는 두 주먹을 불끈 쥐고 귀를 기울였다. 그들은 자신 있는 음성으로 얘기를 나누더니 다시 멀어져 갔다. 이어서 다른 사람들의 목소리가 탈의실을 채웠고 몇 분 후 썰물이 빠져나가듯 또다시 멀어져갔다. 마침내 탈의실 안이 쥐죽은 듯 고요해졌다.

제이미는 시계를 흘끗 본 후 자리에서 일어났다.

이제 곧 지역 대회가 시작될 것이다.

제이미는 화장실 문을 열고 탈의실로 나왔다. 그러고는 곧장 토너먼트 등록 창구로 성큼성큼 걸어갔다. 제이미가 밖으로 나오자 사람들이 웅성거리며 뒤로 물러서기 시작했다. 여기저기서 수군거리는 소리가 들렸다. 하지만 제이미는 신경쓰지 않았다. 브렌트 메릭이 창구에 앉아 있었다.

"······어?"

"어느 코트에서 경기를 시작하면 되죠?"

"아····· 제이미, 다들 네가······."

"어느 코트냐고요?"

"4번 코트야. 하지만 괜찮겠어?"

제이미는 자신을 향해 쏟아지는 따가운 시선들, 자신의 이름을 부르는 목소리들을 무시한 채 코트로 당당히 걸어갔다.

4번 코트엔 아무도 없었다. 관중도 없었다. 모두들 제이미가 기권한 줄로 알았으니 놀랄 일도 아니었다.

제이미는 그 모든 일에 신경을 껐다. 지금 제이미에게는 꼭해야 할 일이 있었다. 애비를 위해서, 그리고 자신을 위해서. 제이미는 간단한 스트레칭으로 몸을 푼 뒤 벽에 대고 공을 치기 시작했다.

"제이미!"

관중석에서 제이미를 부르는 소리가 들렸다. 제이미는 동작을 멈추고 위를 올려다봤다. 앤디가 코트를 내려다보고 있었다.

"제이미, 난 네가····· 정말······!"

"저 돌아왔어요, 지금 이곳으로."

제이미가 잘라 말했다. 하지만 날이 선 목소리는 아니었다.

단지 방해하지 말라는 의지가 강하게 묻어났다. 제이미는 처음으로 자신의 목표를 가슴 깊이 느끼고 있었다. 그리고 시간이 지날수록 그 목표는 점점 더 또렷해졌다.

마지막 순간에 제이미가 앤디를 향해 입을 열었다.

"형, 이번 게임 행운을 빌어요, 꼭 우승하세요."

그런 후 다시 돌아서서 앞벽을 향해 공을 치기 시작했다. 텅 비어 있던 관중석에 하나둘 사람들이 들어차기 시작했다. 하지만 제이미는 쳐다보지도 않았다.

'다시는 위를 보지 않겠어. 이제 내 라켓과 공만 보는 거야.'

이제 사람들은 흥분해서 소리를 지르기 시작했다. 조가 큰 소리로 제이미를 불렀다.

"제이미! 도대체 어디 있다 나타난 거야? 그동안 어디 숨어 있었냐고오!"

누구나 들릴 법한 큰 외침에도 제이미는 공에서 시선을 떼지 않았다. 제이미는 자신의 모든 감정을 공에 실어 벽을 향해 힘찬 드라이브를 날렸다.

점점 더 많은 목소리들이 제이미를 에워쌌다. 이죽거리는 목소리, 격려하는 목소리, 호기심에 찬 목소리가 한꺼번에 코트장 안으로 쏟아졌다. 하지만 그 소란스럽던 시간이 지나자 갑작스러운 침묵이 찾아왔다. 사람들은 깨달았다. 제이미가 경기 내내 입을 열지 않으리라는 것을. 관중석을 향해 인사조차 하지 않으리라는 것도. 그것은 이상한 침묵이었다. 라켓을 휘두르는 소리, 공이 튀어 오르는 소리만이 코트를 가득 메웠다. 관중들은 공을 뚫어질 듯 바라보며 라켓을 휘두르는 제이미의 기운에 압도당했다. 그리고 제이미는 그 침묵 속에서 애비를 생각했다. 어깨를 들썩거리며 울던 애비를.

마침내 누군가가 코트를 향해 걸어왔다. 제이미가 고개를 돌렸다. 데니가 앞으로 걸어 나오고 있었다. 그들의 눈이 한순간 마주쳤다. 그러자 데니가 몹시 당황스러운 표정으로 공을 내밀었다.

"매치볼이야. 조가 방금 건네준 거야."

제이미는 아무 말도 하지 않고 그 공을 받아서 다시 벽에 대고 치기 시작했다. 데니는 초조한 표정으로 자기 위치로 돌아갔다. 둘은 입을 굳게 다문 채 앞벽을 향해 공을 날렸다.

관중석은 다시 시끄러워졌다. 이번에는 제이미도 위를 힐끗 쳐다보았다. 관중석은 빈틈없이 꽉 차 있었다. 모든 사람들이 제이미와 데니를 바라보고 있었다. 다른 경기장을 주시하고 있는 사람은 아무도 없었다. 제이미는 그 속에서 아버지가 없다는 것을 발견했다. 아버지가 없는 관중석…… 처음 있는 일이었다.

제이미는 고개를 흔들어 아버지에 대한 생각을 지웠다. 그리고 데니의 아빠를 증오에 찬 눈으로 노려보았다. 제이미는 알려주고 싶었다. 그를 향한 분노가 얼마나 깊고 강한지를.

"코트 체인지!"

마커가 외쳤다.

제이미와 데니는 코트를 바꿔 백핸드를 연습했다. 오랜만에 잡은 라켓의 감촉이 전율로 다가왔다. 훈련 시간도 없었고, 전략도 없었지만 제이미는 그 어느 때보다 더 강했다. 지금 그는 자신이나 아버지가 아닌 애비를 떠올렸다. 그러자 슬픔과 함께 크나큰 분노가 다시 치밀어 오르는 게 느껴졌다. 데니와 그의 아빠를 마주하자 분노가 끓어올랐다.

"스핀!"

다시 마커가 외쳤다.

데니가 다가왔다. 데니는 제이미의 기세에 눌린 듯 자꾸 눈치를 살폈다. 그러나 제이미는 데니의 표정이나 움직임에 전혀 동요하지 않았다. 그저 묵묵히, 그리고 끊임없이 집어삼킬 듯한 눈으로 공만 노려볼 뿐이었다. 데니가 라켓을 돌리며 말했다.

"내 서브야."

제이미는 아무 말도 하지 않고 서브를 받으러 코트 오른쪽 옆으로 자리를 옮겼다. 관중석이 또다시 술렁거렸다.

"데니 서브! 러브-올(0 대 0), 플레이!"

첫 서브가 날아왔다. 제이미는 있는 힘을 다해 공을 되받아쳤다. 평소에 치던 것보다 훨씬 더 강하게 라켓을 휘둘렀다. 그 순간 제이미는 자신이 예전과 다르다는 것을 느꼈다.

제이미는 계속해서 강한 드라이브를 구사했다. 그때마다 데니는 공을 받기 위해 이쪽저쪽으로 분주하게 뛰어다녔다. 몇 차례의 스트로크 후, 제이미가 다시 서브권을 얻었다. 그리고 그 후로는 한 번도 데니에게 서브권을 내주지 않았다.

"1 대 0!"

"2 대 0!"

"3 대 0!"

일방적인 경기였다. 제이미는 신들린 사람처럼 공을 쫓고 라켓을 휘둘렀다. 제이미는 오늘 단 하나의 기술에 승부를 걸었다. 강력한 드라이브샷. 마음속에서 들끓는 분노가 너무 강해 그 기술 말고는 어떤 것도 구사할 수 없었다. 제이미는 닉을 겨냥한 강력한 드라이브를 날렸고 덕분에 데니는 맥없이 코트를 뛰어다녀야 했다.

이대로 가면 우승도 바라볼 수 있을 것 같았다.

하지만 제이미의 머릿속을 차지하고 있는 것은 '우승'이 아니라 '애비'였다. 제이미는 데니가 어떤 기술을 구사하든 놓치지 않고 공을 되받아쳤다. 데니의 얼굴이 점점 일그러졌다. 데니는 한 번도 주도권을 잡지 못했다. 제이미의 기세에 눌려 시종일관 쩔쩔매고 있었다. 앤디의 말이 맞았다. 데니는 자신보다 강한 상대 앞에서는 금방 지쳐버리고 말았다.

"9 대 0! 제이미 승!"

두 번 다시 있을 것 같지 않은 경기였다. 제이미는 점수를 내고도 전혀 흔들리지 않았다. 기뻐하지도, 흥분하지도 않았다. 입을 굳게 다문 채 코트에서 나와 가방에서 타월을 꺼냈다. 관중석이 술렁거렸다. 그러나 제이미는 어떤 소리도 귀담아듣지 않았다. 관중들의 흥분 어린 소리, 데니의 당혹스러운 표정 그 어느 것도 눈과 귀에 들어오지 않았다. 데니의 아빠가 질러대는 외침에도 전혀 관심이 없었다. 데니의 아빠는 자신의 아들이 지치기 시작하자 어김없이 소리를 질러댔다.

데니도 코트에서 나와 타월로 얼굴을 닦았다.

"오늘은 아주 제법인 걸."

데니가 비아냥거렸다. 하지만 그 무엇도 제이미의 입을 열게 할 수는 없었다. 제이미는 뚜벅뚜벅 걸어 코트로 돌아갔다. 그러고는 곧바로 공을 잡아 벽에 샷을 날리기 시작했다.

"살살해, 제이미. 공은 죄가 없잖아."

누군가가 관중석에서 외쳤다.

"나머지 시합도 생각해야지."

긴장에서 풀려난 듯한 목소리였다. 숨 가빴던 한 세트가 끝나자 관중들도 숨을 돌리는 듯했다. 하지만 제이미는 긴장을 풀지 않았다. 그러자 이내 웃음기 어린 목소리가 사라졌다. 그 뒤를 이어 수군거리는 소리가 다시 되살아났다.

코트 문이 다시 열렸다. 데니가 서브를 받기 위해 위치를 옮겼다. 잔뜩 위축된 표정의 데니는 아직 한 점도 내지 못했다. 데니는 이제 27 대 0이라는 유례없는 패배를 당할까 봐 두려워하고 있었다. 결국 그런 상황이 오면 데니는 또 억지를 부릴 것이다.

제이미는 어깨를 으쓱했다. 이제 그런 건 관심 없었다.

"1게임 제이미 승!"

마커가 외쳤다.

"0 대 0!"

제이미는 또다시 강한 드라이브를 날렸다. 게임은 이전과 똑같은 상황으로 진행됐다. 제이미는 강한 공이 날아오면 강한 드라이브로 되받아쳤고, 높이 뜬 공이 날아오면 강한 스매시를 구사했다. 앞쪽으로 쇼트볼이 와도 강하게 되받아쳐 라인 아래에 공을 떨어트리거나 닉에 꽂아 넣었다.

제이미는 그동안 즐겨 사용했던 로브와 보스트와 드롭을 전혀 구사하지 않았다. 지금 제이미의 손을 조정하고 있는 것은 거칠 것 없는 분노였다. 제이미 스스로도 그 힘을 느끼고 있었다. 게임이 진행될수록 분노는 점점 더 깊어졌고, 데니가 힘겹게 첫 점수를 따냈을 때 그 분노는 극에 달했다. 제이미는 데니가 구사한 서브를 백핸드 스매시로 되받아쳐 닉에 꽂아 넣었다. 서브권은 다시 제이미의 차지가 됐다. 그런 다음 숨 돌릴 틈 없이 데니를 몰아세워서 남은 3점을 모조리 따냈다. 관중석에서 열광적인 환호와 갈채가 쏟아졌다.

"9 대 1! 제이미 승!"

제이미는 코트 밖으로 나와 다시 타월로 얼굴을 훔쳤다. 관중석이 들썩거렸다. 데니 역시 잔뜩 찌푸린 얼굴로 코트 밖으로 걸어 나왔다. 비아냥거릴 힘도 없는지 말없이 타월로 얼굴만 닦았다.

제이미는 기가 죽은 데니를 잠깐 돌아봤다. 그러자 자신도 모르는 사이에 데니에 대한 동정심이 솟아나기 시작했다. 말도 안 돼, 동정심이라니…… 그때 제이미는 깨달았다. 데니 역시 자신과 똑같은 처지라는 걸.

제이미는 코트로 돌아와 공을 집어 들었다. 그리고 다시 한번 벽에다 공을 탕탕 쳐대기 시작했다. 잠시 후 데니가 들어왔다. 그 순간 제이미는 낯익은 얼굴 하나를 관중석에서 발견하고 급하게 숨을 들이마셨다.

아버지였다!

누군가가 아버지에게 연락을 한 것 같았다. 오늘은 어떤 일도 제이미의 정신을 흐트러뜨릴 수 없었다.

"제이미 두 게임 리드! 0 대 0!"

마커가 외쳤다.

또다시 침묵이 흘렀다. 제이미는 데니를 쳐다봤다. 데니의 얼굴이 긴장으로 일그러졌다. 제이미가 강한 드라이브샷을 날렸다. 이에 질세라 데니도 강하게 되받아쳤다. 곧이어 랠리가 시작됐다. 데니는 필사적이었다.

그러나 행운의 여신은 이미 제이미의 손을 들어준 후였다. 제이미도, 데니도 그 사실을 알고 있었다. 오늘 제이미는 인생에서 두 번 다시 찾아오지 않을 돌풍을 일으키고 있었다. 하지만 제이미는 그 바람이 다시는 찾아오지 않기를 바랐다. 그 거칠 것 없는 기세가 스스로도 무서워지기 시작했다.

제이미가 이번 세트 역시 5 대 0으로 리드하고 있었다. 데니는 지친 기색이 역력했다. 데니의 아빠가 또다시 고래고래 소리를 질렀다. 긴장감으로 날카로워진 목소리였다. 데니의 얼굴은 이제 공포로 일그러졌다. 근소한 차이로 지는 것과 완패하는 것은 전혀 다른 문제였다. 그리고 누가 보더라도 이 시합은 데니의 완패였다.

제이미는 자신을 둘러싸고 있는 격려의 목소리를 들었다. 시합 내내 자신을 따라다니며 기운을 북돋아 주었던 무언의 목소리들. 숨죽인 채 눈빛으로 환호했던 수많은 사람들.

"핸드 아웃! 6 대 0!"

데니가 오랜만에 서브권을 얻었다. 데니는 이글거리는 눈으로 제이미를 노려보았다. 제이미 역시 당당하게 그 눈길을 받아냈다. 높이 뜬 공, 제이미는 있는 힘껏 라켓을 휘둘렀다. 공을 쫓는 데니. 그러나 데니의 라켓을 맞고 날아온 공은 힘이 없었다. 제이미는 그 자리에 서서 스매시로 공을 닉에 꽂아 넣었다.

"핸드 아웃! 7 대 0!"

제이미는 공을 들고 왼쪽 서비스박스로 걸어갔다. 관중석은 고요했다. 단 한 사람도 입을 열지 않았다. 긴장감이 관중석에 앉아 있는 사람들을 조이고 있었다. 제이미도 그 숨 막히는 기운을 피부로 느낄 수 있었다. 제이미는 모든 이들의 시선이 자신에게 쏠려 있음을 느꼈다. 작은 공을 노려본 뒤 서브를 넣었다. 포핸드로 강하게.

데니는 서비스 라인 아래를 겨냥해 되받아쳤으나 공은 틴 윗부분을 스쳤다. 역시 맥 빠진 샷이었다. 소름끼치는 긴장감이 관중석을 훑고 지나갔다.

제이미는 공을 집어 들고 코트를 가로질러 오른쪽 서비스박스로 갔다.

"8 대 0! 게임 앤드 매치볼!"

마커가 외쳤다.

제이미는 데니를 힐끗 바라봤다. 데니는 이미 모든 힘을 잃은 듯했다. 시합은 이미 끝난 셈이었다. 제이미는 끝까지 강한 서브를 구사하고 싶었지만 가까스로 감정을 억제하며 로브 서브를 넣었다. 오늘 제이미가 유일하게 구사한 로브였다.

공은 높이 솟아올랐다. 코트 밖에 떨어질 정도로 높이 솟아올랐지만 아슬아슬하게 붉은 신 바로 안쪽을 맞추고서 데니의 라켓을 넘어 뒤쪽 닉에 가 꽂혔다. 이건 제이미의 완벽한 승리였다.

예전에 데니가 그랬듯이 오늘 제이미는 서비스에이스로 경기를 끝냈다. 절묘한 우연이었다.

"게임 앤 매치, 제이미 승! 9 대 0, 9 대 1, 9 대 0!"

관중석에서 박수갈채가 터져 나왔다. 제이미는 건성으로 데니와 악수를 나누었다. 그리고 아무 말 없이 코트를 걸어 나갔다. 라켓과 가방을 그대로 남겨둔 채. 할 일이 하나 더 있었으니까. 이제 제이미는 관중석으로 올라가기 시작했다.

제이미가 올라오자 사람들이 환호성을 지르며 길을 비켜주었다. 아버지가 제이미를 향해 걸어왔다. 하지만 제이미는 아버지를 지나쳐 곧장 앞으로 걸어갔다.

"밥, 조심해!"

누군가가 소리쳤다. 제이미는 거칠게 몸을 던져 데니의 아버지인 밥 파웰을 바닥에 쓰러뜨렸다. 미처 몸을 피하지 못한 밥 파웰이 바닥에 나동그라졌다. 제이미는 그의 몸 위로 올라타서 사정없이 주먹을 날렸다.

"좀 말려봐요!"

조가 소리쳤다. 사람들이 달려들어 간신히 제이미를 그에게서 떼어냈다.

"대체…… 너 이게 무슨 짓이야?"

밥 파웰 아저씨는 코피를 닦으며 악에 받쳐 소리쳤다. 제이미가 그의 목소리를 듣고 다시 덤벼들기 위해 몸부림쳤지만 다른 사람들이 그를 놔주지 않았다. 잠시 후 아버지가 제이미 앞으로 다가왔다.

"그 애를 놔줘. 내가 알아서 할 테니까."

그리고 파웰에게 돌아서서 말했다.

"정말 미안하네. 사과의 뜻으로……."

"저 놈을 절대로 가만두지 않을 거야."

밥 파웰이 아버지를 쏘아보며 말했다.

"당신도 마찬가지야. 둘 다 톡톡히 대가를 치르게 해주겠어. 다시는……."

그러나 제이미는 그다음 말을 기다리지 않았다. 사람들의 손이 느슨해지자마자 제이미는 그대로 탈의실로 달렸다. 사람들이 주춤주춤 물러섰다. 당황한 목소리들이 웅성거리며 그 뒤를 따랐다.

제이미는 분노를 안고 탈의실로 들어갔다. 탈의실은 텅 비어 있었다. 하지만 고요함은 오래가지 않았다. 제이미는 여전히 끓어오르는 분노를 온몸으로 느끼며 아버지를 기다렸다.

잠시 후 아버지가 탈의실 안으로 걸어 들어왔다.

둘은 아무 말 없이 서로를 노려봤다. 곧이어 아버지가 제이미 앞으로 다가왔다. 그때 제이미가 아버지를 향해 날카롭게 소리쳤다.

"만약 또다시 때리면 그땐 영원히 날 볼 수 없을 거예요."

그러자 아버지가 걸음을 멈췄다. 그러나 잠시 후 또다시 앞으로 다가오기 시작했다.

"진심이에요!"

제이미가 사납게 내뱉었다.

아버지는 다시 걸음을 멈췄고 두 사람은 말없이 서로를 노려보았다. 하지만 제이미의 눈앞에 서 있는 사람은 예전의 아버지가 아니었다. 면도를 하지 않아서인지 부쩍 늙고 지쳐 보였다. 눈에는 슬픔이 가득했다.

그렇지만 제이미는 분노와 저항의 몸짓을 풀지 않았다.

"아버지로서 제대로 된 모습을 보여주세요. 그리고 스쿼시는 잠시 쉬겠어요. 어쩌면 영원히 그만둘지도 모르고요. 그 모든 건 제가 결정하겠어요."

제이미는 두 주먹을 꽉 쥐었다.

"전 집에서 살 수도 있고 다른 데서 살 수도 있어요. 꼭 집에 있을 필요는 없다고요. 그러니까 아버지가 전처럼 다시 몰아세우거나 어떤 식으로든지 폭행을 가하면 그때 정말 미련 없이 떠나겠어요, 영원히."

아버지는 어둠 속에서 조용히 제이미의 얼굴을 바라봤다. 대나무 속처럼 텅 빈 얼굴이었다. 아버지는 천천히 고개를 떨구었다.

"네 엄마가 죽었다, 제이미."

제이미는 차 안에 혼자 앉아 있었다. 머리가 혼란스러워서 도무지 정신을 차릴 수가 없었다. 제이미는 운동복도 갈아입지 않았다. 그토록 맹렬하게 타올랐던 분노도 어느 순간 사라져 버렸다. 대신 지독한 혼란이 제이미의 마음을 가득 채웠다. 잠시 후 아버지가 버려두고 온 스쿼시 가방을 들고 나타났다. 제이미를 향해 걸어오는 아버지의 얼굴이 흐릿했다.

　아버지의 걸음걸이는 늘 자신 있고 당당했는데. 그러나 지금은 지친 노인의 걸음걸이와 흡사했다. 차 문을 열고 차에 오른 뒤에도 말없이 앉아 있기만 했다.

　"무슨 일이…… 있었던 거예요."

　아버지는 물끄러미 차창을 바라보았다.

"난 내가 그렇게 지독한 사람인지 몰랐다. 밥 파웰처럼 그렇게 무자비한 사람인지 몰랐어."

아버지의 목소리가 힘없이 바삭거렸다. 아무 감정도 실려 있지 않은 목소리였다.

"널 이번 토너먼트에서 빼달라고 했다. 주최 측에서 널 실격으로 처리했어. 경기장에서 소란을 피웠으니까. 파웰한테도 사과했다. 그동안 네가 몹시 힘든 시간을 보내서 그런 모양이니 이해해 달라고 했다. 하지만 그가 처벌을 고집한다면 나도 어쩔 수가 없구나. 아마 조가 잘 달래서 진정시킬 테지만."

제이미는 얼굴을 찡그렸다.

"그리고 방금 경찰한테 전화를 걸어 널 찾았다고 말했다. 혹시 경찰이 와서 뭔가를 확인할지도 모르겠구나."

제이미는 아무 대꾸도 하지 않았다.

'난 방금 엄마에 대해서 물어봤어요, 제발.'

"엄마는 다시는 널 찾을 수 없을 거라고 생각했다. 나한테 마구 비난을 퍼부었지. 내가 널 망쳐놓았다고, 자기에게서 널 떼어놓았다고, 도망가게 만들었다고…… 그러고는 두 번 다시 입을 열지 않았다. 날 보지도 않았고 내게 말하지도 않았어. 꼭 유령과 함께 사는 기분이었지. 그리고 한순간도 가만히 있지 못하고 분주히 움직이며 집 안을 치우고 닦았어. 그렇게라도 하지 않으면 못 견디겠다는 듯이. 도저히 막을 수가 없었다.

모든 걸 깨끗이 정리하고 닦고 음식을 산더미같이 만들어서 냉장고에 쑤셔 넣더니 마지막으로 크리스마스카드를 썼지."

아버지는 그 말을 하면서 고개를 흔들었다.

"집은 완벽하게 깔끔해. 먼지 하나 없지. 그리고 사람도 없어. 너도 봤을 거다."

제이미는 입술을 움직여 봤지만 목소리가 나오지 않았다. 아버지가 계속해서 말했다.

"그러더니 어제 아침엔 불쑥 미용실에 가더구나. 돌아와서는 나한테 점심을 차려주었어. 그다음엔 집 안에 있는 모든 걸 다시 빨고 씻고 말리고 정돈을 하더구나. 주방 선반도 깨끗이 치우고 모든 걸 하나씩 제자리에 가지런히……."

아버지는 천천히 숨을 돌렸다.

"오후에 잠깐 밖에 나갔다 들어와 보니 네 엄마가 침대에 누워 있었다……. 옷을 다 차려입고. 그것도 제일 좋은 옷으로. 네 엄마는 약을 먹었어."

아버지의 어깨가 가늘게 떨렸다.

"그…… 그 상황에서 내가 할 수 있는 건 아무것도 없었어."

제이미는 주먹을 꼭 쥐었다. 아무 말도 할 수 없었다. 아버지가 고통스러운 목소리로 다시 말을 이었다.

"시신은 어제 가져갔다. 나는…… 밤새 걸었고. 계속 걷기만 했어. 어디인지도 모르는 거리를 헤맸다. 그런데 오늘 아침 열

시쯤 전화가 왔는데 네가 스쿼시 클럽에 있다고⋯⋯ 네가 거기 있다고⋯⋯."

아버지가 힘겹게 숨을 내쉬며 말을 끊었다. 그리고 손을 뻗어 앞 좌석 수납 칸에서 뭔가를 꺼냈다.

"네 엄마 침대 옆에 이게 있었다."

제이미는 뿌옇게 흐려진 눈으로 그걸 바라봤다. 자신의 비밀 일기장이었다. 제이미의 눈시울이 뜨거워졌다.

'나 때문이다. 결국은 다 나 때문이야. 내가 두 시간만 먼저 도착했어도, 그렇게만 했어도⋯⋯.'

어머니는 이미 눈치채고 있었던 것이다. 제이미의 괴로운 마음을, 고민을. 일기장을 보고 모든 걸 알고 있었다.

어머니는 뭘 기다린 걸까, 내가 말해주기를? 어머니에게 고민을 털어놓기를⋯⋯? 아니면 아들의 괴로움을 몰랐던 사실 때문에 스스로의 슬픔에 먼저 무너져 버린 것일까.

집 안은 깨끗했다. 모든 게 제자리에 놓여 있었다. 음식은 푸짐했고 거실은 따뜻했다. 그러나 그곳엔 차가운 슬픔만이 감돌고 있었다. 모든 게 제자리를 찾았는데, 제이미도 아버지도 다시 돌아왔는데 어머니만 돌아오지 않았다.

그때 아버지가 소리 없이 흐느끼면서 서서히 무너져 내렸다. 바닥에 무릎을 꿇고 울부짖는 아버지의 모습은 너무 낯설고 생소했다. 저 가엾은 사람은 누구인가⋯⋯ 제이미는 어머니가 보고 싶었다. 울고 있는 아버지도 꼭 껴안아 주고 싶었다.

제이미가 아버지 곁으로 비틀비틀 걸어갔다.

"아버……지……."

"아버지…… 제가 왔으니까……."

아버지가 침통한 얼굴로 제이미를 바라봤다.

"우리는…… 어떻게든 견뎌낼 수 있을 거예요……."

아버지는 여전히 제이미를 멍하니 바라봤다. 상처 받은 짐 승처럼 거칠고 공허한 눈빛이었다. 그러다 아버지가 제이미 를 와락 끌어안았다.

그게 슬픔을 나누는 아버지의 방식이었다.

해가 질 무렵, 제이미는 스파이더를 만났다. 스파이더가 머 뭇거리며 입을 열었다.

"제이미…… 뭐라고 말해야 할지, 어떻게 이런 일이……."

"……누구한테 들었어?"

그러나 정말 대답을 듣고 싶어서 물었던 것은 아니었다.

"우연히 샌더슨 아주머니를 만났어……."

샌더슨 아주머니가 알고 있다면 지금쯤 모든 사람들이 제이 미 가족에 대해서 수군거리고 있을 것이다. 제이미는 몹시 불 쾌했지만 '이제는 어떻게 되든 상관없다'라는 마음이었다.

"장례식은 언제야?"

"아직 몰라. 아버지가 결정하시겠지."

"그런데…… 그동안 어디 있었어? 나중에, 대답하고 싶을 때 해도 돼."

제이미는 애비, 수상한 남자들, 아기에 대해 생각했다. 그리고 아버지에 대해 생각했다. 시간이 흐르면 아버지도 분명 그런 질문을 할 것이다. 하지만 제이미는 아무에게도 얘기하지 않겠다고 스스로에게 약속했다. 스파이더도 예외는 아니었다. 애비에 대한 느낌, 소녀와 나눴던 친밀하고 따뜻한 감정은 말로 설명할 수 없는 것이었다. 제이미는 그 느낌을 자신만의 비밀로 간직하고 싶었다. 게다가 애비가 혼자 일어설 수 있을 때까지 그 삶을 최대한 보호해 주고 싶었다.

"그냥 며칠 동안 이리저리 떠돌아다녔어. 추위에 떨며 아무 데서나 자고 배고픔에 시달리다가 다시 집으로 돌아온 거지."

"네 친구는 어떻게 됐어?"

"어?"

"네 친구 말이야. 내가 준 돈으로 그 친구 빚을 갚아주겠다고 했잖아. 해결은 잘된 거야?"

제이미는 다시 애비를 생각했다. 소녀의 아름다운 얼굴과 미소, 부드럽고 따뜻한 몸을 생각했다. 소녀의 신비롭고도 강인한 눈을 생각했다. 그리고 함께 지냈던 며칠을 떠올렸다. 서로의 어깨에 지친 마음을 기댔던 그 시간들.

"응, 잘 해결됐어. 지금은 아주 잘 지내고 있어."

"잘됐구나. 그 남자들 소식은 들었어? 실종된 소녀를 찾고 있던 사람들."

제이미는 애써 관심이 없는 척하며 덤덤하게 물었다.

"무슨 소식?"

"뉴스에서 봤어. 우리가 봤던 그 키 큰 남자가 죽은 채로 발견됐대. 칼에 찔렸대. 그런데 같이 다니던 그 땅딸막한 남자가 살인 용의자래."

제이미가 아무 말도 하지 않자 스파이더가 계속 설명했다.

"끔찍하지? 형제들 같았는데…… 사람들 말에 의하면 차 한 대가 고속도로 길가에 정차해 있었대. 그런데 두 남자가 차문을 열어놓은 채로 무섭게 싸우더라는 거야. 그러다가 키 큰 남자가 피를 흘리며 달아나자 작은 남자가 그를 붙잡아 칼로 찌르기 시작했대. 그때 소형 트럭에 있던 사람들이 급히 차를 세우고 말리러 갔는데 너무 늦고 말았다는 거야. 목격자들도 아주 많았다고 하니 그 남자, 풀려나기는 어려울 거야. 우리랑 다시 안 마주친 게 얼마나 다행인지."

제이미는 시선을 돌렸다.

'안젤로가 죽었구나.'

아마 자기 혼자 돈을 다 차지하려고 비토리오에게 거짓말을 한 게 틀림없었다. 돈을 받지 못했다고…… 그러다가 싸움이 벌어진 거겠지.

제이미는 그 끔찍한 소식을 흘려들으며 이제 다시는 그들이 애비를 괴롭히지 못할 거라는 사실에 안도했다.

스파이더가 계속해서 말했다.

"네가 없어져서 내가 얼마나 고생한 줄 아냐? 보는 사람마다 나한테 질문을 퍼부었어. 학교에 가면 더 난리였지. 선생님들, 친구들, 식당 아줌마들까지 날 잡고 이것저것 물어봤어. 심지어 교장실에까지 불려 갔다니까."

"그래서 뭐라고 대답했어?"

"다른 사람들한테 말했던 것과 똑같이 대답했어. 널 본 적도 없고 어디 있는지도 모른다고. 그런데 사람들은 네 정신 상태까지 나한테 물어보더라고."

"뭐?"

"네가 요즘 들어 우울증을 앓는 것처럼 보이거나 자포자기한 상태였냐고 물었어."

"그래서 뭐라고 말했어?"

"음, 대답하기 곤란해서 내 식대로 대답해줬지. '제이미 그 자식, 완전히 정신 나갔던데요'라고."

그러나 스파이더는 곧바로 입을 다물었다. 그리고 제이미를 쳐다봤다.

"미안해, 제이미. 지금 농담할 때가 아닌데, 그렇지?"

제이미는 고개를 떨구었다.

"괜찮아, 하지만 나…… 잠시 동안 아니, 어쩌면 생각보다 꽤 오랫동안 웃지 못할지도 모르겠다."

스파이더가 제이미의 어깨에 팔을 둘렀다.

"실은 사람들에게 네가 최근 들어 걱정거리가 좀 있는 것 같다고 말했어. 그건 사실이었잖아. 하지만 그 이유는 나도 모른다고 했어. 물론 그건 거짓말이지만. 어쨌든 난 네가 스쿼시 시합 때문에 아주 많이 긴장하고 있는 것 같다고 말했어. 다른 말은 전혀 하지 않았어. 내가 잘못한 건 아니지?"

제이미가 다시 고개를 들어 친구를 향해 간신히 미소를 지어 보였다.

"물론이지, 아주 잘했어. 고마워. 누가 뭐래도 넌 최고의 친구야. 너보다 더 좋은 친구는 세상에 없어."

제이미는 그네를 끌어당겼다. 그러자 스파이더가 진지한 목소리로 말했다.

"조심해. 넌 이제 그걸 타기엔 너무 커버렸어. 더 이상 어린 애가 아니란 말이야."

제이미는 그네 줄을 잡고 잿빛 하늘을 쳐다보았다.

그렇다, 제이미는 더 이상 어린아이가 아니었다. 제이미는 갑자기 자신이 부쩍 늙어버린 것만 같았다. 그리고 자신이 다시 젊어질 수 있을지 의심스러웠다.

아버지는 거실에 있었다. 전등도 켜지 않고 생전에 어머니가 좋아했던 의자에 우두커니 앉아 있었다. 현관 불빛에 아버지의 슬프고 어두운 형체가 모습을 드러냈다.

　제이미는 거실로 걸어 들어갔다. 아버지가 돌아봤다. 그들은 말없이 서로를 바라봤다. 날카롭거나 불편한 침묵은 아니었다. 서로를 인정하는 침묵이었다. 앞으로 함께 살아가기 위해 필요한 말을 배우는 과정이었다.

　제이미는 아버지 또한 자신처럼 완전히 깨지고 부서졌다는 걸 알았다. 희망은 부서진 것들 속에서 피어난다. 미래에 대한 갈망과 가능성은 폐허 속에 존재하는 법이다. 그 대가는 혹독하지만 그럼에도 생명력은 하늘을 향해 뻗어나간다.

아버지가 머뭇거리며 입을 열었다.

"뭐 좀 먹으련?"

제이미는 고개를 저었다. 아버지가 팔을 뻗어 스탠드를 켰다. 환한 불빛 속에서 아버지의 늙고 우울한 얼굴이 여실히 드러났다. 슬픔과 고통으로 가득 찬 얼굴이었다.

"와서 앉거라, 제이미."

아버지의 목소리는 지쳐 있었다. 비난도 허세도 담겨 있지 않았다. 오히려 제이미의 허락을 구하는 듯했다. 제이미는 맞은편 의자에 앉았다. 아버지가 여전히 지친 목소리로 말했다.

"네가 그동안 어디 있었는지 난 모른다. 그저 네가 무척 힘든 시간을 겪었을 거라는 것만 예상할 뿐이지. 그리고 나도 지금 그런 과정을 겪고 있단다. 네가……."

아버지가 어색하게 말을 골랐다.

"네 일기장을 읽었다. 난 무척 놀랐다. 그래, 난 항상 네가 최고가 되길 원했어. 내가 갖지 못한 기회를 네게 아낌없이 주고 싶었어. 단지 그것뿐이었다. 그리고……."

아버지는 먼 벽을 쳐다본 채 다시 입을 다물었다.

제이미는 무력하게 그 모습을 지켜볼 뿐이었다. 그러다 갑자기 지금 자기 앞에 있는, 슬픔에 잠겨 있는 이 사람을 한 번도 본 적이 없다는 사실에 깜짝 놀랐다. 처음 마주하는 아버지의 모습이었다.

제이미는 한때 자신이 두려워했던 사람을 떠올려 보았다.

그러나 그 사람은 이미 사라지고 없었다.

아버지가 다시 입을 열었다.

"제이미, 너도 알다시피 난 지금껏 최고만을 추구해 왔다. 아마도 그게 잘못이었던 것 같다. 그것 때문에 얼마나 비싼 대가를 치르고 있는지…… 난 너무도 소중한 걸 잃어버렸어."

제이미는 아버지의 눈에 또다시 눈물이 고이는 걸 보고 자리를 비켜드려야겠다고 생각했다. 하지만 아버지는 손을 내저었다.

"괜찮다. 괜찮아질 거야. 오히려 네가 걱정스럽구나. 다시 반짝이는 눈으로 살아갈 수 있을지. 난 어렸을 때부터 투사였다. 그러니 이 고통도 이겨낼 수 있을 거야, 틀림없이. 하지만 너는……."

"저도 투사예요, 아버지."

아버지의 표정이 잠시 부드러워졌다.

"그래, 제이미. 나도 네가 투사라는 걸 알아."

아버지는 천천히 숨을 내쉬며 의자에 등을 기댔다.

"그동안 어디 있었는지 말해줄 수 있겠니?"

제이미는 아버지의 말에 시선을 돌렸다. 그러자 아버지가 곧바로 덧붙였다.

"널 다그치려는 게 아니다. 혹시 내가 모르는 어려움을 안고 있을까 봐 그러는 거야."

제이미는 잠깐 동안 아버지를 응시했다. 그리고 천천히 입
을 열었다.

"실은 그동안 너무 혼란스러웠어요. 아버지, 어머니, 그리고
제 자신에 대해서. 도무지 갈피를 잡을 수 없었어요. 그래서 도
망쳤던 거예요. 하지만…… 그 과정에서 돈을 빌려야 했어요.
엄청나게 큰 액수를요. 그렇지만 좋은 일에 썼어요. 그것만큼
은 맹세할 수 있어요. 그러니까 그 일에 대해서는 묻지 말아주
세요. 그리고 돈을 빌려준 친구는…… 친구라는 이유만으로
자기가 그때까지 저축했던 걸 몽땅 제게 줬어요."

"스파이더로구나."

제이미가 입술을 잘근잘근 깨물었다.

"괜찮다. 아무한테도 말하지 않으마. 스파이더는 물론 그 부
모한테도 내가 알고 있다는 걸 전혀 내색하지 않으마. 그 애
가 선뜻 돈을 내주었다면 분명 나쁜 일에 쓰일 돈은 아니었을
거야. 스파이더…… 그래, 그 애는 정말 훌륭한 친구로구나.
내가 지금껏 그 앨 잘못 본 거야. 다른 모든 걸 잘못 봤던 것처
럼…… 그래, 얼마나 빌렸니?"

"차마 말씀드릴 수 없어요. 너무 큰 액수라서…… 수천 파운
드거든요."

"됐다, 그게 얼마든 그 돈은 내가 갚아주마. 물론 내가 줬다

는 얘기는 할 필요 없겠지. 시간이 좀 지난 후에 다른 적당한 구실을 찾아 말하면 될 거야."

갑자기 아버지가 손으로 얼굴을 감싸 쥐었다.

"미안하다, 제이미. 내가 너무 큰 잘못을 저질렀어. 정말이지…… 잘못된 것의 일부라도 다시 돌려놓을 수 있었으면 좋겠구나."

아버지의 몸이 미세하게 흔들리기 시작했다. 제이미는 망설이다 자리에서 일어나 아버지에게 걸어갔다. 그리고는 아버지를 꼭 껴안았다.

아버지는 제이미를 뿌리치지 않았다.

제이미는 침대에 누워 도저히 잠을 이룰 수가 없었다. 그러나 그 슬픔 속에서도 약간의 희망이 보이는 듯했다. 아버지는 제이미를 꼭 끌어안고 미안하다고 말했고, 생전 처음 아들에게 나약한 모습을 고스란히 드러냈다.

이제 아버지는 달라질 것이다. 투사로서의 삶이 아니라 아버지로서의 삶을 다시 시작할 것이다. 제이미는 아버지와 자신 앞에 희망찬 미래가 있는지 알 수 없었다. 미래는 언제나 불투명했다. 하지만 제이미는 희망을 버리지 않았다. 많은 시간이 흐른 후에 상처가 다 아물고 나면 그때 다시 일어설 것이다. 물론 생각보다 많은 시간이 걸릴 것이다. 어쩌면 평생이 걸릴

지도 모른다. 하지만 결코 포기할 수 없었다.

제이미는 어머니를 생각하며 몸을 뒤척였다. 장례식장에서 마지막으로 본 어머니의 얼굴은 봄날처럼 평온했다. 아직 혹독한 겨울이 지나지 않았지만 어머니의 표정은 예상 외로 조용하고 차분했다. 제이미는 어머니의 얼굴을 보고 처음으로 그 자리에서 소리 없이 울었다. 애쉬포드로 돌아온 후 처음 흘리는 눈물이었다.

그리고 제이미는 지금 또다시 어머니를 떠올리며 흐느껴 울기 시작했다.

'상처가 아물 때까지만 잠시 우는 거야.'

그렇게 울다 지쳐 제이미는 잠이 들었다. 그리고 새벽녘, 집 안도 고요하고 거리도 아직 어두운 시간에 다시 일어났다.

문득 애비의 모습이 떠올랐다.

제이미는 곧바로 침대를 빠져나와 코트를 입고 아래층으로 내려갔다. 그리고 수납장에서 큰 전등을 꺼내 살며시 뒷문을 열고 캄캄한 밖으로 나왔다.

하늘엔 별들이 떠 있었다. 보름달이 환했다. 밤공기는 싸늘하고 매서웠다. 제이미는 전등 스위치를 켜지 않고 대문까지 걸어가 가능한 한 조용히 밖으로 나갔다. 그러고는 자신의 삶을 송두리째 바꿔놓은 장소를 찾아갔다. 한 소녀를 만났던 그곳으로.

제이미는 창고 문을 열고 안을 들여다보았다. 전등을 켜지 않았는데도 둘이 함께 덮었던 담요와 낡은 쿠션의 형체가 어슴푸레 떠올랐다. 보온병과 함께 가져갔던 여분의 컵까지 모두 눈에 익었다.

제이미는 구석으로 걸어가 담요를 잘 펴서 바닥에 깔았다. 그리고 그 위에 누워 가만히 귀를 기울였다. 자신의 세찬 숨소리가 들렸다. 손전등을 켜서 자신을 비췄다. 나무로 된 옆벽에 그의 그림자가 나타났다. 그의 그림자는 제이미와 함께 그 창고 속에 앉아 있었다.

애비의 말이 되살아났다.

"제이미, 네 그림자를 볼 때마다 날 보고 있다는 걸 기억해."

고요한 어둠 속에서 제이미를 따라 그림자가 움직였다. 그가 숨 쉴 때 숨 쉬고, 울 때 같이 울었다.

그리고 태양이 비춰들기 시작하자 그림자는 조금씩 조금씩 빛 속으로 녹아들기 시작했다.

평생 잊을 수 없는 아름답고 찬란한 광경이었다.

흔들리는 청춘은 아름답다

    스쿼시에 재능이 있는 열여섯 살 소년 제이미. 하지만 지금
은 도저히 스쿼시에 집중할 수 없다. 아니, 더 이상 스쿼시를
사랑하지 않는다고 생각한다. 겉으로 보기에는 성공한 아버
지와 다정다감한 어머니의 자랑스러운 아들이지만, 속사정은
곪아 터지기 일보 직전이다.

    제이미는 끊임없이 불안해한다. 폭력과 위협까지 불사하면
서 우승 성적에만 집착하는 아버지와 소심하고 소극적이어서
자신의 목소리조차 내지 못하는 어머니 사이에서 흔들리고,
아버지의 강압에 못 이겨 스쿼시 훈련을 하고 경기에 참여하
는 자신의 유약한 모습에 흔들리고, 그러면서도 지금 스쿼시
를 그만두면 뭘 할 수 있을지, 자신이 정말 원하는 게 무엇인지

몰라서 속절없이 흔들린다.

　그러나 그는 흔들리는 것에서 그치지 않는다. 자신을 둘러싼 모든 상황을 두려워하면서도 유약한 껍질을 깨고 한 발 한 발 조심스럽게 전진하려고 시도한다. 대단치 않은 소년의 이야기가 대단한 이야기로 탈바꿈되는 순간이다.

　제이미가 감행한 일탈의 여정은 자신과 처지가 비슷한 한 소녀를 만나게 되면서 정점으로 치닫는다. 그는 그 소녀를 통해 자신의 모습을 돌아보고 드디어 혼란스러웠던 마음속 깊은 곳을 들여다보게 된다. 그들은 모습 속에 각자의 모습을 투영하면서 서서히 서로의 상처를 치유하고 다시 한번 일어설 용기를 얻게 된다. 그리고 마지막 순간에, 그들은 서로를 애틋하게 생각하는 마음을 품은 채 각자의 미래를 위해 서로 다른 길을 택한다.

　결국 제이미는 다시 집으로 돌아간다. 아직은 스쿼시를 향한 꿈을 포기할 수 없고, 동시에 아버지에 대한 사랑과 자신의 밝은 미래를 포기할 수 없어서. 그리고 그 일탈의 여정 동안 너무 많이 상처 입은 아들과 아버지는 마침내 한 번도 나누지 못했던 대화를 시도한다.

　"아버지로서의 모습을 제대로 보여주세요. 그리고 스쿼시는 잠시 쉬겠어요. 어쩌면 영원히 그만둘지도 몰라요. 그 모든 건 제가 결정하게 해주세요."

"제이미, 너도 알다시피 난 지금껏 최고만을 추구해 왔단다. 그러나 그게 잘못이었어. 그것 때문에 얼마나 비싼 대가를 치르고 있는지…… 난 너무도 소중한 걸 잃어버렸어."

희망은 부서진 것들 속에서 피어난다고 했던가. 아픔을 딛고 새롭게 일어설 찬란한 영혼들에게 힘찬 격려의 박수를 보내고 싶다.

유영

옮긴이 유영

서울대학교에서 불어불문학과 박사 학위를 받았으며 서울대학교 불어불문과 강사를 역임했고, 현재 전문번역가로 활동 중이다. 옮긴 책으로는 『노아의 아이들』, 『구름』, 『검은 두목』, 『프랑켄슈타인』, 『위고 서한집』 등이 있다.

스퀴시

초판 1쇄 발행 2008년 7월 14일
개정 1판 1쇄 발행 2019년 11월 4일
개정 2판 1쇄 발행 2025년 1월 3일

지은이 팀 보울러
펴낸이 김선식
옮긴이 유영

부사장 김은영
콘텐츠사업본부장 임보윤
책임편집 김유리 **책임마케터** 이고은
콘텐츠사업10팀장 김정택 **콘텐츠사업10팀** 이슬, 이나영, 김유리
마케팅본부장 권장규 **마케팅2팀** 이고은, 배한진, 지석배, 양지환
미디어홍보본부장 정명찬
브랜드관리팀 오수미, 김은지, 이소영, 박장미, 박주현, 서가을
뉴미디어팀 김민정, 고나연, 홍수정, 변승주
지식교양팀 이수인, 염아라, 석찬미, 김혜원, 이지연
편집관리팀 조세현, 김호주, 백설희 **저작권팀** 성민경, 이슬, 윤제희
재무관리팀 하미선, 김재경, 임혜정, 이슬기, 김주영, 오지수
인사총무팀 강미숙, 이정환, 김혜진, 황종원
제작관리팀 이소현, 김소영, 김진경, 최완규, 이지우, 박예찬
물류관리팀 김형기, 주정훈, 김선진, 채원석, 한유현, 전태연, 양문현, 이민운
외부스태프 일러스트 NUA 디자인 김형균

펴낸곳 다산북스 **출판등록** 2005년 12월 23일 제313-2005-00277호
주소 경기도 파주시 회동길 490
전화 02-704-1724 **팩스** 02-703-2219 **이메일** dasanbooks@dasanbooks.com
홈페이지 www.dasan.group **블로그** blog.naver.com/dasan_books
종이 한솔피엔에스 **인쇄** 민언프린텍 **후가공** 제이오엘앤피 **제본** 다온바인텍

ISBN 979-11-306-6130-8 (43840)

다산북스(DASANBOOKS)는 독자 여러분의 책에 관한 아이디어와 원고 투고를 기쁜 마음으로 기다리고 있습니다. 책 출간을 원하는 아이디어가 있으신 분은 다산북스 홈페이지 '투고 원고'란으로 간단한 개요와 취지, 연락처 등을 보내주세요. 머뭇거리지 말고 문을 두드리세요.